I0524414

QUÉ DICEN LOS LECTORES:

★ ★ ★ ★ ★ — Favorita del 2012. Quedé totalmente alucinado con este libro.

★ ★ ★ ★ ★ — Los personajes son muy cautivadores y te puedes identificar con ellos. Especialmente con Dylan. Me encanta su conflicto interno y su carga emocional.

★ ★ ★ ★ ★ — Una conmovedora historia de amor sobre segundas oportunidades que te dejará sin respiración.

SÓLO RECUERDA
RESPIRAR

Libros escritos por Charles Sheehan-Miles

Las hermanas Thompson

A Song for Julia
Falling Stars
Sólo recuerda respirar
The Last Hour
Girl of Lies

Ficción

Nocturne (con Andrea Randall)
Republic: A Novel of America's Future
Insurgent: Book 2 of America's Future
Prayer at Rumayla: A Novel of the Gulf War

No ficción

Saving the World On $30 A Day: An Activists Guide to Starting, Organizing and Running a Non-Profit Organization

SÓLO RECUERDA RESPIRAR

Charles Sheehan-Miles

Pedro Solano (Traductor)

Cincinnatus Press

CINCINNATUS PRESS

WWW.SHEEHANMILES.COM

Published by Cincinnatus Press
United States of America

Información de derechos de autor
Sólo recuerda respirar
Por Charles Sheehan-Miles
Publicado por Cincinnatus Press

Derechos de autor 2012 Charles Sheehan-Miles
v01032014

ISBN 978-0-9898688-9-1

Este libro electrónico está autorizado sólo para tu uso personal. No se podrá revender o regalar este libro electrónico a otras personas. Si deseas compartir este libro electrónico con otra persona, por favor, compra una copia adicional para cada destinatario. Gracias por respetar el trabajo duro de este autor.

Cualquier semejanza con personas reales, vivas o muertas, es accidental, a excepción de ciertos personajes históricos nombrados.

Cincinnatus Press

AGRADECIMIENTOS

Gracias a mis geniales y maravillosos lectores de prueba: Patrick „Deuce the Two Cats" Patriarca, Barrie Suddery, Bryan James y Jackie Trippier Holt.

Quiero dar las gracias personalmente a Adriane Boyd, Tiffany King, Leslie Fear, Stephenie Thomas y todas las chicas de Indie Bookshelf. Gracias a vuestra disposición para jugárosla y leer el libro e instar a otros a leerlo *Sólo recuerda respirar* ha tenido mucho más éxito que cualquier otro libro que haya escrito en el pasado. No habría sido posible sin personas tan maravillosas que se lo contaran a sus amigos. Os debo una a todos, de verdad.

CAPÍTULO UNO

Corazones rotos y tazas de café (Alex)

Desde el momento en que puse en marcha el coche de mamá, con la taza de café todavía en el techo, sabía que iba a ser un día duro. La taza, que fue un bonito regalo de Dylan, salió volando del coche y se rompió en mil pedazos. Jadeé cuando la vi girar en el retrovisor, cayendo en lo que parecía cámara lenta hasta que golpeó la calle, salpicando la carretera con mi café y trocitos de porcelana.

Mis ojos se inundaron con lágrimas dolorosas. Incluso a pesar de que habían pasado más de seis meses desde la última vez que hablamos, a pesar de que me rompió el corazón, a pesar de que rechazó todo contacto e ignoró mis cartas, aun así fue doloroso.

Paré el coche a un lado y respiré hondo. Dylan le había comprado la taza a un comerciante de Jerusalén, que la imprimió al momento con una foto digital: nosotros dos juntos, abrazándonos el uno al otro, metidos hasta la cintura en el mar Mediterráneo. En la foto, yo tenía una expresión increíblemente boba mientras nos mirábamos a los ojos el uno al otro. En retrospectiva, parecía, y me sentía, como si estuviera drogada.

Por supuesto, Kelly me había estado diciendo durante seis meses que era hora de que me librara de la taza. Era hora de seguir adelante. Era hora de olvidarse de Dylan.

Respiré hondo. Kelly tenía razón. Sí, habíamos tenido algún problema. Sí, me emborraché, y dije cosas de las que me arrepentí. Pero nada es imperdonable. Nada que justificara que él desapareciera de la faz del planeta.

Me miré en el espejo y reparé rápidamente el daño causado por mis lágrimas involuntarias, entonces puse el coche en marcha. En dos días, volaría de vuelta a Nueva York y a mi segundo año de universidad, y me iba a comprar una maldita taza de café nueva. La añadiría a mi larga y excesivamente detallada lista de cosas pendientes que mi madre me había dado, qué amable por su parte, y que ahora descansaba sobre el asiento de pasajeros del coche. Taza de café nueva. Una que no tuviera mi pasado estampado encima. Kelly estaría orgullosa.

Comencé a poner el coche en marcha, pero mi teléfono eligió ese instante para sonar, y como no se me da bien ignorarlo, dejé el coche de mamá aparcado y respondí al teléfono.

—¿Hola?

—¿Hablo con Alexandra Thompson?

—Sí, soy Alex —dije.

—Hola. Soy Sandra Barnhardt, de la oficina de ayuda económica.

—Oh —dije, tensa de repente. Hay algunas personas de las que no quieres recibir llamadas el día antes de que empiecen las clases, y la oficina de ayuda económica estaba la primera de la lista.

—Eh…¿Qué puedo hacer por usted?

—Me temo que tengo malas noticias. La profesora Allan se ha tomado una excedencia, por lo que se han cancelado tus prácticas.

¿Excedencia indefinida? Mi teoría era que la profesora Allan iba a entrar en rehabilitación. Estaba bastante segura de que era una drogata desde el primer día que trabajé para ella. Da igual.

—Entonces, eh…¿Qué significa eso exactamente?

—Bueno…Las buenas noticias son que tenemos unas nuevas prácticas.

No podía esperar a oírlo. Sin duda iba a tener que fregar ollas en uno de los comedores. Esperé, y esperé un poco más.

—Esto…, ¿Quizá podría decirme cuál es la tarea?

Sandra Barnhardt de la oficina económica tosió, posiblemente un poco avergonzada.

—Es algo de última hora, como entenderás. Pero nuestro autor residente de este año ha pedido dos ayudantes de investigación. Trabajarás para él.

—Ah…Ya veo. Bueno, al menos suena interesante.

—Eso espero —dijo ella—. ¿Has vuelto ya al campus?

—No, estoy en San Francisco; tengo el vuelo de vuelta pasado mañana.

—Oh. Bien, entonces. Pásate cuando vuelvas y te daremos la información sobre las prácticas.

—Genial —dije—. Le veré en un par de días.

Vale. Lo admito. Realmente sonaba interesante. Autor residente. ¿Pero exactamente, qué significaba eso? Fuera lo que fuera, tenía que ser más interesante que archivar las cosas de la profesora Allan.

Lo que sea. Mejor que me mueva, pensé, o la policía vendría para moverme. Llevaba casi diez minutos parada delante de la entrada del garaje de alguien.

Moví el coche para acabar mis recados. Era hora de abastecerse para el nuevo año. Empezando por una nueva taza de café.

***

—*¡Alex!*

El grito de Kelly rondaba los 125 decibelios y estaba cerca de los límites máximos posibles de tono de la voz humana. El hecho de que ella estuviera botando arriba y abajo lo empeoraba, como si tuviera pequeños pogos saltarines, o quizá martillos neumáticos, enganchados a los pies.

Saltó hacia mí y me agarró con un gran abrazo.

—¡Oh! ¡Dios! *¡Mío!* —gritó—. El verano ha sido muy aburrido sin ti. Salgamos a beber algo. Ahora. Mismo.

—Esto...¿Puedo meter mis maletas primero? —dije, parpadeando.

Me había despertado a las 5 de la mañana para tomar el primer vuelo desde San Francisco. Ir al este básicamente significaba que había perdido el día entero: el vuelo aterrizó a las 4 de la tarde en el JFK. Después, la larga espera para recoger mis maletas, esperar un taxi y luchar con el ridículo tráfico. Llegué al dormitorio a las 7 de la tarde.

—¡Bueno, pues claro! —dijo ella. —¡Pero no podemos perder nada de tiempo!

—Kelly...

—Tengo que contarte lo que pasó con Joel. Ayer apareció por aquí sin camisa y...

—Kelly.

—...se ha hecho un nuevo tatuaje. Y eso estaría bien, excepto...

—*¡Kelly!* —grité al final.

Se detuvo, como si le hubiera metido un tapón en la boca.

—Por favor —dije—. Llevo despierta y viajando desde las cinco de la mañana.

—No hace falta que me grites —dijo.

—Lo siento. Es que…¿Podemos salir mañana? ¿O al menos déjame dormir un poco primero? Estoy realmente exhausta, y necesito una ducha.

Sonrió.

—Lo pillo, por supuesto. Dormir. Claro. Pero después *vamos* a salir. Tienes que conocer a Bryan.

¿Qué?

—¿Quién es Bryan?

—Por Dios, Alex, ¿no has escuchado nada de lo que he dicho? —siguió hablando mientras yo arrastraba mis bolsas adentro.

Quería a Kelly. Y ella hubiera encajado estupendamente en casa con mi tribu de hermanas. Pero por Dios, ¿no podía callarse sólo durante *un segundo*?

Finalmente tiré mis bolsas al suelo, entonces me moví alrededor de ella. Mi cama, desguarnecida desde que volé a casa a principios de verano, parecía invitarme. Me colapsé, sintiendo el peso de mi cuerpo hundiéndose. Kelly continuó hablando, pero me costaba darles sentido a sus palabras. Intenté asentir en los momentos adecuados, pero el mundo se fundía lentamente en negro. El último pensamiento que recuerdo antes de perder la conciencia era mi arrepentimiento por perder esa maldita taza.

***

Kelly me despertó una hora después y me metió prisa para que me duchara.

—No voy a aceptar un no por respuesta —gritó—. ¡Es hora de que te curemos del gilipollas de tu ex-novio!

Dios, era como si tuviera el volumen atascado en el máximo.

No quiero dar una imagen equivocada de Kelly. Sí, habla demasiado. Es una chica muy femenina, de maneras que yo nunca lo he sido. Su lado de la habitación es asquerosamente rosa, decorado con pósteres de *Crepúsculo* y *Los juegos del hambre*, y actúa como si tuviera más experiencia con chicos que cualquiera de las chicas que posan en las últimas páginas del *Village Voice*.

En mi lado de la habitación sobre todo hay libros amontonados. La verdad es que soy algo empollona, y estoy orgullosa de ello.

Kelly, sin embargo, es tímida como el diablo, y lo sobrecompensa siendo súper sociable. Va cargando al centro de las fiestas, baila como una loca y hace todo lo que puede para arrastrarme fuera de mi caparazón.

El problema es que a veces realmente no quiero salir.

En cuanto salí de la ducha y me vestí con unos tejanos negros ceñidos y una camiseta de manga larga, me llevó afuera. En algún lugar había una fiesta, dijo, e íbamos a encontrarla.

Una mala idea (Dylan)

Venir aquí fue una mala idea.

Si pudiera subir por la cadena de los «ojalá» hasta el principio, supongo que la razón por la que empecé a estudiar en la Universidad de Columbia es porque un día, cuando tenía doce años, Billy Naughton me dio una cerveza. Billy era un año mayor que yo, y podría haber sido una mala influencia si mis padres no hubieran sido de alguna manera peores. Tal y como eran las cosas, los efectos del alcohol no entrañaban ningún misterio para mí, por lo menos vistos desde fuera.

Pero vistos desde dentro…Eso era otra cosa.

Una cosa llevó a otra, y una bebida llevó a otra, y en mi decimosexto cumpleaños dejé el instituto. Por supuesto, para entonces mi padre se había ido y mi madre se había enmendado. Ella puso las reglas. Si no iba a la escuela, ya podía ir largándome. Ella no iba a permitir que su hijo acabara como su marido.

Me fui de *Couch surfing*. Dormí en el parque un par de veces. Conseguí un trabajo, lo perdí, conseguí otro, lo perdí también. Y lo más sorprendente era que mamá tenía razón. Volví y me matriculé en la escuela. Después aparecí en su puerta, le enseñé la matrícula y los horarios, ella lloró y me dejó volver al apartamento.

Desde entonces han pasado muchas otras cosas, claro, como que me volaran por los aires unos *hajis* en Afganistán. Pero no hablo mucho de esas cosas. Si queréis saberlo, leed los periódicos.

A la mierda. De todas formas los periódicos nunca lo cubrieron bien. Si realmente queréis saber cómo fue, entrad en la cocina ahora mismo. Coged un puñado de arena. Cerrad los ojos, meted la mano en el triturador de basura y encendedlo. Eso debería daros una idea bastante buena de cómo fue Afganistán.

De todas formas, para resumir, parece que en Columbia tienen debilidad por los que abandonan los estudios y luego se reforman y por los veteranos combatientes. Así que aquí estaba yo, el primer día de clase, reprimido, completamente tenso, porque la única persona en todo el mundo que no quería ver, la persona que más quería ver, todo a la vez, bueno...Estaba aquí.

Por suerte, el servicio de alojamiento de la universidad me puso con un par de estudiantes de postgrado de ingeniería. No creo que hubiera aguantado vivir en los dormitorios con un montón de estudiantes de primero con dieciocho años y recién salidos del instituto. Yo sólo era dos años mayor, pero dos años eran un abismo de diferencia. Especialmente cuando había visto a mi mejor amigo asesinado justo delante de mí. *Especialmente* cuando fue culpa mía.

Cuando llegué a la ciudad, conocí a mis nuevos compañeros de piso: Aiden, un estudioso candidato para el doctorado de ingeniería mecánica de veinticuatro años; y Ron, que se presentó a sí mismo como «Ron White. Ingeniero químico», y desapareció volviendo a su habitación.

Perfecto.

Así que aquí estaba yo, cojeando por la calle como un viejo, con mi bastón ayudándome a permanecer erguido. Un yupi gilipollas chocó conmigo, en sus prisas para llegar a su reunión de negocios o con su amante o lo que cojones buscara. Fuera lo que fuera, descartó cualquier cortesía común.

—¡Mira por dónde coño vas, gilipollas! —le grité.

Yo apenas había cruzado media calle cuando el semáforo cambió de color. Jesús. Para que hablen de humillación. La mayoría de coches esperaron pacientemente, pero un taxista que parecía el primo del tío que voló por los aires a Roberts no paraba de pitarme con el claxon. Le enseñé el dedo y seguí caminando.

Por fin. En algún lugar de la tercera planta de este edificio estaba mi destino.

Llegaba pronto, pero era lo mejor. En primer lugar, ya me había perdido varias veces hoy y llegué tarde a mis primeras dos clases. Para esto, sin embargo, no podía llegar tarde. No, si quería poder pagarme la universidad. Por supuesto, el VA, el Departamento de Asuntos de los Veteranos cubría la mayor parte de la factura, pero incluso con la beca de ayuda para veteranos una universidad como Columbia cuesta muchísimo. Todavía no parecía real ni siquiera que estuviera aquí. Como si mi lugar estuviera en la universidad, mucho menos en una de la Ivy League. Pero cada vez que escuchaba la animada voz de mi padre en mi cabeza diciendo que era un mierdecilla que nunca llegaría a nada, yo seguía adelante.

El ascensor, fabricado en algún momento del siglo XIX, llegó finalmente a la planta baja y entré. La mayoría de los demás estudiantes del edificio utilizaban las escaleras, pero yo necesita tomar este camino si quería llegar antes de la puesta del sol.

Esperé pacientemente. Primera planta. Segunda planta. Parecía que el ascensor tardaba cinco minutos para ir de planta en planta. Finalmente se detuvo en la tercera planta y me abrí paso empujando entre las otras personas que se amontonaban en el ascensor.

El pasillo estaba abarrotado. *Dios.* Me llevaría mucho acostumbrarme a estar ahí. Miré alrededor, intentando ver los números de habitación. 324. 326. Una vez orientado, me giré en dirección contraria buscando la habitación 301.

Finalmente la encontré, apartada en un rincón oscuro en el otro lado del edificio. Allí el pasillo estaba oscuro, con uno de los fluorescentes fundido. Traté de abrir la puerta.

Cerrada. Miré el teléfono. Llegaba quince minutos antes. Podía vivir con eso. Mejor que llegar quince minutos tarde. Dejé caer mi bolsa con los libros al suelo e intenté pensar cómo sentarme yo sin acabar cayendo de lado o de cabeza o algo así. Bajé lentamente, dejando mi pierna coja suelta delante de mí. A medio camino, sentí un dolor intenso y masculé una maldición. Puse las manos a los lados, con las palmas planas y me dejé caer.

Sentado. Ahora el problema sería volver a levantarme. Masajeé cuidadosamente los músculos de encima de mi rodilla derecha. Los médicos de Walter Reed dijeron que podrían pasar años hasta que recobrara todo el movimiento. Si lo recobraba alguna vez. Mientras tanto, iba a terapia física tres veces a la semana, tomaba montones de analgésicos e iba tirando.

Suspiré. Había sido un día largo y estresante. Seguía preguntándome si debería haberme quedado en casa, esperar otro año antes de intentar aventurarme. El doctor Kyne me instó a ir.

«Nunca te recuperarás si te quedas encerrado en casa». No se refería a la pierna. El doctor Kyne era mi psiquiatra del VA en Atlanta.

Supongo que sabía de lo que hablaba. Mientras tanto, vivir día a día, hora a hora, minuto a minuto. Este momento. Vivir en el ahora.

Después el siguiente ahora. Saqué un libro en rústica aporreado y casi hecho tiras que Roberts me prestó antes de que le volaran por los aires. *Apocalipsis* de Stephen King.

«Es el mejor puto libro de la historia», había dicho Roberts.

No estaba seguro de que fuera así, pero tenía que admitir que era bastante bueno. Estaba enfrascado a media lectura sobre el brote de la súper gripe cuando escuché pasos acercándose por el corredor. Repiqueteaban. Una chica, llevando tacones o calzas o algo por el estilo. Me obligué a no mirar. De todas maneras no quería hablar con nadie. No me sentía muy amistoso. Y además, mi instinto me hacía mirar a todo el mundo, fijar la vista en los bolsillos y las ropas sueltas y los montículos de basura a los lados de la carretera y cualquier otra cosa que pudiera suponer peligro. El reto era *no mirar*. El reto era vivir mi vida como todos los demás. Y todos los demás no miran a las chicas que se les acercan como una fuente de peligro.

¿Qué puedo decir? Me equivocaba.

—Oh, Dios mío —escuché un murmullo.

Algo dentro de mí reconoció el tono y el timbre de esa voz y miré hacia arriba, con la cara sonrojada mientras sentía el pulso en la frente.

Olvidándome de la pierna coja, intenté ponerme en pie de un salto. En su lugar, acabé levantándome a medias, entonces la pierna falló. Como si estuviera amputada y no estuviera ahí. Caí sobre mi costado derecho con fuerza, y solté un grito cuando el dolor agudo y desgarrador subió disparado por mi pierna derecha, directo a la columna vertebral.

—¡Hijo de puta! —mascullé.

Me puse más o menos de pie empujándome, después puse una mano contra la pared y la otra mano sobre mi bastón e intenté levantarme.

La chica de mis pesadillas se adelantó como un rayo e intentó ayudarme a ponerme en pie.

—No me toques —dije.

Ella retrocedió como si le hubiera abofeteado.

Por fin me puse en pie. El dolor no se había ido y estaba sudando, mucho. No la miré. No podía.

—Dylan —dijo ella, con la voz temblorosa.

Gruñí algo. No estoy seguro de qué, pero no fue extraordinariamente civilizado.

—¿Qué estás haciendo aquí? —preguntó.

Finalmente levanté la vista. Oh, mierda, eso fue un error. Sus ojos verdes, que siempre me habían atrapado como un jodido remolino, eran enormes, como piscinas. Desprendía un debilísimo aroma a fresa, dejándome aturdido, y su cuerpo aún cautivaba la atención: caderas y pechos pequeños y curvos; como siempre, parecía una fantasía.

—Estoy esperando para una cita —dije.

—¿Aquí? —preguntó ella.

Asentí.

—Unas prácticas —indiqué.

Ella comenzó a reír, una risa amarga y triste. Había escuchado esa risa antes.

—Debes estar bromeando —dijo.

Nada que tenga importancia (Alex)

Iba con retraso cuando llegué al edificio de las Artes y las Ciencias, y subí corriendo los seis tramos de escaleras hasta la tercera planta, sabiendo que el ascensor tardaría una eternidad. Miré el teléfono. Eran las tres en punto. Necesitaba llegar ya.

Conté los números de habitación, llegando finalmente a un corredor oscuro. La luz estaba apagada al final del corredor, sumiendo la zona en una casi oscuridad. Ahí estaba, la habitación 301. Un estudiante estaba sentado al lado de la puerta, con la cabeza apoyada en el puño y la cara mirando hacia el otro lado. Estaba leyendo un libro.

Respiré. Su cabello me recordaba al de Dylan, pero más corto, claro. Eso, y que sus brazos eran…Bueno, muy musculosos, y estaba bronceado. Este chico parecía alguien salido de un catálogo. No es que fuera arrojándome sobre tíos con grandes bíceps, pero en serio, una puede mirar, ¿no?

Pero a medida que me acercaba, sentí que mi corazón empezaba a aporrearme el pecho. Porque cuanto más me acercaba, más se parecía a Dylan. ¿Pero qué haría *él aquí?* Dylan, que me había roto el corazón, después desapareció como si nunca hubiera existido, su correo electrónico eliminado, su página de Facebook cerrada, su cuenta de Skype desaparecida. Dylan, que se había borrado él mismo de mi vida todo por una estúpida conversación que no debería haber sucedido.

Fui más lenta. No podía ser. Simplemente…No podía ser.

Él tomó aliento y cambió ligeramente de posición, y yo jadeé. Porque sentado delante de mí estaba el chico que me había roto el corazón.

—Oh, Dios mío —dije en voz baja.

Se puso en pie de un salto. O más bien lo intentó. Se puso en pie a medias, y una mirada de dolor insoportable le cruzó la cara y cayó, con fuerza. Casi grité, mientras él se esforzaba por volver a ponerse en pie. Empecé a acercarme para ayudarle, y él me dijo sus primeras palabras en seis meses:

—No me toques.

Típico. Tuve que tragarme el dolor que amenazaba con salir explotando a la superficie.

Él parecía...Diferente. Diferente de un modo indefinible. No nos habíamos visto el uno al otro en persona en casi dos años, desde el verano anterior a mi último año de instituto. Él había terminado, por supuesto. En todos los lugares adecuados. Sus brazos, que yo recordaba vívidamente cómo me agarraban, eran el doble de grandes. Parecía que las mangas de su camiseta fueran a estallar. Supongo que el ejército te hace eso. Sus ojos aún eran del mismo azul penetrante. Cruzamos la mirada durante un segundo, entonces la desvié. No quería quedarme atrapada en esos ojos. Y maldita sea, él seguía oliendo igual. Un toque de humo y café recién molido. A veces, cuando entraba en una cafetería de Nueva York, me daba la sensación abrumadora de que él estaba ahí, sólo por el olor. A veces la memoria apesta.

—Dylan —dije—. ¿Qué estás haciendo aquí?

—Estoy esperando para una cita.

—¿*Aquí?* —pregunté. Era una locura.

Se encogió de hombros.

—Unas prácticas.

No. Imposible.

—Espera un minuto...¿Estás diciendo que estudias aquí?

Asintió.

—¿Qué pasó con el ejército? —pregunté.

Se encogió de hombros, desvió la mirada e hizo un gesto en dirección al bastón.

—Así que de todas las escuelas que podrías haber elegido, ¿viniste aquí? ¿Al mismo lugar que yo?

La ira le barrió la cara.

—No he venido aquí por ti, Alex. Vine aquí porque era la mejor escuela en la que podía entrar. Vine aquí por mí.

—¿Qué, pensabas que podrías simplemente aparecer y arrastrarme de vuelta a tus brazos después de ignorarme durante los últimos seis meses? ¿Después de borrarme de tu vida?

Entrecerró los ojos y me miró directamente.

—En realidad, sólo esperaba no encontrarme contigo —dijo con voz fría.

Reprimí un llanto. *No* iba a dejarle exasperarme.

—Bueno, parece que ambos hemos tenido mala suerte —le espeté—. Porque yo también estoy aquí por mis prácticas.

Abrió los ojos.

—¿Vas a trabajar para Forrester?

—¿Él es el supuesto *autor residente?*

Asintió.

—Oh, Dios —dije—. Me voy a poner enferma.

—Gracias. Es genial verte a ti también, Alex.

Casi le grité, pero una voz jovial al otro lado del corredor nos llamó:

—¡Hola! ¡Debéis de ser mis nuevos ayudantes de investigación!

Un hombre con aspecto ridículo, esforzándose demasiado por parecer un *autor* con A mayúscula, caminaba hacia nosotros. Vestía una chaqueta de tweed, con parches de cuero en los codos y pantalones de pana. No podía ser mucho mayor de treinta y cinco años, pero llevaba gafas de lectura colgadas a mitad de la nariz.

—Bueno, hola —dijo—. Soy Max Forrester.

—Alex Thompson —dije. Miré a Dylan. Él me miraba a mí.

—Dylan Paris —dijo.

—Entrad, Alex y Dylan. Me disculpo por llegar tarde. A veces me pierdo en la agonía de la creación y me olvido de la hora.

Forrester ya me daba la espalda mientras abría la puerta. Puse los ojos en blanco. Perdido en la agonía de la creación, ciertamente.

Se podía oler el whisky de su aliento a cinco metros de distancia. Olía como si se hubiera perdido en el abrevadero más cercano.

Dylan me dejó pasar delante de él. Se reclinaba pesadamente sobre el bastón. *¿Qué le había sucedido?* Entré detrás de Forrester, y Dylan me siguió, cojeando.

—Sentaos, los dos, sentaos. ¿Os apetece un poco de té? ¿Agua? ¿O algo con un poco más de, eh...¿Vida?

—No, gracias —dijo Dylan, haciendo una mueca mientras se relajaba en su asiento. Una vez sentado, inclinó su bastón contra la pared. Su expresión era ilegible.

—Me apetece un poco de agua —dije, sólo para *contradecirle*.

Forrester llenó un vaso pequeño con agua en una diminuta pila en la parte trasera del despacho y me lo trajo. Entrecerré los ojos un poco cuando eché un vistazo al vaso. Estaba sucio. Aj. Y había algo aceitoso flotando en lo alto del agua.

Fingí tomar un sorbo y lo dejé en el borde del escritorio.

—Bueno, pongámonos a trabajar —dijo Forrester—. ¿Os conocéis el uno al otro?

—No —dije, contundentemente, justo cuando Dylan dijo:

—Sí.

Eso le gustó a Forrester.

—Apostaría a que aquí tenemos una historia—dijo entonces con una sonrisa iluminándole la cara.

—Se equivocaría —respondí. Miré a Dylan y dije—: Nada que tenga importancia.

Dylan parpadeó y rápidamente apartó la mirada de mí.

Bien. Parte de mí quería herirle tanto como me había herido él a mí.

Desgraciadamente, Forrester se dio cuenta.

—Confío en que no habrá ningún problema —dijo muy lentamente.

—No, ningún problema —dije.

—No, señor —respondió Dylan con la voz tranquila.

—Bien, entonces —dijo Forrester—. Eso es bueno. Entonces, dejadme que os explique qué haréis. Estaré aquí un año y estoy trabajando en una novela. Ficción histórica, centrada en los disturbios a causa del reclutamiento en Nueva York durante la Guerra de Secesión. ¿Estáis familiarizados con ellos?

Yo sacudí la cabeza, pero Dylan dijo:

—Sí. Una historia triste...Algunos acabaron siendo grupos de linchadores.

—Así es —asintió Forrester con entusiasmo—. Señorita Thompson...Ésta es la historia. En julio de 1863 hubo una serie de disturbios en esta ciudad. La mayoría eran irlandeses pobres y de clase trabajadora, protestando porque los ricos podían comprar la exención del reclutamiento. Las protestas fueron mal y después se volvieron violentas. Mucha gente murió.

—Quemaron el orfanato —dijo Dylan.

Qué lameculos.

—¡Así es, Dylan! Quemaron el orfanato para personas de color hasta los cimientos. Durante los disturbios lincharon a una docena de hombres de color o más.

—Entonces...—dije—. ¿Qué vamos a hacer exactamente para ayudar?

—Bueno, veréis, Columbia tiene una gran cantidad de material histórico sobre los disturbios. Buena parte son fuentes primarias. Mientras yo trabajo en mi borrador y el manuscrito final, vuestro trabajo será ayudarme con los detalles. El contexto histórico, el material original, toda la información que necesitaré para contar la historia bien.

—Eso es...Increíble —dijo Dylan—. No se ofenda, doctor Forrester, pero esto es mucho mejor de lo que me esperaba de unas
prácticas.

Oh, Dios. Éste iba a ser un año largo.

CAPÍTULO DOS

Me sentía como un impostor (Dylan)

La última vez que vi a Alex…O al menos, su imagen en Skype…
Agarré mi portátil y lo machaqué. Como eso no causó suficientes
daños, lo saqué de la tienda, más allá del límite del campamento,
y le disparé un cargador de treinta balas. No hace falta decir que aquello
atrajo una atención no deseada.

El sargento Colton convenció al viejo de que no me sometiera
a un consejo de guerra. Sin embargo, sí me confinaron en los ba-
rracones durante treinta días, algo ridículo porque estábamos en el
quinto pino en Afganistán, y las labores extra definitivamente no
eran ridículas, ya que sobretodo consistían en llenar sacos de arena.

En cualquier caso, no importó demasiado, ya que el día siguiente yo iba en el asiento de pasajeros de nuestro Hummer cuando
pasamos por encima de una bomba, y después de aquello no necesité demasiado un ordenador durante un tiempo. Quedé bastante
destrozado e hice que mataran a mi mejor amigo.

La cuestión es que Alex siempre evocó…Esto…Emociones fuertes, desde el primer momento en que le puse los ojos encima.

Nos conocimos hace casi tres años: mi último año de instituto y el penúltimo de ella. Y siendo franco: cambió mi vida, de maneras que realmente no puedo precisar.

Pero para entenderlo, primero tienes que entender cómo llegamos allí. Para mí, es como un problema de retroceso. Como si para contar cada parte de la historia tuviera que retroceder a una parte anterior. Yo estaba en Columbia porque me volaron por los aires, y me volaron por los aires porque me presenté voluntario para la infantería cuando me alisté en el ejército, y eso sucedió por culpa de la primera vez que ella rompió conmigo, que fue...Ya lo entendéis. Así que para que esto tenga algún sentido para vosotros, tengo que volver hasta el instituto.

Yo era un estudiante terrible, pero no soy estúpido. Tengo que añadir que cuando mi madre me echó de casa, sumaba salario mínimo con salario mínimo y no llegaba a ser suficiente para pagar el alquiler de un apartamento, mucho menos para el alquiler y alguna locura más como comprar comida. Además, los chicos con los que salía...Digamos simplemente que no eran piezas clave de la humanidad.

Así que me enmendé. Dejé de beber. Dejé de fumar hierba. Sigo fumando cigarrillos, pero todos tenemos un vicio. Y volví al instituto. El problema era que iba atrasado, muy atrasado. Cuando me matriculé de nuevo en la escuela, fui a ver al director de mi instituto y le expliqué mi situación.

—¿Dónde están tus padres? —fue la primera pregunta que me hizo.

Suspiré.

—Ahora mismo estoy más o menos sin hogar —contesté—. Pero no es permanente. Mire...No quiero involucrarlos en mi vuelta a la escuela. Supongo que necesito demostrar a mi madre que puedo hacerlo por mí mismo. Quizá necesite demostrármelo a mí mismo, también.

Lo entendió. Y me apoyó, siempre. Y para mi sorpresa (y la de mi madre) saqué casi todo *Matrículas*.

Al final del año, el director me llamó a su despacho.

—Escucha —dijo—. Quiero hablarte de un programa que tenemos. Cada año, la ciudad envía a media docena de estudiantes como parte de un programa nacional para visitar otros países. Una especie de programa de embajadores, de intercambio. Te han propuesto.

Yo estaba conmocionado. *¿Yo?*

—¿Eso no es para chicos listos que no se meten en problemas? —pregunté.

—Tú eres uno de los chicos listos, Dylan.

Noté que no prestó atención a la parte de los problemas.

—Mira, Dylan, lo que digo es…Que es una gran oportunidad educativa. Creo que deberías presentarte.

—Vale —dije, sin creérmelo realmente—. ¿Qué hago?

—Escribe una redacción. Éste es el paquete de solicitud. Explica en tu redacción por qué deberías tener la oportunidad.

Me llevé a casa el paquete y lo leí. Para ser sincero, estaba aterrorizado. En serio. Yo venía de una familia de obreros, con un borracho como padre, una borracha reformándose como madre y, bueno…Yo era un metepatas. Iba a competir con chicos con una media de notas de 4,0 puntos, chicos que planeaban ir a Harvard y Yale y otros lugares con los que yo no podía ni soñar. Pero escribí la redacción. Escribí sobre cómo es crecer con borrachos y convertirse en uno de ellos. Escribí sobre cómo volví a la escuela y me puse al día con mi clase. Escribí sobre lo importante que es tener una educación, desde el punto de vista de alguien que había trabajado en trabajos estúpidos, sin requisitos de calificaciones y sólo con un salario mínimo para poder alimentarme mientras no tenía casa.

¿Y sabéis qué? De alguna manera me aceptaron en el programa. Lo siguiente que supe fue que me seleccionaron como uno de la media docena de chicos de Atlanta que viajarían a Israel durante dos meses.

Y así es como conocí a Alex.

La primera vez que la vi fue justo antes de partir hacia Israel. Supongo que éramos unos cuarenta, sentados en una gran sala del Hunter College en Staten Island. Ella estaba enfrente de mí, al otro lado de la sala, y esa primera visión de ella está grabada en mi memoria para siempre. El largo cabello castaño, separado por la mitad y fluyendo por su espalda. Los ojos verdes que me cautivaron desde el otro extremo de la sala. La piel ligeramente aceitunada, los labios carnosos. No exagero al decir que era la mujer más preciosa que había visto nunca. Estaba tan lejos de mi alcance que ni siquiera me molesté en acercarme a ella. La realidad era que todos estos chicos estaban fuera de mi alcance. Algunos de ellos eran chicos absolutamente brillantes, todos estudiosos, trabajadores, que se habían partido el culo por la oportunidad de formar parte de este programa. Francamente, me sentía como un impostor.

No es que eso fuera a impedirme ir. Cuando subimos al avión hacia Tel Aviv la mañana siguiente, por una casualidad afortunada que cambiaría mi vida, acabé sentado al lado de la chica con los preciosos ojos verdes que había observado la noche anterior.

—Hola —dije—. Soy Dylan.

—Alex —respondió ella.

Alex. Repetí el nombre en mi cabeza. Me gustó.

—¿De dónde eres, Alex?

—San Francisco —dijo.

—¿En serio? ¡Vaya! Yo soy de Atlanta, Georgia. Nunca he estado en el Oeste.

Ella sonrió, e hice lo mejor para permanecer calmado. Lo cual fue difícil. Realmente difícil, porque sus ojos eran...Fascinantes. Era como emborracharse, pero de una forma buena, sin resaca.

—En realidad, éste era mi primer viaje al este —dijo ella.

—Háblame de ti, Alex.

Se recostó.

—Esa es una pregunta bastante abierta.

—Supongo. Deja que empiece yo. Soy Dylan, y tengo unas habilidades sociales penosas. Me gustaría conocerte haciéndote preguntas estúpidas. ¿Qué te parece?

Soltó una risita y casi me morí.

—Te diré algo —dijo—. Te haré una pregunta. Después tú haces una. Entonces yo hago otra. ¿Me sigues? Tienen que ser específicas. Y no puedes mentir.

Me esforcé por parecer herido.

—¿Te parezco alguien que mentiría?

—Tonto. Se supone que tienes que preguntar sobre mí.

Esta vez me reí.

—De acuerdo. Hmm...Eres de San Francisco...¿Alguna vez has montado en esos estúpidos vagones de la calle?

—Nunca —dijo—. Son para los turistas.

—Ah —dije—. Me lo imaginaba. Tu turno.

—Vale...Hmm...¿Cuál es tu asignatura favorita en la escuela?

Esa tuve que pensármela durante un segundo.

—Bueno...Solía ser el teatro, pero ya no tengo asignaturas electivas. Supongo que responderé Lengua. Me encanta escribir.

—¿En serio? ¿Qué escribes?

—Eso son dos preguntas. Es mi turno.

—Oh —dijo ella. Sonrió—. Es justo. Tu turno.

Intenté pensar una buena pregunta, pero fue difícil. Por una parte, ella seguía mirándome, ¡y menudos ojos! Además, no paraba de oler un toque de fresa. ¿Por qué diablos olía a fresas? ¿Era su cabello? Fuera lo que fuera, era seductor. Esta chica me asustaba muchísimo.

—¿Cuál es tu recuerdo favorito?

Se recostó y pensó, entonces una preciosa y enorme sonrisa cruzó su cara.

—Fácil —dijo—. Cuando tenía diez años, vivíamos en Moscú. Y mi padre me dejó ir por primera vez a una función oficial. Fue... Glamoroso. Todos los asistentes llevaban esmoquin y vestido de baile, y mi madre me llevó a que me tomaran medidas para mi propio vestido. Cuando el baile comenzó, mi padre me agarró de la mano y bailó conmigo.

—¿Moscú? ¡Hostias! ¿Qué estabas haciendo allí?

—Mi padre trabajaba para el Servicio de Exteriores. Y no es justo, eso es una pregunta de más.

Su padre estaba en el Servicio de Exteriores dijo ella de forma casual. Hostias. Muy lejos de mi alcance.

—Oh, cuernos, lo siento. Vale...Tienes dos preguntas.

—De acuerdo...¿Qué es lo que más te asusta en el mundo?

Tú, casi dije.

Respiré hondo, y dije, honestamente:

—Acabar como mi padre. Era un borracho.

Su cara tenía una mirada de...¿Tristeza? ¿Compasión? Yo no quería compasión. Ella cambió de tema.

—¿Qué es lo mejor que has hecho nunca? —preguntó.

—¿Lo mejor? Hmm...—Tuve que pensármelo un poco. Lo medité lentamente antes de responder—. Estuve sin hogar durante un tiempo. Dejé la escuela. Bueno, a veces no sabía dónde dormiría, o si tendría algo para comer. Una noche iba montado en MARTA... Es nuestro sistema de metro...Simplemente daba vueltas, intentando dormir un poco en el tren antes de que lo cerraran por la noche. Cerraron el metro a las 2 de la madrugada, yo me quedé atrapado en el centro y me encontré con una familia. Todos eran vagabundos, como yo. Padres, dos niños. El padre se había quedado sin trabajo. Y yo estaba trabajando y tenía un poco de dinero. Así que les invité a cenar en Waffle House. No fue mucho...Quizá veinte dólares. Pero se podía ver que los niños no habían estado comiendo mucho. Estaban tan...Agradecidos.

Cerré los ojos apretándolos. Esos niños eran...Apabullantes. Apabullantes en su necesidad y en el amor hacia sus padres y...Simplemente apabullantes.

Alex me miró como si yo fuera de Marte.

—¿Estabas sin hogar? —preguntó, en voz muy baja.

—No, ya has hecho dos preguntas. Mi turno —pensé, entonces solté abruptamente—: ¿Por qué hueles a fresas?

Ella se ruborizó, con un rojo profundo. *Oh. Dios. Mío.* ¿Por qué pregunté eso? *¡Idiota!*

Al final, ella habló con una sonrisa tímida en la cara.

—Es, esto...Mi champú. Me gustan las fresas. También llevo brillo de labios de fresas.

Era mi turno para tener un ataque de pánico. Porque el pensamiento de ella y un brillo de labios de fresas era demasiado para considerarlo. Sus labios eran perfectamente curvos, el inferior hacía una ligera mueca. Y para ser sincero, cada vez que miraba su cuerpo quería tocarla. En cualquier parte. En todas partes.

—Mi turno —dijo ella, girándose hacia mí. Tenía una mirada traviesa—. ¿Tienes novia?

En mi cabeza chirriaban señales de alarma.

—Esto...No exactamente —dije—. He estado viendo a una chica, pero no estoy seguro de a dónde va la relación. Si va a algún lado.

Ella sonrió.

Yo sonreí.

—¿Qué hay de ti? —pregunté—. ¿Hay algún novio?

—Algo así —dijo—. Estoy saliendo con un chico llamado Mike. Tampoco sé si es serio o no.

Tragué saliva. Ella tenía a un Mike en casa. Yo tenía a una Hailey en casa. Y este viaje duraría sólo dos meses, de todas maneras. Mi cerebro me decía: «¡Mantente alejado, Dylan!». Pero seamos honestos. De todas maneras nunca he sido tan listo.

Llorar: No. Iba. A. Pasar. (Alex)

Vale, mirad, no soy exactamente un caso perdido emocional ni nada parecido. No soy una melodramática. Pero Dylan había sido una gran parte de mi vida durante mucho tiempo. Y sentarme a su lado en el despacho del doctor Forrester era literalmente una tortura.

Cuando la cita acabó, nos levantamos incómodamente. Forrester nos estrechó la mano. Me giré y me fui sin decir palabra, mientras Dylan intentaba averiguar cómo salir de su silla y recomponerse.

Fui directa a la oficina de ayuda económica.

La oficina estaba abarrotada, por supuesto. Era el comienzo del año escolar y los estudiantes intentaban resolver su ayuda económica. Cada una de las personas con algún problema tenía que elegir ese justo momento para ir a la oficina de ayuda económica para resolverlo. Así que cuando pedí ver a Sandra Barnhardt, me dijeron que me sentara. Y esperé. Y esperé. Y esperé.

Finalmente me hizo entrar en su despacho. Ella estaba agotada. Tenía el pelo crispado y había altos montones de papeles en su escritorio. Cuando entré en la sala, se estaba tomando las últimas pastillas de un bote de Tylenol.

No era una buena señal.

—Hola, ¿qué puedo hacer por ti?

—Hola...Soy Alex Thompson. Hablamos por teléfono el otro día...¿Por un cambio de mis prácticas?

—Alex, Alex...Ah, sí, ya recuerdo.

Me removí en mi asiento.

—Esto...Me preguntaba si es demasiado tarde para cambiar a otra cosa. Cualquier cosa.

Ella frunció el ceño.

—Eso podría ser difícil. Generalmente, las prácticas se asignan al principio del verano. Para ser sincera, tuviste suerte de conseguir éstas. El contrato del doctor Forrester no se confirmó hasta la semana pasada, y es por eso que tuvimos una plaza de último minuto. ¿Cuál es el problema?

Oh, Dios. Realmente no tenía una buena razón. Al menos, no una que pudiera explicar. *Me han asignado junto a mi ex-novio.* Sí, eso iría bien. Intenté pensar algo, y de forma estúpida dije solamente:

—No estoy segura de que sean adecuadas.

Ella suspiró.

—Puedo asegurarte, ahora mismo, que no hay otras plazas. En realidad eres la quinta estudiante que viene y pide que le reasignen. Es posible que puedas cambiarlo con alguien; siempre puedes publicar algo en el tablón que hay fuera. Pero no puedo prometerte nada. Aunque siempre puedes volver a preguntar dentro de un par de semanas. A menudo tenemos estudiantes que abandonan en las dos primeras semanas. Podría surgir algo.

Asentí. Decepcionada. Éste se iba a convertir en un año muy difícil. Yo *no* quería tener que pasarme el año entero trabajando con Dylan. Convertiría lo que había sido una experiencia universitaria bastante maravillosa en una miseria.

—Siento no haber podido ser de más ayuda —dijo ella.

Vale, puedo captar las indirectas. Me estaba echando. Le di las gracias y salí del despacho. Podría sobrevivir unas semanas y después volvería y conseguiría un trabajo lavando platos o algo igual de entretenido.

Volví a la calle y caminé hacia los dormitorios.

No iba a llorar. Me negaba.

Llorar: No. Iba. A. Pasar.

Recordé estar cautivada e intrigada por Dylan. Nunca había conocido a nadie como él. Mi vida se centraba en los estudios. Trabajaba, y trabajaba muy duro. Pero también tenía todo tipo de apoyos, de mis padres, que contrataron tutores personales y profesores de piano; de mis hermanas, que nos ayudábamos unas a otras cuando teníamos un problema. Vivíamos a una manzana del Parque Golden Gate, en una maravillosa casa antigua, desde que mi padre se retiró del Servicio de Exteriores.

Dylan era...Tan diferente. Había estado sin hogar, por amor de Dios. No hablaba mucho sobre las partes difíciles de su vida...Al menos, no cuando nos conocimos. Pero estaba claro que éramos de mundos diferentes. Pero él era fuerte. Tenía que serlo, para salir de un problema con el alcohol y las drogas, volver a la escuela por su propio pie, conseguir la clase de notas que consiguió.

Me enamoré rápido.

Pasamos las doce horas del vuelo a Tel Aviv hablando mientras casi todos los demás estudiantes dormían. Recuerdo jugar a un estúpido juego de preguntas, hasta que algunas se volvieron incómodas («¿Tienes novia?») y cambiamos de tema. A libros favoritos. Harry Potter. Los juegos del hambre. Los dos odiábamos Crepúsculo, pero nos encantaba Katniss Everdeen.

—Me encantan las heroínas fuertes —me dijo con una mueca.

Oh, Dios mío. ¿Cómo podía alguien tan guapo ser tan perfecto?

Pero también era una contradicción. Era un apasionado de Hemingway, y podía perderse hablando sobre su libro favorito, *Fiesta*. Parecía desconcertado por mi atracción hacia Milan Kundera.

Los estudiantes de intercambio pasamos las dos primeras noches en Tel Aviv en un albergue juvenil. Asistimos a un montón de sesiones informativas y después fuimos a una gran cena formal. Dylan parecía incómodo en la cena. No creo que estuviera acostumbrado a actos formales como ése. Más tarde, algunos de nosotros fuimos caminando a la antigua ciudad de Jaffa, que ya habíamos visto durante una gira oficial ese día.

Nos sentamos en el muelle, mirando al mar Mediterráneo. El estuvo fumando y hablamos. Le hablé de mis hermanas (las cinco) y él habló sobre sus amigos.

—Más o menos nos juntábamos unos con otros —dijo—. Un puñado de amantes del drama, principalmente. Todos los chicos que básicamente eran unos marginados en secundaria. Pero…Ya sabes cómo es. La persona equivocada se acuesta con la otra persona equivocada y *drama*.

Me reí. Nunca me había acostado con nadie, pero sabía todo acerca de los dramas del instituto.

Yo seguía mirándole de reojo, y sabía que él hacía lo mismo. Sus ojos azules eran increíbles y tenía un pelo adorablemente largo, que crecía formando rizos sueltos. Hubo un momento en que me encontré resistiendo la necesidad de pasar mis dedos por ellos, lo que no habría sido una cosa muy tranquila y serena para hacer. Mantuve cuidadosamente unos centímetros de distancia entre nosotros, porque si nos hubiéramos tocado podría haberme lanzado encima de él. Oh, Dios, fue intenso.

Me pregunto si por eso fue tan doloroso cuando nos separamos. Porque nos habíamos enamorado tanto, tan rápido. Me perdí en él.

Sabía una cosa segura. No permitiría que pasara otra vez.

Cuando volví a la habitación, Kelly estaba ahí. Estaba tumbada en su cama, mirando al techo. Completamente quieta, con los ojos bien abiertos.

No estoy segura de haber visto a Kelly inmóvil, excepto quizá cuando perdía el conocimiento.

—¡Kelly! —pregunté—. ¿Estás bien?

Rompió a llorar.

—¿Qué sucede?

Solté mi bolsa y corrí a su lado.

—Joel —dijo, entonces explotó en un nuevo estallido de llantos.

—Oh, cariño —dije, deslizándome a su lado en la cama.

—Necesita espacio. Quiere ,jugar a varias puntas', signifique lo que signifique eso.

—Hijo de puta —dije —. Qué gilipollas.

Ella volvió a explotar en una nueva ronda de lágrimas. ¿Así había sido vivir conmigo la última primavera? No me extraña que ella se pusiera tan impaciente. La abracé, sin decir nada.

Después de unos minutos, dejó de sollozar, entonces dijo:

—Entonces, esto…¿Cómo te ha ido el día?

Soltó una risita, pero no una buena…Más bien parecía que se iba a volver histérica.

—Bueno —dije cuidadosamente—. Resulta que Dylan Paris dejó el ejército y viene a Columbia. Y nos han asignado en las mismas prácticas.

Se sentó de repente.

—Oh, Dios mío, ¿*qué*? Me estás tomando el pelo.

Es posible que escucharan su chillido a tres manzanas.

Asentí con la cabeza, miserablemente.

—Es súper incómodo. Y…Hostil.

—¿Qué dijo él?

Apreté los ojos, intentando no llorar.

—Dijo que esperaba que no nos hubiéramos encontrado.

Ella me cogió de la mano.

—Oh Dios mío. No creía posible odiarle aún más, pero lo hago. Vamos. Ahora mismo. Y emborrachémonos.

Asentí, porque justo en ese momento, parecía la mejor idea posible.

Reglas (Dylan)

—Creo que necesitamos establecer algunas reglas —dijo ella.

Era el tercer día de clases y nuestro primer día trabajando de verdad para el doctor Forrester. Forrester tenía una pila gigantesca de información, libros, archivos y documentos originales. Era un desastre desorganizado. Nuestra primera tarea era empezar a organizarlo y corroborar la información. Dividimos el trabajo justa y fácilmente: yo preparaba una base de datos y ella clasificaba el material y empezaba a pasármelo a mí.

Desgraciadamente, era difícil trabajar juntos cuando pasábamos la mayor parte del tiempo fulminándonos con la mirada el uno a la otra o ignorándonos.

—¿De qué estás hablando? —pregunté.

—Mira…Te guste o no, tenemos que trabajar juntos.

Asentí. Había intentado que me reasignaran unas prácticas distintas, pero no había ninguna plaza.

—Entonces, vamos a por una taza de café. Y hablemos. Y resolvamos cómo podemos hacer esto sin tirarnos a la yugular del otro.

Sentí un bulto en mi garganta. Estar sentado en el despacho de Forrester con ella era una cosa. Ir a cualquier otro sitio con ella, y sentarse, como las personas normales, y hablar de cualquier cosa era algo completamente distinto. Pero ella tenía razón. Si íbamos a hacer esto cada dos días, teníamos que establecer algunas reglas, o ambos nos sentiríamos muy miserables.

—Bueno —dije—. ¿Cuándo?

—He acabado las clases por hoy. ¿Qué te parece ahora mismo?

—De acuerdo —asentí.

Me levanté lentamente. Sentía mucho dolor. El día anterior había tenido mi primera sesión de terapia física en el hospital del VA de Brooklyn. Un montón de diversión. Mi fisioterapeuta era un antiguo marine de cuarenta y cinco años, y era de la escuela de pensamiento que cree que el dolor es bueno. El problema era que es difícil discutir con alguien a quien le falta una pierna. En serio, ¿qué compasión iba a mostrar él?

De todas formas, nunca me gustaron los marines.

Así que la seguí a la cafetería que había girando la esquina del despacho de Forrester. Era un lugar pequeño y agradable, con algunos asientos afuera. Me sentía increíblemente cohibido mientras caminábamos. Ella había adquirido el ritmo de los neoyorquinos durante su año de universidad aquí. Yo, por otra parte, me movía a un ritmo de tortuga, gracias a la pierna coja y el bastón.

Ella redujo el ritmo para mantener mi paso. Casi a medio camino, finalmente dijo algo.

—Entonces...¿Qué le pasó a tu pierna?

Hice un gesto de desdén, le di una respuesta brusca.

—Los *hajis* pensaron que estaba mejor sin ella, supongo. Una bomba en el arcén.

—Lo siento —suspiró.

—No es tan malo. Conseguí llegar al hospital y viví. Eso me hace afortunado. Lo que no dije: «no como Roberts, que salió de aquel arcén en una bolsa».

En la cafetería, dijo:

—Tú guarda un asiento. Yo llevaré el café. ¿Todavía te gusta cargado?

Asentí y murmuré:

—Gracias. Entonces me acomodé en un asiento al lado de la acera.

Mientras la esperaba, saqué mi teléfono y eché un vistazo a mi correo electrónico. Basura. Más basura. Correo de mamá. Le respondería más tarde. Estaba naturalmente preocupada por mí. Algunas cosas nunca cambiarían. Durante muchísimo tiempo estuve enfadado con mi madre por echarme cuando dejé la escuela. Hoy en día, estoy agradecido por ello. Me dio la oportunidad de llevarme duros tragos temprano. Me dio la oportunidad de amueblar la cabeza y averiguar mis prioridades cuando era lo bastante joven para que el daño no fuera permanente. Amor severo, lo llaman en el programa. Ella era una creyente. Nunca hubiera imaginado que ella llevara limpia y sobria cinco años, así que había algo que funcionaba.

Cuando Alex volvió a la mesa, llevando dos tazas gigantes de café, guardé el teléfono.

—Gracias —dije.

Sorbí el café. Oh, estaba bueno.

Ella sonrió, me miró a los ojos, entonces desvió la mirada muy rápidamente. El breve contacto visual, que de forma extraordinaria no era una mirada de furia, me retorció el estómago y me hizo mirar al suelo.

—Vale —dije. —Reglas.

—Sí —dijo ella.

Estuvimos en silencio. ¿Qué, ella esperaba que se me ocurrieran a mí?

Sacudí la cabeza, entonces dije:

—Vale, empiezas tú. Fue idea tuya.

—Es justo. Me miró pensativa y dijo: —De acuerdo. La primera regla. Nunca, jamás hablaremos de Israel.

Cerré los ojos y asentí. Hablar de eso sería demasiado doloroso.

—De acuerdo —murmuré.

Ella parecía aliviada, lo que de algún modo volvió a romperme el corazón.

Hablé:

—Tampoco hablaremos de lo que sucedió después. Ni de cuando te visité en San Francisco. O el año entremedias. O el año siguiente.

—Especialmente no hablaremos del año siguiente —dijo ella. Sus ojos brillaban mientras miraba la mesa.

Estuvimos en silencio otra vez. Esto era de lo más chistoso. Me sentía como si estuviera en un funeral.

—No sé si podré hacerlo —dije.

—¿Por qué no? —contestó ella.

—Porque...Porque, bueno, a veces duele, Alex. Un poco. Mucho. Dios Santo.

Ella desvió la mirada, y maldita sea si sus ojos no eran preciosos. Sus pestañas parecían kilométricas.

—Si vamos a salir adelante este año, creo que tenemos que dejar eso atrás —dijo.

—Sí.

—Será como si fuéramos desconocidos.

Me encogí de hombros.

—Vale. Como si fuera posible.

—Empezaremos de nuevo. Nos acabamos de conocer. Eres alguien que acaba de dejar el ejército y yo soy una chica de San Francisco que viene aquí a la universidad. No tenemos nada en común. Ninguna relación. Ni amistad. Y desde luego...Tampoco lo que fuimos.

«Ni amistad». Por supuesto que no. ¿Cómo diablos podríamos ser amigos, después de lo que hemos pasado?

Asentí, sintiéndome miserable. Mierda, tampoco es que tuviera ningún amigo igualmente, ya no. Perdí el contacto con los de Atlanta, que no podían aceptar en qué me había convertido. Y los de Afganistán...Excepto Sherman y Roberts, nunca me acerqué mucho a nadie. Roberts estaba muerto y Sherman seguía en Afganistán.

—Igualmente no sé qué éramos. Nada tuvo mucho sentido.

Se encogió de hombros y después cruzó los brazos sobre su pecho, y me sentí como una mierda por lo que había dicho.

—Lo siento —dije.

—¿Por qué? —preguntó, desviando la mirada de mí, mirando a la calle.

Su labio inferior temblaba y yo quería golpearme la cabeza con un objeto puntiagudo y afilado.

—Es cierto, ¿no? ¿Nunca tuvimos mucho sentido?

—Oh, Dios. No hagamos esto. Por favor.

—Vale.

Ella tenía un tic en la cara y era obvio que estaba conteniendo las lágrimas.

—Mira —dije—. Esto es una mierda. Pero estaremos bien, ¿de acuerdo? Son sólo unas horas a la semana, de todas formas. Lo que tuvimos...Fue otro mundo. Estábamos en un país extranjero, expuestos a todo tipo de cosas asombrosas. No éramos nosotros, nuestros verdaderos yo. Fue...Fue una fantasía. Una fantasía preciosa, pero aun así ficción, ¿vale?

Ella asintió, rápidamente, entonces se secó el ojo con un puño, corriéndose el rimel.

—Si sirve de algo, lo siento.

—Ya estamos rompiendo las reglas —dijo ella.

—No. No lo hacemos. Ya no hablamos del pasado. De ahora en adelante, sólo hablamos del presente. Tienes toda la razón. ¿Alguna regla más?

—No sé.

Fruncí el ceño y dije:

—Bien. ¿De todas formas, tú qué piensas del doctor Forrester?

Sacudió la cabeza.

—Es un farsante total.

Levanté las cejas.

—¿En serio?

—Bueno, sí. Mírale. ¡Una chaqueta de tweed! Escribió una novela hace quince años, ganó un Premio Nacional del Libro y ha vivido a costa de eso desde entonces.

Sonreí.

—Es todo un caso de...Esto...

Oh, mierda, ahora no. No podía pensar. A veces me pasa esto. Olvido palabras, frases. Cerré los ojos, intentando centrarme, dejar que mi cerebro lo enfocara desde otro ángulo. Imaginé una máquina de escribir, una manual antigua, y apareció.

—Bloqueo del escritor.

Ella soltó una risita. Todavía estaba alterada, pero el cambio de tema ayudó. Fue agradable ver un poco de color en sus mejillas.

—¿Todavía escribes? —preguntó.

—Por supuesto —asentí.

—¿Sobre qué?

Me encogí de hombros.

—Ahora mismo sobre la guerra. Es todo una...Corriente del pensamiento, supongo. Sin organizar de ninguna manera. Sólo intento escribir mis pensamientos. Mi terapeuta en Atlanta dijo que podría ayudar.

Se giró y me miró, realmente me miró, por primera vez, creo, desde que nos habíamos encontrado hacía tres días.

—¿Tu terapeuta?

Me encogí de hombros.

—Además de la pierna coja, me han diagnosticado técnicamente trastorno por estrés postraumático. Y traumatismo craneoencefálico. Cuando la bomba estalló me agitó un poco la mollera, ¿sabes? De todas maneras, son todo etiquetas.

—¿Qué quieres decir?

Fruncí el ceño.

—Es sólo que…No soy exactamente el tipo que conociste, Alex. A veces las cosas aquí…No parecen tan…Tan reales. Como eran allí. Quizá me he convertido en un yonqui de la adrenalina. La realidad no es lo bastante colorida para mí.

Ella suspiró.

—Yo me sentí así durante muchísimo tiempo después de volver de Israel.

—Estás rompiendo tus reglas otra vez.

—Oh, claro. —Se detuvo, después volvió a hablar—. Pero lo hice de verdad. Fue tan intenso, e interesante y colorido. Entonces, de repente las cosas eran mundanas, y grises, y todo era levantarse e ir a la escuela y hacer deberes y nada parecía importar demasiado.

—Sí —dije—. En cualquier caso, creo que trabajar con el doctor Forrester será interesante, al menos. Estaba seguro de que mis prácticas serían lavar platos o fregar suelos o algo así.

—Sí, esto es mucho mejor —contestó ella—. Y piénsalo, podrás ver a un *auténtico* escritor en acción.

Cuando dijo la palabra ‚auténtico‘ levantó las manos e hizo comillas. Me reí.

—Vale, probablemente tengas razón. Veamos si escribe algo este año. Al menos podemos asegurarnos de que la investigación está planificada.

Sonrió.

—Deberíamos apostar sobre esto.

Levanté las cejas.

—¿Te sientes con ganas de competir?

—Yo digo que no escribe absolutamente nada. Veinte dólares.

—Es justo. ¿Cuál es el límite? ¿Cincuenta páginas? ¿Cien? ¿Dos?

—Al menos tiene que completar un primer borrador.

—Trato.

Extendí la mano para dársela. Ella la tomó, y aunque la acción pareció natural, pareció *demasiado* natural. Tomar su mano. La solté rápidamente, sintiendo como si me hubiera quemado. Tocarla...Fue demasiado intenso.

Ambos quedamos en silencio otra vez. Incómodo. Como. El infierno.

—Debería irme —dije, en el mismo instante en que ella dijo:

—Bueno, tengo que ir a algún...

Nos miramos y los dos nos carcajeamos.

—Vale —dije—. Sí, esto es raro. ¿Realmente seremos capaces de hacerlo?

Ella se encogió de hombros y esbozó una sonrisa que yo sabía que era falsa como un billete de tres dólares.

—Por supuesto, Dylan. No puede ser tan difícil.

Empecé a recoger mis bolsas, entonces saqué tres dólares de mi cartera.

—Por el café —dije.

—Guárdalo. Tú invitas la próxima vez.

Me detuve, entonces volví a meter el dinero en mi cartera. *¿Próxima vez?* ¿Esto iba a ser algo habitual? Probablemente no era una buena idea. No era para nada buena idea.

CAPÍTULO TRES

Fresas (Alex)

C uando finalmente se puso en pie, se acercó inclinándose y dijo:

—Creo que necesitamos una regla más.

—¿Sí?.

Respiró hondo por la nariz y dijo:

—Sí. Esto, sí…Te tienes que comprar otro champú.

Pero. Qué. *Demonios.*

—¿De qué estás hablando? —pregunté, sintiéndome de repente muy incómoda.

—Sigues oliendo a fresas y eso me rompe el corazón —dijo con un débil gruñido.

Con eso, se giró, colgó su bolsa por encima de su hombro imposiblemente ancho, y comenzó a caminar.

Ya se encontraba a seis metros de distancia antes de que yo pudiera volver a pensar siquiera. Sin pensar, sin preocuparme por las consecuencias, grité tan fuerte como pude:

—¡No puedes hacer eso! ¡Estás rompiendo la primera regla! ¿Me oyes, Dylan?

Estaba atrayendo la atención. Él saludó por encima del hombro y siguió caminando.

Cabrón.

Recogí mi bolsa y me giré para irme en la otra dirección, de vuelta al dormitorio. Oh Dios, estaba hecha un lío. Estaba hecha un lío por culpa de sus ojos imposiblemente azules, por cómo sus brazos y su pecho se habían vuelto...Tan desarrollados. Él olía igual que siempre y estar a su alrededor era imposible. A veces, cuando estaba cerca de mí, yo ni siquiera podía respirar. ¿Cómo demonios se supone que voy a permanecer distante y profesional cuando enciende cada nervio de mi cuerpo?

¿Por qué tuvo que decir eso?

Todavía me acordaba. Recordaba que me preguntó hace un millón de años en el avión, durante nuestro juego de preguntas y respuestas: «¿Por qué hueles a fresas?».

Maldita sea.

Ni siquiera nos conocíamos el uno al otro. Yo era alguien diferente en Israel. Libre. En casa, aquí en la universidad, yo era...Bueno, era un poco bruja. Me centraba al cien por cien en mis estudios, en el éxito. Estaba motivada. No tenía tiempo para las sensaciones y emociones locas que experimenté durante el viaje.

Iba recordando mientras caminaba. Su olor. Su tacto.

Tres días después de llegar a Israel, fuimos con nuestro primer grupo de familias anfitrionas, en Ramat Gan, un barrio residencial de Tel Aviv. De algún modo, por culpa de una estúpida confusión, acabé siendo la única estudiante femenina asignada a un anfitrión varón. Ariel no era nada más que una bola enorme de hormonas y glándulas, un capullo hipermasculino que estaba completamente seguro de que se iba a acostar conmigo alguna vez durante mi estancia de diez días en su casa. Al final del segundo día, yo ya estaba agotada de defenderme de sus avances y fui a hablar con nuestro tutor. Me colocó con una familia diferente, gracias a Dios. Esa noche, nuestras familias anfitrionas celebraron una fiesta para todos nosotros.

Recuerdo mirar a Dylan en la fiesta. Todos los chicos bebían. Algunos, como yo, se moderaron, pero otros, como Rami, el anfitrión de la fiesta, se estaban desmadrando de verdad.

Todos excepto Dylan. Se pasó la noche sosteniendo una cola y relajándose en un rincón. En cierto momento, agarró su guitarra y tocó algunas canciones e hizo que varios estudiantes borrachos cantaran junto a él. Miré y sonreí, pensando en lo bellos que eran sus ojos. Cuando tocaba la guitarra, su cara mostraba expresiones exageradas, a veces fruncía los labios, cerraba los ojos. Él no paraba de mirarme.

Más tarde, esa noche, se acercó a mí y preguntó:

—¿Podemos hablar un momento?

Me moví un poco. *Oh. Dios.* ¿De qué iba eso? ¿Iba a pedirme salir? Yo quería que lo hiciera. Con muchas ganas. Fuimos a la habitación de Rami, en la parte trasera del apartamento, y nos sentamos en la cama el uno junto al otro.

—Escucha —dijo—. Sé que estaremos aquí sólo unas semanas. Y eso es todo. Nada funcionaría entre nosotros. Pero…Me siento muy, muy atraído por ti. Y me gustaría saber si tú sientes lo mismo.

Mi respiración era corta y poco profunda. No podía creerme que estuviera pasando esto. Al final, asentí, rápidamente.

—Sí. También —contesté.

—Quizá…¿Quizá podamos simplemente ver qué pasa, entonces? Sonreí.

—Vale —dije.

Los dos últimos años hubieran sido mucho menos dolorosos si yo le hubiera dicho, en aquel preciso momento, que se fuera al infierno. Pero quizá yo era un poco empollona y no lo bastante avispada, porque me enamoré de él. Y me pegué una buena. Y aún no me he recuperado.

Dos horas después de que Dylan se alejara de mí tan indiferente, en la cafetería, Kelly jadeó cuando le conté lo que él me había dicho.

—¿Que dijo qué?

Suspiré.

—Me dijo que quiere que cambie de champú. Porque el olor a fresas le rompía el corazón.

Me miró, con los ojos abiertos del todo, y dijo:

—Eso es tan romántico.

—Oh Dios, Kelly, ¡no me ayudas en nada!

—Lo sé —asintió.

—Pensaba que le odiabas.

—Sólo porque te hirió. Pero es obvio que todavía sientes algo muy grande por este tío. Quizá deberías montártelo con él y olvidarte de él.

—¡Ya *basta!* Lo único que voy a hacer con él es sobrevivir un año trabajando para Forrester. Él me hirió, Kelly. Más de lo que hubiera creído posible.

—Lo sé —dijo ella, en voz baja—. Pero quizá haya algo más que no sepas. Es decir...Sólo digo que es posible.

—No. Es totalmente imposible. ¿Yo y Dylan? Nunca más.

Suspiró y se recostó en su cama.

—¿Y qué pasa con Joel? —dije, intentando cambiar de tema.

Se encogió de hombros.

—Sigue siendo un gilipollas.

—Menuda sorpresa —contesté.

—¿Era yo demasiado empalagosa? No lo entiendo.

—No —dije—. El año pasado hubo veces en que no se os podría haber separado a los dos ni con una palanca. Aquí pasa otra cosa.

—Oh, Dios. ¿No creerás que me engañaba mientras salíamos, verdad?

Sacudí la cabeza.

—Hubiera apostado a que eso no pasaría. Quizá es sólo que está…No sé. ¿Asustado?

Kelly frunció el ceño.

—¿De qué tiene que estar asustado?

Solté una risa algo triste y amarga.

—Quizá está asustado de que le rompan el corazón. Son cosas que pasan.

Ella me miró a los ojos.

—Podría ser —dijo.

Nuestro trabajo era salir y disparar (Dylan)

Vale, no debería haber dicho lo que dije sobre el aroma a fresa.

Dos días después, ella apareció en el despacho de Forrester apestando a fresas. Me lanzó una mirada desafiante y se sentó y comenzó a trabajar.

No sabía si montar en cólera o desmoronarme y llorar, así que hice lo mejor que se me ocurrió. Me reí. Largo y fuerte, hasta que casi corrieron lágrimas por mi cara.

—¿Estás bien? —preguntó ella.

Eso me hizo estallar de nuevo y ella me lanzó una mirada irónica. Pero finalmente me tranquilicé, comencé a trabajar y empecé a sentirme optimista. Quizá esto funcionaría después de todo.

En ese momento estábamos empezando a caer en una rutina. De vez en cuando dejábamos de trabajar para hablar de un tema en concreto: artículos de diarios, cuentas personales, artículos de periódicos, lo que fuera, y hablábamos de cómo clasificarlos y corroborarlos de forma precisa. A veces, cuando ella estaba ocupada estudiando a fondo un documento inextricable, yo, con desinterés…no tanto…la miraba y dejaba que mis ojos reposaran sobre ella.

Sabía que era estúpido hacerlo. Lo sabía. Pero no podía dejar de hacerlo. Porque ella era tan preciosa como siempre. Ella vestía unos tejanos azules desteñidos y botas a media pierna que resaltaban la curva de sus piernas, una camiseta gris con el logo de una banda (no reconocí la banda, pero una búsqueda en Google más tarde lo arreglaría), un suéter blanco fino. La camiseta apretaba su torso, remarcando sus pechos y su cintura de una forma que atrajo mi atención y la retuvo. Su cabello estaba suelto, cayendo exuberante sobre sus hombros y hasta media espalda. Yo sólo quería estirar la mano y pasar mis dedos a través de su cabello. Me sorprendí a mí mismo recordando: inclinándome hacia ella, besándole el cuello, sintiendo su cabello envolverme y respirar su aroma.

—¿Qué estás haciendo?

Sacudí la cabeza, avergonzado.

—Lo siento —dije.

—Me estabas mirando.

Ahora la miré a los ojos, después desvié la mirada.

—Bueno, pues dispárame.

Me giré hacia el ordenador, introduje la información del último artículo, el invaluable diario de un banquero que había presenciado el comienzo de los disturbios.

Podía escuchar su respiración mientras tecleaba la información. El monitor del ordenador la reflejaba a ella ligeramente. *Ella* me miraba a *mí* ahora. Maldita sea. Vuelta al trabajo.

—¿Sabes qué es lo que no escucho? —preguntó.

—¿Qué?

—No escucho ningún sonido de teclas desde su despacho.

Me reí disimuladamente.

—¿Quizá sólo escribe de noche?

—¿O en décadas alternas?

—Sabelotodo.

Ella soltó una risita.

—Quizá nos sorprenda a los dos —dije.

—Todo es posible —dijo ella. —Pero creo que es un fraude.

De repente exhalé, entonces dije:

—Quizá. Pero lo estuve pensando anoche. Imagina llegar a lo más alto de tu carrera con veintidós años. Todavía estaba en el último curso de universidad cuando ganó el Premio Nacional del Libro. Veintidós años y tienes un gran éxito de ventas con el premio más importante de tu campo. ¿Quién no se sentiría intimidado? ¿Cómo superas algo así?

—Vaya —dijo ella—. Tienes razón. No lo había pensado así.

Sonreí.

—Me encanta escucharte decir esas palabras.

—¿Qué palabras?

—*Tienes razón.*

Ella me puso una mueca y me lanzó un lápiz.

—Algunas cosas nunca cambian —dijo.

—Sí, bueno, es difícil mejorar la casi-perfección.

Sacudió la cabeza.

—Son las cinco en punto. Recojamos.

—Vale —dije. Entonces mi estúpida, estúpida, estúpida boca se adelantó a mi cerebro—. ¿Quieres tomar una taza de café?

Ella puso una mirada extraña, con los ojos un poco estrechados y la cabeza ligeramente desviada y dijo:

—Vale.

Me puse en pie cuidadosamente, con las manos en los extremos del escritorio y agarré mi bastón. Unos pocos pasos hasta la puerta del despacho de Forrester. No escuchaba ningún sonido dentro.

Dios, esperaba que estuviera vivo. Abrí la puerta del despacho silenciosamente y miré dentro.

Forrester estaba inconsciente sobre su escritorio, con un poco de baba acumulándose en los papeles que había bajo su cara.

Supongo que no hacía falta preguntar si podíamos irnos. Cerré la puerta y le di la espalda.

—¿Está escribiendo? —preguntó ella.

—Sí —dije.

—¿En serio? —parecía sorprendida.

—No. Está inconsciente.

—Oh. Dios. Mío.

Me encogí de hombros.

Dependiendo de vuestro punto de vista, experiencia y actitud, diríais que recorrimos el camino hasta la cafetería en un silencio sociable, o en uno opresivo e incómodo. Prefiero pensar que era lo primero, pero el pesimista que hay en mí dice que sin duda era lo segundo. Cuando habíamos recorrido dos tercios del camino, ella dijo:

—Parece que hoy estás mejor. Hizo un gesto hacia el bastón.

—Sí —dije—. Tengo un nuevo fisioterapeuta.

—¿Ah, sí?

—Se pluriemplea, creo. Como dominante. Se anuncia en las últimas páginas del *Village Voice*.

Ella echó la cabeza para atrás y se rió bien fuerte.

—Estás loco —dijo.

—No —dije, sacudiendo la cabeza—. Lo digo muy en serio. Creo que ayer vi de reojo unas correas de cuero colgando de su escritorio. Tendré que darte mi información de contacto de emergencia, en caso de que alguna vez desaparezca tras una de mis citas.

—¿Con qué frecuencia debes ir?

—Dos veces a la semana. Y se supone que debo caminar al menos kilómetro y medio cada mañana. Creo que pronto me hará empezar a correr.

—¿Qué pasó exactamente? —preguntó.

Para entonces estábamos en la cafetería, así que dije:

—Déjame pedir nuestras bebidas, después te contaré toda la historia.

Cinco minutos después estábamos sentados afuera, con el café en la mano, y dije:

—Sucedió a finales de febrero. Salimos de patrulla. Básicamente, nuestro trabajo era salir y disparar. Conducir dando vueltas hasta que alguien nos disparara, entonces la fuerza de reacción rápida se mete de lleno y atrapa a los malos. O al menos esa es la teoría. —Ella asintió, alentándome a seguir—. En cualquier caso, aquel día en concreto habíamos estado en un pueblo pequeño, a unos cinco kilómetros de la BOA.

—¿La BOA? —preguntó.

—Perdona. Base de Operaciones Avanzada. ¿Recuerdas Fort Apache? Es donde llevas una pequeña parte del ejército, los despliegas sobre un pequeño objetivo en medio de territorio hostil y los dejas colgados para que se pudran.

Ella se recostó, parecía impactada. Probablemente lo estaba más por mi tono amargo que por las palabras que usé.

—En cualquier caso, el pueblo estaba a unos cinco kilómetros de distancia y siempre pasábamos por allí. Se suponía que era territorio amigo, pero es todo relativo. Amigo significa que ahí no nos hacían volar por los aires cada día, quizá sólo una vez a la semana. Podíamos dar caramelos a los niños bastante seguros de que no los matarían por eso, y que tampoco llevarían granadas ocultas ni nada por el estilo.

Una expresión triste le cruzó la cara. Casi era una expresión de compasión.

Yo no necesitaba su jodida compasión. Me incliné hacia delante y dije:

—Escucha, haz lo que quieras, pero no me compadezcas. No quiero ver esa expresión en tu cara, ¿de acuerdo? Salí de allí vivo y caminando. Eso me convierte en un puto ganador de la lotería, ¿vale?

Sus ojos se abrieron del todo y ella asintió.

—Pero bueno…Aquel día nos retrasaron. Uno de los tenderos… Vale, estoy exagerando. El tío tenía básicamente un carrito al lado de la carretera, donde nos vendía cosas a nosotros o a camioneros que pasaban por allí. Probablemente ganaría unos cincuenta centavos al día. Creo que se dio cuenta de que podría ganar mucho más trabajando para los talibanes, porque aquel día nos retuvo contándonos una historia estúpida sobre insurgentes que se iban de la zona, y que él sabía adónde irían y cosas así. Por fin acabamos con él, dando tiempo suficiente a los malos para preparar una emboscada junto a la carretera por donde volvíamos a la BOA.

—Y…¿Qué pasó?

—No recuerdo demasiado. Estábamos más o menos a medio camino cuando mi Humvee pasó por encima de la bomba. Mi amigo Roberts conducía y fue sobretodo su lado el que se llevó el impacto. Todo se volvió blanco, repentinamente. No podía ver nada, no podía oír nada y entonces todo desapareció. Me desperté en Alemania tres días después, con mucha suerte de estar vivo. Tenía cortes profundos en los músculos del muslo y de la pantorrilla por la metralla. Me quedé con un zumbido permanente en los oídos, aunque los médicos dicen que quizá desaparezca en unos años. Y…Bueno, pasé mucho tiempo en el hospital. Primero en Alemania, entonces, cuando me estabilizaron, me trasladaron al Hospital del Ejército Walter Reed en Washington.

—¿Y tus amigos?

Hice una mueca.

—Básicamente tenía dos amigos en el ejército. Sherman estaba en el Humvee que iba detrás de nosotros. Salió sin un rasguño. Todavía está en Afganistán. Y...Bueno, Roberts no lo logró.

Sus ojos cayeron sobre la mesa y dijo:

—Lo siento.

Me encogí de hombros, intentando parecer relajado, sabiendo que era mentira mientras decía lo siguiente:

—Son cosas que pasan, Alex. Las personas mueren. Roberts no querría que me pasara la vida fastidiado por lo que pasó, igual que yo tampoco querría si hubiera sido al revés. Ahora mismo él está ahí arriba, en algún lugar, instándome a emborracharme y echar un polvo, probablemente.

Soltó una risita.

—¿Y sigues su consejo?

—Aún no —dije—, pero siempre habrá un mañana.

No fue la cosa más inteligente para decir, supongo. Su mirada se apartó de mí, hacia la calle. Al fin, muy lentamente, preguntó:

—¿Por qué no contactaste conmigo? ¿Después de que te hirieran?

No me gustó la expresión de su cara, llena de...¿Pena? ¿Anhelo? ¿Tristeza?

No podía contestar esa pregunta en voz alta. Porque me arrancaste el corazón, quería decir. Porque no podía hablar contigo sin odiarte.

Porque te amaba demasiado para hacerte pasar por mi amargura y mi ira. Porque no merecía tenerte.

Sacudí la cabeza y dije, en un tono de voz ligero:

—Contestar a esa pregunta sería romper las reglas, Alex.

Nada de usar spray de pimienta en el bar (Alex)

—No sé, Kelly. Creo que no tengo ganas.

Kelly me miró con los ojos en blanco mientras se contoneaba para ponerse un top transparente que necesitaría un abrelatas para quitarse, entonces dijo:

—Alex. Es el primer viernes de vuelta en la escuela. Vamos a salir. ¿Qué mosca te ha picado?

—Lo que me ha picado es que tengo que estudiar. Tengo que centrarme.

Kelly dejó de hacer lo que estaba haciendo y caminó directa hacia mí. Puso sus manos a cada lado de mi cara, me miró a los ojos y dijo:

—Eso son sandeces.

—¿Qué?

—Ya me has oído, Alex. Has estado como loca toda la semana. No necesitas ser la súper empollona; te irá bien si descansas una noche. Esto es por Dylan.

Oh, vete a la mierda.

Me detuve. El arrebato de rabia fue una sorpresa. Quizá ella tenía razón. Es decir...Había superado lo que sentía por él. Pensé. Vale, no es cierto. Pero...No creía que mi comportamiento fuera diferente.

—¿Holaaaa? —dijo ella, sacudiendo la cabeza mientras alargaba la palabra.

—Esto...No he estado como loca toda la semana, ¿verdad?

—¡Oh, por amor de Dios, Alex, vístete! ¡Vamos a salir, ahora mismo! Y espera y verás...Algún tío increíblemente bueno vendrá y te dará un buen meneo, y será demasiado tarde para el soldadito. Nunca sabrá qué le golpeo.

Se giró y volvió a su espejo, entonces comenzó a ponerse el rímel.

Empecé a buscar algo que ponerme. Quería estar atractiva, pero… No demasiado atractiva. No había olvidado la primavera pasada. Ahí. Tejanos con un cinturón de medallón. Camiseta de manga larga ceñida con un chaleco. Quizá no sea un atuendo para salir de copas, pero Kelly ya enseñaba suficiente carne por las dos. Y por mucho que ella lo dijera, realmente yo no quería que me entrara ningún tío. Para ser sincera, el pensamiento hacía que se me pusieran los pelos de punta, y eso también me preocupaba. Rebusqué por mi cómoda y saqué mis botas negras de ante y de caña alta, con sus tacones de cinco centímetros.

Una hora más tarde estábamos en el Bar 1020, intentando buscar un lugar donde sentarnos en la abarrotada barra. El segurata echó un segundo vistazo a mi carné de identidad cuando entramos, pero nos dejó entrar a Kelly y a mí de todas formas. Quizá tenía la esperanza de que la camiseta de ella reventara.

Vale, sí. Estaba de mal humor.

A nuestra izquierda había una multitud rodeando el bar, formando tres o cuatro filas. Todas las mesas estaban ocupadas, por supuesto, pero lentamente nos abrimos paso hasta la barra. Kelly estaba en excelente forma, charlando con cada tío que nos cruzábamos. Yo me sentía un poco más reservada, y francamente, odiaba que la multitud se apelotonara a mi alrededor de esa forma. Éste nunca había sido mi lugar favorito para salir, sobretodo por las multitudes que se forman los fines de semana. Pero de alguna manera, Kelly y yo acabábamos aquí al menos una vez a la semana.

Al final nos apretujamos en unos taburetes una al lado de la otra al fondo del bar, cerca de las mesas de billar. Un grupo de unos veinte chicos estaban reunidos ante la barra a nuestra izquierda, cantando mientras apuraban chupitos. La banda se estaba preparando en un escenario diminuto cerca de las mesas de billar, y el volumen general del lugar se había vuelto más y más ruidoso en los treinta minutos que llevábamos ahí.

Entonces fue cuando vi a Randy Brewer y sentí repentinamente cómo se me giraba el estómago. Sentí literalmente cómo mi corazón se aceleraba, con el pulso haciendo que las arterias de mi cuello palpitaran. Agarré a Kelly por la muñeca, apretando fuerte.

—¿Qué pasa? —me gritó al oído—. ¿Es Dylan?

Sacudí la cabeza, incapaz de hablar, incluso para decirle que Dylan no bebía.

Randy me vio y se inclinó contra la barra, mirándome lascivamente. Una mueca irrumpió lentamente en su cara y me guiñó un ojo.

—Qué cabrón —dijo Kelly.

Le di la espalda, mirando a Kelly y dije abruptamente:

—Vámonos a otro lugar.

El tío con el que ella había estado hablando se inclinó hacia nosotras y dijo:

—¿Qué pasa, nena? No te aburro, ¿verdad?

Kelly sonrió dulcemente y dudo que él viera la puñalada que le iban a dar.

—Sí, me aburres —dijo ella—. Deberías buscarte algo más emocionante de lo que hablar y después vuelves, ¿vale?

—Zorra —dijo él, entonces soltó un fuerte eructo y se alejó.

Kelly me miró a los ojos, con una sonrisa genuina y las dos nos echamos a reír.

—Realmente sabes elegirlos, Kels.

—Oh, Dios mío —dijo ella, aún riendo—. ¿Te estoy aburriendo, «nena»? Guau.

Ella soltó una risita.

—Oye, ¿has hablado con Joel?

Su tono aún era ligero, pero dijo:

—Dios, Alex, vaya forma de aguar la fiesta.

—Ups, lo siento.

—Sí, he hablado con él esta mañana. Quería salir esta noche. ¿Qué demonios? ¿Rompo contigo porque estar enamorado es demasiado, así que por qué no tenemos citas ocasionales mientras me tiro a otras? ¿Qué demonios le pasa? ¿Qué demonios les pasa a todos los tíos?

Me encogí de hombros.

—No lo sé. Espero que no sea contagioso.

Ella hizo una mueca, entonces dijo:

—Sólo por vía sexual.

Gemí, riéndome, entonces me sacudí cuando sentí una mano cerrarse en mi brazo y después una voz cargada de lujuria en mi oído.

—Hola, Alex. Te he estado buscando, ¿cómo has estado?

Randy. Me aparté bruscamente, pero él no me soltó.

—Suéltame, Randy. Apártate de mí.

—¿Qué demonios? Sólo quería saludar.

Parecía ofendido, pero no me soltaba. Empezó a frotarme el brazo con su pulgar.

—Venga, Alex, la pasada primavera cometí un error. Pero no estuvo tan mal.

Le miré a los ojos y dije furiosa:

—Quítame la mano de encima, *ahora*.

—Nena, sólo quiero hablar contigo, ¿vale?

—¡Yo no quiero hablar *contigo!*

Algunas personas a nuestro alrededor comenzaron a apartarse, sintiendo la tensión y la ira. Algún tipo dijo con indecisión:

—Creo que quiere que la dejes en paz.

—Alex, escúchame. Mira…Admito que la cagué. Había bebido demasiado y no debería haberte presionado tanto…

Vi un borrón a mi izquierda cuando Kelly se puso en pie, agarró su bolso, sacó un bote de algo y lo alzó a la altura de los ojos de Randy. Sus palabras se transformaron en un grito y se apartó de repente, con las manos en los ojos.

—¡Maldita zorra! —gritó él.

—¡Apártate de ella, gilipollas! —Kelly le chilló a él.

Segundos después, un segurata apareció entre la multitud.

—¿Qué coño pasa aquí? —gritó.

Me quedé helada.

—Le he rociado con spray de pimienta. Abusó sexualmente de mi amiga el año pasado y ahora no quería soltarla.

Alguien de la multitud le dijo algo al segurata y me señaló. Los ojos del segurata se pararon en mí. Era enorme, medía al menos dos metros, quizá ciento quince kilos de músculo. Caminó hacia mí y dijo:

—¿Es verdad? ¿El tío no te soltaba? ¿Y tú se lo pediste?

Asentí.

—De acuerdo. La próxima vez llámame, joder. Soy Wade. Nada de usar spray de pimienta en el bar con nadie, ¿entendido?

Asentí, rápidamente.

—De acuerdo.

Se dio la vuelta, entonces agarró a Randy por el brazo.

—Ven, gilipollas. La noche se ha terminado para ti.

Levantó y arrastró a Randy por en medio de la multitud y lejos de nosotras.

Me giré hacia Kelly, con los ojos bien abiertos.

—Oh. Dios. Mío. No acabas de hacer eso.

Sonrió.

La agarré por los hombros y la abracé.

—¡Kelly, eres la mejor amiga de la historia! ¡Te quiero!

Pero mis ojos miraron rápidamente hacia la puerta, donde Wade el segurata arrastraba a Randy. Por milésima vez deseé haberle denunciado cuando sucedió.

Realmente no sé por qué no lo hice.

Había salido con Randy por poco tiempo la primavera pasada, después de que Dylan y yo nos peleáramos. Fue una pelea estúpida. Yo estaba borracha y había estado sufriendo por el peligro en que él se encontraba. Dije algunas cosas, cosas de las que me arrepiento. Que temía que lo nuestro ya no funcionara, que la distancia y el peligro lo estaban estropeando. Es decir, había pasado mucho tiempo desde que nos habíamos visto. Mucho tiempo. Y habían pasado tantas cosas.

Los ojos de Dylan se volvieron fríos sin previo aviso. Ni siquiera puedo describir lo que su mirada me provocó sin romper a llorar. Era una mirada de una tristeza increíble, y aún peor, de menosprecio y disgusto. Cortó la conexión de Skype sin decir nada. Ningún aviso, ni una palabra, nada.

Intenté volver a llamarle, pero no hubo respuesta.

El día siguiente, volví a intentarlo. Su cuenta de Skype había desaparecido. Igual que su cuenta de Facebook. No sólo me había eliminado de sus amigos…Había borrado completamente la cuenta. No respondió a mis correos electrónicos o cartas, y hasta esta semana era como si hubiera…. Desaparecido de la faz de la Tierra.

Después de un mes de pura devastación, Kelly empezó a instarme a que volviera a tener citas. Y lo intenté. Lo hice de verdad. Salí un par de veces con Randy. Entonces, una noche, Randy y yo estábamos tomando unas copas y entonces tomamos un par de más. Y de algún modo me encontré de vuelta en su habitación, y él intentó liarse conmigo. No estaba preparada. Ni de lejos. Pero cuando me di cuenta, Randy me había empujado a la cama e intentaba arrancarme la camisa. Intenté resistirme, pero apenas podía moverme.

Grité, y fue pura suerte que sus compañeros de piso volvieran justo en ese momento. Ellos le apartaron de mí, y yo tropecé al salir, llorando.

Nunca hubiera sucedido si Dylan no hubiera cortado el contacto tan repentinamente.

Nunca hubiera sucedido si yo no hubiera bebido demasiado.

—¿Estás bien? —preguntó Kelly.

La miré y asentí.

—Sólo pensaba en Dylan y...Y en todo.

—Oh, mierda —dijo Kelly—. Todavía estás loca por él, ¿no?

—No —dije, a la vez que asentía.

Kelly sonrió.

—Prueba a hacerlo otra vez.

—Oh, mierda, Kelly. Todavía le quiero.

—Sabes que fue un gilipollas total al cortar contigo así.

—Lo sé.

—Ni siquiera te dio la oportunidad de explicarte. Fue simplemente estúpido. Dejó que su estúpido orgullo de macho matara lo mejor que había tenido nunca.

Asentí. Esto no ayudaba. Ni. Una. Pizca.

—Vas a intentar recuperarle, ¿verdad?

—No —dije.

—No te creo. Me estás mintiendo, Alex.

—No. Ni hablar. Él lo fastidió, Kelly. Me rompió el corazón. No puedo volver a pasar por eso. Nunca. Ni hablar.

—Claro, Alex, claro. Lo que digas.

Ella volvió con su bebida y yo miré el espejo del bar. ¿Le estaba mintiendo a ella? ¿A mí misma?

No sabía la respuesta a eso.

CAPÍTULO CUATRO

A ver qué tienes, cabeza cuadrada (Dylan)

Ocho de la mañana. Lunes. Era hora de mi sesión de tortura en el VA.

Cuando me hirieron, me evacuaron al hospital de Bagram, construido con prisas tras muros a prueba de bombas y abarrotado de contenedores de carga e instalaciones temporales. Lo vi durante un instante desde las puertas del hospital, aún algo consciente. Recuerdo mirar el hospital debajo de mí mientras volaba y darme cuenta de que probablemente estaba volviendo a casa.

Recuerdo que me llevaron en camilla a urgencias, pero nada más hasta que desperté en Alemania. Allí, los médicos me dijeron que todavía había un riesgo importante de perder la pierna: el daño en los músculos y los tejidos internos era bastante grave. Pasé casi treinta días en Alemania, entonces me enviaron a Washington D.C., donde permanecí hasta que me licenciaron del ejército a mediados de mayo. Me salvaron la pierna, pero en aquel momento aún estaba en silla de ruedas.

Fue en Walter Reed donde conocí al coordinador de difusión de la Universidad de Columbia, que me instó a matricularme. Tenía dudas. Muchas dudas. No me creía a mí mismo capaz de tener éxito en la universidad, mucho menos en una de las mejores como Columbia.

Mi madre, sin embargo, me presionó para hacerlo. Me presionó para salir de la silla de ruedas, para seguir con la terapia física, para hacer todo lo que los médicos decían y más. Trabajó con el tipo de Columbia, que alisó el terreno para mí, incluido el hecho de que hacía tiempo que había pasado la fecha límite de matrícula. Y aquí estaba yo.

Mirad, lo entiendo. Soy un tipo bastante afortunado. Roberts está criando malvas en un cementerio de Birmingham, Alabama. Conocí a su familia en agosto. Por fin me había librado de la silla de ruedas y fui allí a tomar una cerveza con su padre, abrazar a su madre y llorar. Por supuesto, no les dije que era culpa mía que Roberts esté muerto. A veces deseo que fuera él quien estuviera vivo. Es decir, fue sólo azar. ¿Por qué le mató a él y me dejó vivo a mí? No lo sé.

La otra cara de ser un tipo afortunado es que a veces no soy el mismo tipo que era antes. Quiero que os hagáis una imagen mental. Imaginad un cerebro...Una gran masa gris, conectada a vuestro cuerpo a través del tallo cerebral y la columna vertebral, flotando y amortiguado por líquidos y protegido por mi calavera grande y gruesa. Ahora agarrad un mazo y golpeadlo, fuerte.

Eso es principalmente lo que sucedió. Ha sido difícil de aceptar, para ser sincero. Quizá no haya sido el mejor estudiante del mundo, pero era bastante listo, maldición. Solía serlo, al menos. Ahora... Tengo algunos problemas. A veces no puedo recordar cosas. Como dónde se supone que estoy, o qué día es, o cómo sumar y restar. Cuando estoy cansado es mucho peor, pero se pueden ver pruebas bastante frecuentes, cuando olvido palabras. Puede que esté hablando por los codos, entonces, de repente, olvido palabras sencillas; como azul, o cielo, o mi propio nombre. La tengo justo ahí, en la punta de la lengua, pero no me sale.

En cualquier caso, cuando me aceptaron en Columbia, el VA de Atlanta hizo los preparativos para que pudiera continuar con mi terapia física aquí, en Nueva York. Tres veces a la semana voy al VA en la calle 23 Este para que me toquen y me pinchen, me estiren y me empujen.

—Buenas —dije cuando me llamaron y caminé lentamente, sin el bastón, hacia el despacho de Jerry Weinstein.

Jerry es un gran tipo. Un monstruo. Es un marine de unos cuarenta años que perdió una pierna en Irak en 2004, sin ninguna compasión por mis pamplinas. Me cae bien, de un modo extraño. Pero que Dios lo vea si no le encanta causarme dolor.

—¿Qué pasa, Paris? ¿Por qué estás tan animado? Es lunes por la mañana.

Le miré, intenté mantener una cara seria y dije:

—No puedo pensar ningún otro sitio donde prefiera pasar mis lunes por la mañana que con un marine acabado con un fetiche por la crueldad.

Se carcajeó.

—Te vas a ganar más trabajo por eso, cara de perro.

—A ver qué tienes, cabeza cuadrada.

Permaneció con una sonrisa en la cara y preguntó:

—De acuerdo, ¿cómo va la pierna?

—Mejor. No he usado el bastón durante unos días. Lo llevo conmigo sólo por si acaso. Aunque aún me muevo condenadamente lento.

—¿Y qué hay del coco? —preguntó, golpeándose el costado de la cabeza.

Me encogí de hombros.

—Tengo algunas dificultades, sobretodo con matemáticas. Solía ser realmente bueno en matemáticas.

—Hmm —dijo, asintiendo—. ¿Tienes sensibilidad a la luz?

Golpeé mis gafas de sol.

—Sí, siempre.

—¿Dolores de cabeza?

—Quizá esté mejor, no estoy seguro.

—De acuerdo. ¿Cuándo te hiciste el último TAC?

Lo pensé. Entonces sacudí la cabeza.

—No lo sé. Estaba en Atlanta…¿Hace tres semanas? ¿Hace un mes?

Asintió, lentamente, entonces dijo:

—De acuerdo, hora de hacer otro. Te voy a preparar una cita con el médico del cerebro para la próxima semana. Veamos esa pierna.

Me examinó la pierna derecha. Dolió. Los músculos de mi muslo y de mi pantorrilla aún estaban extremadamente débiles: se podía ver claramente que mi pierna derecha era mucho más pequeña que la izquierda.

—Va tirando —dijo—. Creo que es hora de que vuelvas a correr.

—¿*Correr?* ¡Apenas puedo caminar!

—Sí. Es hora de dejar de frenarte, Paris. Pero asegúrate de ir con un amigo, por si acaso te caes y no puedes levantarte. —Me mostró una rápida sonrisa—. Quiero que te pongas en pie y corras los martes, jueves y sábados. Empieza con distancias cortas, pero sal y hazlo. ¿Me oyes?

Asentí seriamente, entonces dije:

—No tengo ningún amigo.

—Sí, bueno, entonces contrata a alguien. Pero sal y hazlo.

—Sí, señor.

—Sólo dices eso porque me quieres.

—Claro, Jerry.

—De acuerdo, gilipollas. Es la hora de tus ejercicios.

Con semblante serio, asentí y me puse en pie. Seguía pensando. ¿A quién podía pedirle que me vigilara mientras corría? No había nadie. O sí había una persona, pero...¿Podía pedírselo a ella? ¿Era una locura pensarlo siquiera? No quería que se compadeciera de mí. No quería que ella lo hiciera porque yo no tuviera amigos y estuviera solo. No quería que lo hiciera por nuestro pasado, del que iba contra las reglas hablar, de todas formas. Y lo peor de todo era que, no importaba lo que yo hiciera, no podía dejar de pensar en ella. No podía dejar de imaginarme su aroma, no podía dejar de pensar en la maravillosa sensación de sostenerla en mis brazos.

Un poco de cura resacas (Alex)

Dylan y yo nos habíamos acomodado en una pequeña rutina. Ambos teníamos el mismo horario, prácticas con el doctor Forrester los lunes, miércoles y viernes de 3 a 6 de la tarde. Estábamos avanzando mucho y habíamos clasificado la mayor parte de la biblioteca de Forrester durante las dos primeras semanas. Una vez a la semana, quizá dos, íbamos a tomar un café y charlar al terminar.

Dylan era diferente. Lo había sabido desde que nos volvimos a encontrar la primera vez, pero a veces lo veía en las conversaciones. Sí, físicamente también estaba diferente, por supuesto. Pero también era más silencioso. Cuando nos conocimos en Israel, siempre tenía una sonrisa boba y hacía bromas tontas. Ahora no tanto. En ocasiones yo le tenía que pinchar un poco para conseguir que hablara algo. Era desconcertante.

Este día fue diferente. Me había retrasado en clase y llegué al despacho del doctor Forrester unos minutos tarde.

Cuando entré por la puerta, Dylan parecía...No sé. Como si estuviera enfermo. Su cara estaba pálida y miraba por la ventana, sin hacer nada en realidad, y respiraba muy rápidamente.

—Hola —dije—. ¿Estás bien?

Me miró, sorprendido. Llevaba gafas de sol en el despacho, algo que hacía bastante a menudo, ahora que lo pienso. Casi como si estuviera con resaca. Pero Dylan no bebía. Al menos, no solía hacerlo.

—Sí —dijo—. Estoy bien, sólo he tenido una mañana dura.

—¿Quieres hablar de ello?

—No —dijo.

Bueno, eso no fue ambiguo.

Fuimos a trabajar, clasificando la última colección de Forrester. La siguiente vez iríamos a la biblioteca de libros raros y manuscritos para empezar a buscar materiales adicionales. Yo temía el cambio. No porque hubiera nada trágico en ello, si no principalmente porque había llegado a disfrutar nuestras sesiones en el despacho de Forrester.

Hablando del rey de Roma. La puerta se abrió y Forrester entró tropezando.

Dirigió los ojos a Dylan y sonrió cuando vio su cara pálida y las gafas de sol.

—Buenas tardes, a los dos. La mañana después siempre es un poco dura, ¿verdad Dylan?

Dylan soltó una especie de gruñido, realmente no contestó.

—¿Un poco de cura resacas?

—No, gracias, señor.

Ésa fue la primera vez que Forrester estuvo muy cerca de desagradarme.

Una hora después estábamos sentados en la cafetería. Él tenía peor aspecto, su cara estaba incluso más pálida que antes. Dije:

—Dylan, estoy preocupada por ti. ¿Seguro que estás bien?

Se quitó las gafas de sol y se frotó los ojos con las manos. Sus manos temblaban.

—Oye —dije. Me incliné hacia delante cuando bajó las manos y agarré una con las mías—. Sé que hemos tenido nuestra...Esto... Historia. Pero si necesitas hablar, estoy aquí.

Parecía casi tan sorprendido como yo lo estaba cuando le agarré la mano. Me miró y tragó saliva. Le solté, y lo cierto es que hacer eso también dolió un poco.

Sacudió la cabeza rápidamente, entonces murmuró:

—Lesión cerebral. No estoy seguro de si acabaré la escuela. No soy...

Intentó decir algo más, entonces se detuvo. Le había visto hacerlo varias veces durante las dos últimas semanas. Él decía alguna cosa, entonces cerraba el pico. Cerró los ojos, resaltando los círculos oscuros debajo de ellos y tomó aire un par de veces. Entonces dijo:

—No soy...Listo. No como solía serlo. No puedo recordar cosas.

Oh, Dylan. Tuvo que pestañear para tapar las lágrimas.

—Quizá pueda ayudar —dije, en voz muy baja.

Por favor, di que sí. Vale, Kelly tenía razón. Aún le amaba y verle así, en un mal día, hizo que quisiera irme silenciosamente a algún sitio y llorar. *Por favor*, pensé, *que este hombre se cure. Y Dios, por favor, protege mi corazón, porque no podré aguantar que me lo rompan otra vez.*

—No sé —sacudió la cabeza.

—Bueno —dije con tristeza—. Piénsatelo.

—Hay una cosa —dijo con un susurro ronco.

—¿Qué?

—Mi doctor dice...Que tengo que empezar a correr otra vez. Y... Bueno...Ya has visto cómo camino. Necesito un observador. Básicamente alguien que me siga y llame a la ambulancia cuando me caiga.

—¿Quieres que...corra contigo?

Asintió. Apartó rápidamente la mirada, como si buscara una ruta de escape, después volvió a mirarme.

—Mira, no te lo debería haber pedido. Es sólo que no conozco a nadie aquí.

Mi corazón podría haberse detenido.

—Me alegrará ir a correr contigo, Dylan. ¿Cuándo?

—¿Mañana? ¿A las seis?

—¿De la mañana?

—¿Es demasiado temprano?

Sí.

—No. Está bien.

Buen Dios. ¿Qué estaba haciendo?

Mi boca se me adelantó otra vez.

—Dime tu número, por si acaso pasara algo.

Así que, por primera vez desde que rompimos en febrero pasado, intercambiamos los números de teléfono.

Después de separarnos, volví caminando al dormitorio. Y tenía miedo. Oh, Dios, tenía miedo. Miedo de acabar fastidiándolo. Incluso más miedo del que él debía tener. De que otra vez me acercaría demasiado a él, y de que otra vez le dejaría romperme el corazón.

El pasado febrero…Fue una pesadilla. Había llorado hasta quedarme dormida cada noche. Realmente me torturé a mí misma.

Era un desastre.

Volví al dormitorio y entré, entonces me senté en la cama, con los ojos mirando al cajón inferior de mi cómoda. *No lo hagas,* pensé. Había empaquetado y guardado todo, cuando pasaron seis meses sin escuchar nada de él, ninguna respuesta.

Tenía ganas de llorar, me sentía como un robot sin control sobre mis propias acciones, me incliné hacia delante y abrí el cajón.

Para una mirada fortuita, por ejemplo una compañera de piso muy entrometida, en el cajón sólo había suéteres doblados.

Debajo, sin embargo, había una caja. La saqué del cajón, la coloqué sobre la cama cerca de mí y la abrí.

En lo alto había una foto de ocho por diez de Dylan y de mí. Él estaba recostado en la hierba, con la cabeza apoyada en su brazo derecho. Llevaba una gabardina negra y un suéter blanco de cuello alto y sonreía. Yo estaba acurrucada contra sus piernas, mirándole. En la foto nuestros ojos estaban fijos, con las caras bien juntas y grandes sonrisas en ellas.

Una lágrima se deslizó por mi cara, mirando la foto. Me la sequé con rabia, entonces puse la foto a un lado.

Debajo de ella había un grueso álbum de fotos de cuero.

Dentro estaba nuestra historia de amor.

Ahí estábamos, juntos en Tel Aviv. Sujetándonos las manos mientras caminábamos por el muelle en Jaffa. Metidos hasta la cintura en el mar Mediterráneo, rodeándonos mutuamente con los brazos.

Sentados juntos en el bus de la gira. Él llevaba la estúpida *kufiyya* que había comprado en Nazareth. Yo vestía un suéter marrón claro, con el cabello suelto sobre mis hombros. Porque a él le gustaba así. Él me rodeaba el hombro con su brazo.

Una serie entera de fotos en el albergue juvenil de Ein Gedi, cerca del mar Muerto...Donde nos habíamos besado por primera vez.

Alguien tomó una foto de nosotros juntos de pie en los Altos del Golán, con el mar de Galilea a nuestras espaldas. Él estaba detrás de mí, con los brazos alrededor de mi cintura, y yo tenía la cabeza hacia atrás en una risa gigantesca.

Una serie de fotos grisáceas tomadas en el fotomatón de la estación de autobuses de San Francisco. Él tomó un autobús Greyhound desde Atlanta para verme, el verano después de su último curso de instituto. En las fotos él vestía una chaqueta de cuero y un sombrero fedora y nos besábamos.

Rosas secas. Llegaron el día de mi decimonoveno cumpleaños, el pasado otoño, no mucho después de que él se fuera a Afganistán. Era la última cosa que me hubiera esperado, que me entregaran flores desde medio mundo de distancia para mi cumpleaños.

Cuando Kelly entró en la habitación, yo estaba doblada en mi cama llorando, rodeada de todas las pruebas de mi estúpida incapacidad para olvidar.

Echó un vistazo y dijo:

—Oh, no. Alex, cari. Lo tienes mal.

—Oh, mierda, lo siento, Kelly.

—Está bien, ricura. Échate a un lado.

Lo hice y ella se subió a mi lado en la cama y me abrazó mientras yo lloraba hasta quedarme sin lágrimas.

CAPÍTULO CINCO

Sólo recuerda respirar (Alex)

L a alarma comenzó a sonar a una hora intempestiva. Es decir, antes de las seis de la mañana. No había estado despierta tan temprano desde el instituto, y había sido perfectamente feliz así.

Kelly, al otro lado de la habitación, murmuró:

—Oh, Dios mío, ¿qué demonios es eso? —Después comenzó a roncar otra vez.

Al principio, me di la vuelta y golpeé el botón de repetición. Cerré los ojos pensando en volver a dormir. Mi menté vagó, medio inconsciente, hasta un semi-sueño.

Dylan y yo íbamos agarrados de la mano y era el verano anterior a mi último año de instituto. Podía sentir los callos en las puntas de sus dedos de tocar la guitarra. Habíamos caminado una cuarta parte del camino hacia el puente Golden Gate, muy cerca el uno del otro todo el tiempo y mirábamos hacia la bahía. Sus ojos eran grandes, de ensueño, y hablábamos sobre nuestros sueños de futuro.

Lo pasábamos mal porque nuestros sueños eran…Diferentes. Él viajaría y escribiría. Yo iría a la universidad, probablemente en Nueva York. Él había acabado el instituto y planeaba dejar el país en unos meses. A mí me quedaba otro año en San Francisco. Nos giramos el uno hacia el otro, en el puente, y mientras el viento soplaba entre nuestro pelo, me besó suavemente.

Dylan.

Dylan.

Abrí los ojos de pronto. Eran las 5:56 e iba a llegar tarde.

Salí bruscamente de la cama, tropecé y caí, consiguiendo incorporarme en el último segundo. El corazón me latía rápidamente, abrí mi cajón superior de un tirón y comencé a lanzar ropa, intentando encontrar algo que ponerme.

—¿Qué estás haciendo?—preguntó Kelly, con la voz incoherente por el sueño.

—Llego tarde. Para ir a correr con Dylan.

—Oh. Debo estar soñando. Me ha parecido que decías que vas a correr. Hablamos más tarde.

Sus palabras se debilitaron hasta formar un murmullo y yo al fin encontré unos pantalones cortos, un sujetador deportivo y un top halter. ¿Dónde demonios estaban mis zapatillas de deporte? Las busqué, y finalmente tropecé con ellas y casi me di un golpe en la cabeza. Oh, Dios. Estaba hecha una tarada.

A las 6:05 envié un rápido mensaje de texto a Dylan:

Voy tarde. Llego pronto.

Entonces salí corriendo por la puerta. Esperaba que hubiese recibido el mensaje. Esperaba que me esperase. Esperaba que no me odiase. Oh, Dios, ¿por qué me hacía esto a mí misma?

Eran las seis y diez cuando por fin llegué a la calle 114, pasando la Biblioteca Butler y dirigiéndome al campo. A estas horas de la mañana el campus estaba virtualmente desierto, aunque había algunos madrugadores corriendo en la oscuridad.

Cuando lo vi me quedé sin fuerzas, con el aliento atascado en la garganta.

Dylan llevaba unos pantalones cortos de algodón y una camiseta con la palabra ARMY estampada en letras negras grandes, y estaba haciendo flexiones cuando lo vi. Sus hombros anchos y sus bíceps grandes estaban claramente acostumbrados a esta clase de ejercicio. Los músculos de su cuello y sus hombros estaban tensos, hinchándose a medida que él subía y bajaba.

—Sólo será un minuto —me dijo. Apenas se había quedado sin respiración.

Fue entonces cuando me di cuenta de que me había quedado en pie, mirándolo fijamente. ¿Durante cuánto tiempo? No lo sé. Bastante rato. ¿Se me caía la baba?

Para, pensé. *Alex mala.*

Desvié la mirada, porque era lo único que podía hacer, entonces volví a mirarlo. Al apartar la mirada de esos brazos, pude ver el daño que la bomba le hizo en la pierna derecha. Unas cicatrices gruesas y fibrosas le cubrían toda la pantorrilla. Otro verdugón rojo de aspecto feo, cerrado con puntos y que había curado formando una marca que parecía una cremallera roja oscura, se extendía desde su rodilla hasta el muslo, por debajo de los pantalones. Tenía más cicatrices dentadas que le cubrían todo el muslo derecho. Su pierna derecha era visiblemente menos voluminosa que la izquierda: la izquierda estaba bien definida, con unos músculos de la pantorrilla fuertes.

—He recibido tu mensaje —dijo, mientras por fin dejaba de hacer flexiones. Giró sobre su culo, acercándose una pierna y estirando la otra. Se inclinó hacia delante, estirando la mano y agarrándose el pie izquierdo—. Perdona que no contestara. Estaba calentando. Lo último que quiero hacer es salir a correr y congelarme.

Te llevaría a casa si te pasara eso. Hasta mi dormitorio.

Oh, por amor de Dios, pensé, *tranquilízate*. Es tu ex-novio. El gilipollas que te dejó llorando, sin que supieras si estaba vivo o no. El tío que te rompió el corazón, sin ningún aviso, sin ninguna explicación.

—Está bien —dije.

Yo no era precisamente una atleta, igual que él no lo había sido antes de ir al ejército, pero sí entendía la importancia de los estiramientos. Me senté enfrente de él e intenté repetir sus movimientos, estirándome tanto como podía, agarrando mi pie izquierdo, después cambiando al derecho.

—Entonces, esto...No hago esto a menudo. O más bien, no hago esto nunca.

—¿El qué? —preguntó.

—Salir a correr —respondí.

—Quizá lo disfrutes. A veces solía correr con el equipo de boxeo de nuestro batallón...Hacían unos veinticinco o treinta kilómetros cada mañana.

Le miré boquiabierta. Entonces vi el paquete de cigarrillos enrollado en la manga izquierda de su camisa.

—¿Hacías eso y fumabas?

—Sí, bueno, todo el mundo tiene un vicio, supongo.

No sabía cómo contestar a eso. Puse los dos pies directamente delante de mí, encarando a Dylan, y me estiré tanto como pude.

Le escuché literalmente parar de respirar y me senté rápidamente. Apartó los ojos y entonces me di cuenta, mierda, ¡Dylan me miraba el escote!

Sentí que me subía la temperatura de la cara, así que aparté la mirada y me puse en pie.

—Ya he estirado suficiente, creo —dije.

Se rió entre dientes, entonces dijo:

—Esto...Lo siento. Eso ha estado...Completamente fuera de lugar. Y...Ha sido sin querer. Y...Mejor que me calle cuando aún estoy a tiempo.

—Eres un idiota, Dylan.

Asintió, sinceramente, con un indicio de sonrisa formándose en el lado izquierdo de la boca.

—Es verdad.

Vale, él pensaba que era divertido. Era un idiota de verdad. Fruncí el ceño, dije:

—No es divertido. Me voy a casa.

La expresión de guasa desapareció de su cara al instante.

—Espera...Por favor, no te vayas.

Parecía tan herido que me detuve al momento y dijo:

—Lo siento. A veces lo olvido, eso es todo. Sé las reglas y todo eso, pero sigues siendo...—Su voz fue apagándose y él se giró—. Perdona. Ha sido una mala idea.

Quería saber lo que iba a decir antes de callar. Pero, de alguna manera, tenía la sensación de que la respuesta rompería una de mis reglas y maldita sea, eso hizo que quisiera llorar. ¿Y no había llorado ya bastante últimamente?

Cerré los ojos, entonces dije:

—Dylan. Tienes razón. Soy demasiado sensible. Y, para ser justa...Quizá yo también te estaba mirando. Vamos.

Se volvió hacia mí, respiró hondo y asintió, ignorando cuidadosamente lo que yo había dicho.

Comenzó lento, por lo que yo le podía seguir. Pero no mentiré. Mis piernas no están acostumbradas a correr y ni siquiera puedo imaginar de qué planeta vino él para llegar a disfrutar corriendo 25 o 30 kilómetros de forma regular. El ejército le hizo tomar drogas, ahora estoy convencida.

—Entonces, esto, ¿qué distancia vamos a hacer? — pregunté.

—No mucha —contestó él—. No he corrido desde…Bueno, antes. No quiero forzarme demasiado.

—¿Siempre sales tan temprano?

—Sí —dijo—. Es…Una costumbre duradera, la verdad. Además, aún no hay mucha humedad. No querrías ir a correr con el calor del mediodía, ¿sabes a qué me refiero?

Tenía sentido.

Y, después de unos minutos, me di cuenta de algo más. Aunque yo respiraba pesadamente y mis piernas comenzaban a doler, estaba disfrutando. Quizá demasiado.

Podía ver que Dylan ahora se estaba esforzando de verdad. Corría a grandes pasos, cada vez que su pie derecho pisaba la acera, se tambaleaba ligeramente hacia la derecha. Sus labios formaban una línea seria, con la cara mirando hacia delante.

—¿Estás bien? —pregunté.

—Sí —asintió—. Sólo tengo que acordarme de respirar. ¿Qué te parece si hacemos dos manzanas más y volvemos?

—Vale —dije, ahora sin respiración.

—¿Estás bien?

—Sí, es sólo que no estoy acostumbrada a esto.

—Podemos ir más lento —dijo.

—No, sigamos.

Corrimos dos manzanas más que fueron realmente muy dolorosas, entonces frenamos un poco.

—Es mejor seguir caminando a un ritmo bastante decente —dijo—. No te pares de repente. Ayudará a que tu ritmo cardíaco vuelva a la normalidad.

—Vale —dije, sintiéndome un poco inepta al tener dificultades para mantener el ritmo con alguien que casi había perdido la pierna derecha sólo unos meses antes. Y, al mirar su pecho y sus brazos, apretados dentro de esa camiseta, pensé que necesitaría mucho más que un corto paseo para relajar mi ritmo cardíaco.

—Pareces algo sonrojada —dijo, mirándome de cerca.

Dios. Sentí cómo subía más el calor de mis mejillas ya sobrecalentadas. Entonces, de repente me di cuenta. Dylan Paris estaba flirteando conmigo. Yo le respondí inmediatamente:

—Sí, bueno, es lo que me pasa al perseguir a chicos.

Sus ojos se abrieron un poco y entonces sonrió con superioridad.

Me sonrojé un poco más, si es que era posible.

Unos segundos después, señaló algo. Nos acercábamos al Restaurante Tom's, una cafetería a las afueras del campus.

—¿Paramos para desayunar? —dijo—. Invito yo. Es lo mínimo que puedo hacer para agradecer tu compañía.

¿De verdad quería que Dylan me invitara a desayunar? ¿A dónde llevaba esto? Normalmente, todas mis señales de precaución estarían encendidas y sonando con estridencia pero, por algún motivo, simplemente me rendí sin protestar.

—Claro, gracias.

Dos minutos después, estábamos en una mesa de la cafetería de estilo chillón y de los cincuenta. Había sillas rojo brillante, equipo de acero inoxidable y cuadros negros y blancos por todas partes, era espantoso a la vista. Pero también era algo agradable. No la cafetería. Lo que era agradable era estar ahí con Dylan.

Una camarera cansada, que parecía haber trabajado toda la noche, se acercó y tomó nuestro pedido. Yo: un sólo huevo revuelto, una tostada de trigo con rodajas de tomate y un vaso de zumo de naranja. Dylan pidió una tortilla de jamón y queso, tortitas, panceta, bollos con salsa, café y patatas picadas fritas. No sabía en qué parte de la mesa iban a colocar toda esa comida.

No pude evitarlo.

—¿Comes mucho? —pregunté.

—En el ejército se te abre el apetito —rió—. Últimamente puedo atiborrarme con bastante comida.

Mientras esperábamos que llegara el vagón de tren con todo su desayuno, le pregunté:

—Entonces, esto...Sé que es raro, pero aparte del trabajo para el doctor Forrester, realmente no sé mucho sobre lo que haces estos días.

Se inclinó hacia atrás y me miró a los ojos, con una sonrisa extraña en la cara.

—Ésa es una pregunta bastante abierta —contestó.

Oh, vaya. Eso era exactamente lo que yo le dije en un avión hacía una vida. —¿Te acuerdas de aquello?

—Respondería, pero no quiero romper las reglas.

—Muy gracioso —dije, arrugando la nariz.

Sonrió y dijo:

—De acuerdo, es justo. Tú primero.

—¿Qué?

—No diré si lo recuerdo. Pero puedes hacer la primera pregunta.

Me reí y sacudí la cabeza.

—De acuerdo. Supongo que me lo he buscado. ¿Exactamente por qué elegiste Columbia de todos los lugares que hay?

Se encogió de hombros.

—Lo creas o no, Columbia tiene un compromiso realmente activo con los veteranos. Uno de los tipos de captación me encontró en una habitación de hospital del Walter Reed en marzo. El resto es historia.

En ese momento, él estaba recostado en su silla, con un brazo descansando en el asiento vacío de su lado. Yo también me recosté en el mío, estirando los pies bajo la mesa y reposándolos sobre el asiento vacío.

—Tu turno —dije.

Me miró, me sonrojé un poco y miré a la mesa.

—Bueno, el invierno pasado estabas intentando decidir qué escribir para tu trabajo final. ¿Por qué tema te decidiste finalmente?

Respiré hondo y le miré.

—No puedo creer que recuerdes eso. Es decir…Estabas en medio de una guerra, y te dispararon y volaron por los aires y te hospitalizaron, ¿y recuerdas que yo sufría por mi trabajo?

Puso media sonrisa y contestó:

—Yo soy el que hace la pregunta ahora.

Puse los ojos en blanco.

—Vale. Acabé haciendo un trabajo sobre la defensa legal contra las violaciones durante el siglo XIX en Estados Unidos.

—Guau —dijo—. Eso es fantástico. Me encantaría leerlo alguna vez. Probablemente no entendería ni una palabra de las cosas legales, pero igualmente me interesa.

—No te subestimes, Dylan. Quizá vengas de un ambiente diferente que yo, pero eres un tipo listo.

—Ya no —dijo, haciendo una mueca y golpeteándose la frente.

Hice un mohín, pensando con dolor que deseaba que dejara de mortificarse, y dije:

—¿Mi turno?

Asintió.

Pensé. Había tantas cosas que quería saber. Y la mayoría estaban demasiado relacionadas con los temas que evitábamos, muchas rompían las reglas, muchas sólo causaban dolor. Al final, dije:

—¿Qué fue lo mejor que viste en Afganistán? Sé que hubo horror y guerra. ¿Pero hubo momentos de…No sé…Gracia?

Tragó saliva y asintió una vez. Me sorprendió ver que sus ojos empezaban a lagrimear.

—Lo siento, no era mi intención…

Levantó una mano, pidiendo que parara.

—Está bien. —Respiró hondo—. Vale. Estábamos en una zona rural alejada. Y quiero decir...Muy alejada. Un pequeño poblado en medio de la nada llamado Dega Payan. Está por las montañas y, hasta hace un par de años, no había ni una carretera que la conectara con nada. Se tardaba unas cinco horas para ir conduciendo a algún sitio.

«Entonces, un día estábamos allí. Había trabajadores de Naciones Unidas ayudando a repartir comida e intentábamos causar una buena impresión y todo eso. Y allí había una niña pequeña, en pie, mirándonos. Supongo que tendría...¿Unos doce años, quizá? Me la imaginaba en secundaria, si le hubieran permitido ir a la escuela, que seguramente no era así. En cualquier caso, ella sonreía y bromeaba. Kowalski...Era de Nevada. Y también de en medio de la nada, quién lo hubiera dicho. Kowalski le dio una barrita de caramelo y ella lo abrazó. Y entonces, él se giró para volver con nosotros y escuchamos un tintineo. Todo el mundo entró en pánico, miré hacia abajo y vi la granada. Alguien la tiró desde la multitud y cayó justo a los pies de la niñita».

Oh, Dios mío. Yo sólo podía pensar, ¿eso era un momento de Gracia? ¿La cosa buena que le pasó?

Sus ojos ahora estaban muy rojos y su cara un poco retorcida mientras decía:

—Así que, bueno, Kowalski...Se tiró encima de la granada. La abrazó, dándole la espalda a la niñita. Y explotó y...Él quedó... Hecho tiras. Le mató al instante. Y sabes...Esa niñita...No fue alcanzada. Ni siquiera una gota de sangre. Él vio a la niñita y simplemente...Dio su vida para salvarla.

Sacudí la cabeza y aunque él no podía llorar, yo sí empecé. No pude evitarlo. Porque, cuando estaba contando esa historia, era como si pudiera mirar dentro de su alma y oh, Dios, dolió.

—Lo siento mucho —dije—. Siento haber preguntado. Siento mucho que pasara eso.

—No —dijo, sacudiendo la cabeza—. No lo sientas. ¿No lo entiendes? ¿Puedes imaginar el...el heroísmo? La Gracia es eso. No pensó ni por un segundo en sí mismo. En todo lo que pensó fue en esa niñita y en salvarle la vida.

—Vale —resoplé—, nueva regla. Si estoy a punto de preguntarte algo que me hará empezar a llorar cuando escuche la respuesta, esto, ¿puedes vetar la pregunta?

Sonrío, ligeramente y dijo:

—Si es lo que quieres.

—Tu turno, pues.

La camarera apareció entonces y nos trajo nuestra comida. Y... Dejad que os diga, realmente había subestimado cuánto había pedido él. La camarera tuvo que traer dos bandejas. En serio. Él intentó reorganizar los platos un poco y acabó ocupando tres cuartas partes de la mesa. Se acercó las tortitas y vertió una cantidad de sirope y mantequilla que contendrían el equivalente a unas diez mil calorías, entonces comenzó a comer.

—Vale —dijo después de tragar—. ¿Qué cosas prefieres hacer ahora que estás en Nueva York?

Di un pequeño mordisco a una tostada mientras pensaba. Entonces fruncí el ceño. ¿Cuál era mi cosa favorita? Había cosas que me gustaba hacer, claro. Salir con Kelly. Ir a la Biblioteca Butler. Ir de picnic al Parque Riverside. ¿Qué más? No es que no disfrutara mi primer año de universidad, realmente lo hice. Es sólo que...No había nada que destacara para etiquetarlo como favorito. Excepto una cosa. Y eso era estar sentada en el despacho del doctor Forrester. Con Dylan.

Fruncí el ceño, entonces dije:

—No puedo responder a eso.

Él abrió los ojos y sonrió.

—Me estás tomando el pelo. Eso no está en las reglas.

—Que les den a las reglas —dije—. La única respuesta que puedo dar es una mentira.

—¿Por qué?

—Elije otra pregunta, soldadito.

—Me darás una respuesta de una forma u otra. No me dirás que has estado en Nueva York durante un año y aún no has encontrado nada que te encante hacer.

—Puedo decirte lo que quiera.

—Tú pusiste las reglas del juego, Alex. No se puede mentir.

—Pero tampoco hay nada que diga que tengo que responder.

Sacudió la cabeza, entonces rió.

—Me voy a obsesionar con esto.

—¿Por qué?

—Porque en todo el tiempo que hace que te conozco, nunca te he visto cambiar las reglas de nada a la mitad. Esto es…Asombroso.

Le quería gruñir. En su lugar, di un mordisco al huevo, entonces dije:

—Si respondo, tienes que prometer que olvidarás que lo he dicho.

Él disfrutaba absolutamente con esto. *Dios.*

—De acuerdo —dijo. —De todas formas mi memoria a corto plazo es pésima.

Reprimí una risa, entonces dije:

—Vale. La verdad es, el tiempo que hemos estado trabajando juntos en el despacho del doctor Forrester. Ésa es la respuesta.

Parpadeó, la sonrisa desapareció durante un instante. No podía imaginarme qué significaba su expresión, porque si hubiera visto una foto, habría imaginado que era terror abyecto. Pero sólo duró un momento, y entonces dijo:

—No recuerdo ninguna pregunta o respuesta, así que me toca una, ¿verdad?

—¡Dylan! ¡Eso no es justo!

Ahora él sonreía de verdad.

—Bueno —dije, intentando no carcajearme. Él parecía muy feliz.

—Vale —dijo—. Ahora por fin llego a alguna parte.

Me reí por lo bajo. No pude evitarlo.

—Veamos…Kelly todavía es tu compañera de piso aquí, creo. Cuéntamelo todo sobre la última vez que salisteis. Quiero saber cómo es tu vida aquí. ¿Qué hicisteis las dos?

Dios. Él tenía un don para hacer preguntas incómodas, ¿verdad? Pero me sorprendí contándole la historia. De la noche que salimos y cómo Randy me agarró del brazo y ella le roció con spray de pimienta. Obvié toda la discusión sobre Dylan, por supuesto. También obvié el pasado entre Randy y yo, incluyendo el hecho de que lo conocía desde secundaria y, especialmente, el hecho de que intentara violarme.

—Vale, espera un minuto, no lo entiendo. Entiendo que el tipo entró demasiado fuerte, ¿pero por qué ella le roció con el spray?

De repente, yo estaba parpadeando para contener las lágrimas otra vez.

—Oh, mierda —dijo—. Lo siento. Sea lo que sea, no tienes que hablar de ello si no quieres.

Me mordí el labio inferior, entonces susurré:

—Me intentó violar la primavera pasada.

Todo el comportamiento de Dylan cambió en un instante. Pasó de estar relajado y disfrutando, a estar preocupado, pero después de que la palabra «violar» saliera de mi boca, estaba sentado tenso en la silla. Su cara se había vuelto fría, con ira en los ojos como nunca antes había visto. Estaba temblando.

—¿Cómo has dicho que se llamaba? — preguntó, con una voz muy baja.

—No importa —dije.

—Sí. Importa.

—¿Por qué?

—Porque si alguna vez le veo, le voy a mandar al puto hospital. Durante mucho tiempo.

Lo decía en serio. Muy en serio. Yo no tenía ninguna duda de que, si Randy Brewer estuviera delante de nosotros ahora mismo, acabaría en el hospital. Y Dylan…Acabaría en la cárcel.

—Realmente has cambiado mucho —susurré.

—¿Qué? —preguntó.

—Te he conocido…De muchas formas diferentes. Pero la única cosa que nunca pensé de ti era que pudieras ser peligroso. Excepto para mí.

Parpadeó.

—Alex. Escucha…Sea cual sea nuestra historia, no cambia lo que siento por ti. Lo que siempre he sentido por ti. Haría cualquier cosa para…

Se detuvo. ¿Estaba teniendo problemas con alguna palabra otra vez? ¿O se estaba conteniendo? ¿Había alguna diferencia? Y ni siquiera dijo nada sobre que yo dijera que era peligroso para mí. Porque en realidad él lo sabía, ¿no? Que éramos peligrosos el uno para el otro. ¿Cuál era la gran sorpresa de que yo dijera eso? Me volví hacia él.

—¿Harías cualquier cosa para qué?

Casi gruñó de frustración.

—Para…Volver…Volver y evitar que eso te pasara. Para protegerte.

¿Estaba a punto de decir para volver y cambiar las cosas? ¿Para volver y no colgarme la llamada aquella noche? ¿Para no desaparecer como lo hizo?

—Escúchame, Dylan. Es importante.

Todavía me miraba, con una mirada intensa de locura.

—Vale —asintió.

—Olvídalo. Ya pasó. ¿Vale? No necesitamos eso. No necesitamos...Esto. Cómete el desayuno. ¿De acuerdo? Hora de cambiar de tema.

Me miró, calmado, con la mirada tranquila. Concentrándose. Sentí una gota de sudor en mi cabello y respiré hondo.

—De acuerdo —dijo. Su voz volvía a ser aquel gruñido bajo que solía volverme loca—. Es tu turno.

—¿Mi turno para qué?

—Tu juego.

Cerré los ojos. Esto era divertido cuatro años atrás. Ahora era... Aterrador. Hora de cambiar a algo más alegre.

—No estoy segura de querer seguir jugando.

Prácticamente se colapsó en el asiento, ya no estaba tan serio, ya no miraba fijamente. Cerró los ojos, respiró hondo y dijo:

—Lo siento. Jesús, lo siento. Alex, tengo...Digamos, problemas de ira.

—Ya lo veo —dije, intentando desesperadamente recuperar el tono ligero que habíamos tenido antes.

—Pues hazme una pregunta —dijo—. Pero intenta elegir algo no tan serio, y yo haré lo mismo.

Sacudí la cabeza, entonces dije:

—De acuerdo. Tu recuerdo favorito, de siempre.

Sonrió amargamente.

—No puedo contestar a eso. Va contra las reglas.

—Oh, que les den a las reglas. Cuéntamelo.

Respiró hondo, temblando.

—Mi recuerdo favorito fue dormir contigo en mis brazos en el albergue de Tel Aviv, la noche antes de irnos. Fue…Agridulce, pero maravilloso. En realidad no dormí aquella noche. Simplemente te observé. Durante toda la noche, y después otra vez durante todo el viaje de vuelta a casa en el avión. Sólo nos quedaban unas pocas horas y no quería perder ni un segundo durmiendo. Estuve despierto unas cuarenta y ocho horas, creo, al final caí como un tronco en el avión de Nueva York a Atlanta.

Le mostré una sonrisa pequeña y tentativa.

—El mío es la noche que nos besamos por primera vez.

—Cerca del mar Muerto —contestó él.

—Estaba oscuro y soplaba el viento —dije—, y hacía frío y estábamos solos.

—Tú dijiste: «Esto podría complicarse».

De repente me reí a carcajadas, intentando contener las lágrimas al mismo tiempo. Recuerdo decir eso. Nunca había tenido más razón en toda mi vida.

—Y bien que se complicó.

—Sí —dijo—. Se complicó.

—¿Qué es lo que hicimos mal?

Se encogió de hombros.

—No sé si es porque no podíamos olvidar, o porque olvidamos demasiado.

—Yo tampoco lo sé. —Sacudí la cabeza.

Él miró a la mesa y no contestó.

Al final, dije casi en un susurro:

—Dylan…¿Alguna vez piensas…? —No pude acabar la pregunta.

Él seguía mirando a la mesa y entonces contestó, en voz tan baja que casi no pude oírle:

—Siempre —dijo.

Tragué saliva.

—Deberíamos irnos.

—Sí —contestó.

Huir rápido (Dylan)

Vale, soy el primero en admitir que habíamos cruzado una línea y no sabía cómo volver. Ambos habíamos admitido más o menos que aún nos amábamos. Ambos estábamos tan fastidiados que yo apenas sabía qué pensar o decir.

Fui a clase confundido. Los martes hago clase de álgebra universitaria a las nueve de la mañana. Ya estaba teniendo problemas para seguir el ritmo, para ser sincero. Me volvía loco, porque debería ser una asignatura de matrícula fácil. En el instituto hice cálculo, por amor de Dios; esto prácticamente eran cosas de primer año de instituto para mí, y cuando estaba en el instituto yo era realmente bueno en matemáticas. Ahora, a veces me quedo mirando los problemas y siento cómo empieza a crecer un dolor de cabeza detrás de la frente, y las fórmulas flotan delante de mis ojos, letras y números por todas partes, como si estuvieran flotando en un maldito remolino.

Llevaba tres semanas y la clase ya empezaba a irme mal. Y el problema era que tenía la beca de ayuda para veteranos. No podía permitirme suspender. Así que ese día me colapsé, y al final de la clase, fui hacia el escritorio del profesor Wheeler desde el mío en la primera fila y dije:

—Profesor Wheeler, ¿podemos hablar un momento?

Levantó la vista de sus papeles y dijo:

—Mis horas de atención son los jueves a las 10 de la mañana.

—Serán sólo dos minutos, señor.

Frunció el ceño, formando arrugas profundas en su cara por debajo de la barba y dijo:

—¿Qué puedo hacer por usted, señor Paris?

Respiré hondo y dije:

—Me va mal su clase.

—Sí —asintió.

—Escuche, señor...Me preguntaba...¿Sabe si hay alguna clase particular disponible?

—Quizá, señor Paris, simplemente la álgebra esté más allá de sus capacidades. ¿Ha considerado apuntarse a «Matemáticas para carreras de Artes Liberales» o algo similar?

Durante un breve segundo quise darle un puñetazo, para borrarle la sonrisa engreída de la cara. Su antipatía por los soldados no era ningún secreto desde que entré en su clase. Respiré hondo y conté hasta diez, entonces se lo expliqué. Que las matemáticas eran uno de mis verdaderos talentos en el instituto. La bomba, y lo que me había hecho, fastidiándome el cerebro de manera que no podía recordar algunas cosas.

—Señor...Sé que no le caigo bien. Pero...Le estoy pidiendo ayuda. Hago todo lo que puedo para reconstruir mi vida. Necesito esto. ¿Lo entiende?

Se estiraba la barba con sus dedos pulgar e índice, mirándome fijamente. Al final, dijo:

—Puedo ponerle en contacto con un par de tutores.

Solté un suspiro de alivio. Escribió la información de contacto y me pasó el folio.

—Entenderá que espero que dé resultados —dijo—. Sólo porque usted fuera un soldado no significa que le vaya a dar ningún tipo de ventaja, Paris. Si se va a quedar en mi clase, tendrá que ganarse la nota que obtenga. ¿Queda claro?

—Es todo lo que pido —asentí.

Desde allí fui a clase de Civilización occidental antigua, que me iba mucho mejor. Esa noche, envié un correo electrónico a los tutores que me había sugerido.

Tuve problemas para dormir. Y debería ser claro: nunca tengo problemas para dormir. El ejército me enseñó a dormir en cualquier oportunidad que tuviera. ¿Tienes quince minutos de viaje en la parte trasera de un camión de dos toneladas por una carretera polvorienta en medio de la nada? Hora de dormir. Durante los últimos dos años, había sido capaz de cerrar los ojos y dormir sin prepararme, sin pensarlo o sin aviso. Pero la noche después de que Alex fuera a correr conmigo, mi mente no paraba de dar vueltas a lo que yo dije, a lo que ella dijo.

No hizo falta que ella lo dijera para que me diera cuenta. Si no hubiera sido tan gilipollas, borrando mi cuenta de Skype y Facebook y negándome a contestar sus correos, ella no habría intentado tener citas la primavera pasada. Y ese tío no habría intentado violarla.

Era culpa mía. La dejé desprotegida. Había puesto en peligro a la mujer que amo más que la vida misma.

Eso no iba a volver a pasar. Era demasiado tarde para que Alex y yo fuéramos pareja, pero sería su amigo todo el tiempo que ella quisiera, maldición.

Sería lo que ella quisiera.

Pero la traidora de mi mente pasó a otras cosas. No era la primera vez que habíamos roto, ni de lejos. De hecho, cuando volvimos a casa desde Israel, ambos dijimos que se había terminado. Lo que tuvimos fue precioso, mágico...Y temporal. Ella volvería a salir con Mike en San Francisco y yo volvería con Hailey en Atlanta.

Pero rompí con Hailey cuatro días después de volver a Atlanta. Y ella hizo lo mismo con Mike.

En realidad, ninguno de los dos dijo nada. Simplemente fue lo que pasó. No estábamos saliendo, no éramos exclusivos, no éramos nada de nada. Motivo por el que me encontré en la cama con Cyndi Harris en Año Nuevo, que fue divertido pero...También triste. Todo el rato que estuvimos revolcándonos en la cama, yo no paraba de pensar en Alex, y lo mucho que deseaba que fuera ella. Me puso...Increíblemente triste. Y Cyndi lo sabía.

En cierto momento, se apartó de mí, entonces dijo:

—¿Cómo se llama?

—¿Quién? —pregunté.

—La chica de la que estás enamorado.

Así, lo que pudo haber sido un revolcón divertido de Año Nuevo se convirtió en una escena conmigo derrumbándome y llorando, contándole lo mucho que extrañaba a Alex. Cyndi estuvo tranquila. Me abrazó y dijo las cosas adecuadas, y quedamos como amigos.

No volví a tener citas en un tiempo. Alex y yo hablábamos por teléfono casi cada día, además. Nos escribíamos correos electrónicos y nos enviábamos mensajes constantemente, y nos picábamos y enviábamos toques por Facebook. Estábamos a cuatro mil kilómetros de distancia uno del otro, y yo la acechaba en Facebook, mirando las fotos que publicaba, intentando descubrir qué significaba su estado cada vez que cambiaba.

Sinceramente, era una locura. Ahí estaba yo, un estudiante de último año de instituto. La chica que amaba estaba en la otra punta del país. Una semana estábamos bien, a la siguiente no. Ninguno de los dos podía saber qué tenía más sentido hacer. Planeé ir a visitarla en marzo, durante las vacaciones de primavera, pero a principios de enero había poca faena en el restaurante donde trabajaba de camarero y me despidieron. No tener dinero quería decir que no podía viajar al otro lado del país. Así que nos echamos de menos el uno al otro en marzo, y una noche durante las vacaciones de primavera me llamó. Borracha.

Las palabras que salieron de su boca me aturdieron.

—Ojalá pudiera hacer el amor contigo.

Mi corazón se detuvo.

Así que gorroneé. Seguí buscando un trabajo, pero no hubo suerte. Era 2009. Los trabajos de camarero o fregando platos se los daban a tipos con un máster. Un estudiante de instituto con dieciocho años no tenía ni una posibilidad. Empeñé mi iPod, mi madre y yo hicimos un rastrillo y conseguí reunir la suma total de ciento veinte dólares. Y eso era suficiente para un billete de ida y vuelta en un autobús Greyhound desde Atlanta hasta San Francisco. Me fui el día después de graduarme en el instituto.

Bueno. No tiene mucho sentido hablar de la visita. Fue...Emotiva...Dolorosa...Patética. Nos besamos en el Parque Golden Gate. Nos hicimos una foto en un fotomatón de la estación de autobuses antes de irme. Nos enamoramos otra vez, incluso pese a que eso fuera imposible. Una semana después de volver a casa, tuvimos nuestra primera pelea realmente desagradable por teléfono.

Hice lo que mejor hago a veces. Huir rápido. La mañana siguiente a nuestra pelea, me alisté en el ejército de los Estados Unidos.

¿Es una sorpresa que dos años después, tumbado en mi cama en Columbia, no pudiera dormir?

En lugar de dormir, pensaba en sostenerla en mis brazos.

Pensaba en los literalmente cientos de correos electrónicos que nos habíamos enviado.

Pensaba en los cientos de horas que pasamos al teléfono, hablando de nuestras vidas, nuestros sueños.

Después de correr con ella temprano por la mañana, era difícil olvidar lo mucho que la amaba, y lo necesitaba olvidar. Porque lo único que no podía olvidar, o lo que es más, perdonar, era la última conversación que tuvimos. Kowalski había sido asesinado aquella mañana y habíamos regresado a la base, alterados, horrorizados por su muerte. Fue el peor momento del despliegue para la mayoría de nosotros y, desde luego, para mí. Necesitaba hablar desesperadamente. La necesitaba a ella. Más de lo que la había necesitado antes. Y cuando la llamé por Skype, estaba jodidamente borracha. Eso al menos era obvio.

Intenté contarle lo que pasaba, pero ella me ninguneó. Empezó a decir que no funcionaba, que no podíamos estar juntos. Y entonces, vi la única cosa que nunca esperé ver. Un tío, pasando por detrás de ella en su habitación, sin camisa. Cuando pasó por su lado, él la tocó momentáneamente en el hombro con la mano.

Incluso pensar en eso me da ganas de vomitar. Me da ganas de gritar con rabia. No lo he superado. No creo que lo supere nunca. Y aunque puedo pasarme todo el día pensando lo mucho que la quiero, no puedo olvidar ese momento. No podía pensar. No podía decir nada. Alargué la mano y cerré la conexión. Entré en Facebook y deshabilité mi perfil. Eliminé mi cuenta de Skype. Borré mi identidad digital. Entonces agarré mi portátil y lo machaqué.

La mañana siguiente volvimos a salir al terreno.

Pasaron semanas antes de tener la oportunidad de consultar mi correo electrónico de nuevo. Por motivos que nunca entenderé, mi madre me compró un portátil de segunda mano cuando estuve ingresado en el Walter Reed.

Tenía unos veinte mensajes de ella. Durante un momento doloroso, casi los leí. No podía hacerlo. Pero tampoco los eliminé. Así que los almacené en una carpeta donde no tuviera que verlos. E intenté olvidar.

Como muchas otras cosas de mi vida, olvidé bastante mal.

CAPÍTULO SEIS

No os entiendo a ninguno de los dos (Alex)

Alex, necesito tu ayuda —dijo Kelly en el momento en que entré en la habitación.

—Hola. ¿Qué pasa? —pregunté, dejando mi bolsa cerca de la cama. Me senté sobre la cama, acurrucándome alrededor de uno de mis cojines.

Ella me miró, entonces dije:

—Vale, verás…Creo que puede que venga Joel.

Puse los ojos en blanco.

—Oh, vamos, Kelly. Él sólo quiere ir por ahí, echar un polvo.

—Eso no lo sabes.

—¿Qué te hace pensar otra cosa?

Se recostó, con la espalda contra la pared y las piernas colgando por el borde de la cama. Parecía extremadamente incómodo.

—Bueno —contestó—, te conté que me pidió salir el viernes. Le rechacé otra vez. Así que me envió un poema.

—Oh, no, no lo hizo.

Ella asintió, sonriendo.

—Era horrible. Pero también muy dulce.

—No sabía que escribiera poesía.

—Bueno...No le digas que lo he dicho, pero realmente no debería.

Estallé en carcajadas.

—Así que...Esta mañana estaba en el despacho del doctor Abernathy y llegó un mensajero. —Kelly también hacía prácticas y pasaba dos mañanas a la semana como recepcionista en el Centro Médico de la Universidad de Columbia—. Con un ramo de malvarrosas.

—¿Un ramo de *qué?*

—Vamos, Alex. Es sólo mi flor favorita. La cuestión es que se acordó. No me envió una docena de rosas, que hubiera estado bien, pero poco original. En su lugar, me envió algo que él sabía que me encantaría.

—Vale, es dulce de verdad, lo admito.

—Bueno, pues quiere salir el sábado. Y la verdad es que yo quiero. Pero...No sola. La primera vez no. Necesito que venga mi mejor amiga.

—¿No será incómodo?

—No si traes a una cita.

—Esto...No.

—*¡Alex!* ¡Venga!

—En serio, no. No hay nadie con quien me interese salir ni lo más mínimo.

Ahora ella puso los ojos en blanco.

—Oh, sí, claro. Ya veo. Déjame pensar. Estoy intentando pensar un tío a quien se lo puedas pedir.

—Buena suerte con eso —contesté.

—Oh, ya sé —dijo, con una voz sarcástica—. Déjame pensar... Apuesto a que hay alguien a quien ves cada dos días en las prácticas.

Y pasas horas con él. Y entonces los demás días te levantas a una hora de pesadilla para ir a correr con él. Aj. En serio.

—Kelly, para. No es así.

Se incorporó y me tiró un cojín.

—¡Vamos, Alex! Eres mi amiga. Te necesito para esto. ¡Y como si no pasaras seis días a la semana con él de todas formas!

—¡Sí, pero eso no son citas!

Yo decía la verdad. Incluso aunque él no me había pedido que volviera, yo aparecía a las seis de la mañana cada dos días. Corríamos juntos, a veces en silencio. Esta mañana, de hecho, habíamos corrido casi cinco kilómetros. Para ser sincera, en secreto estaba satisfecha de haber sido capaz de aguantar. Y desayunábamos al menos una o dos veces a la semana. O tomábamos café, después de salir de la biblioteca de manuscritos raros. Pero no estábamos saliendo. Y, a grandes rasgos, evitábamos el tipo de conversación que nos había metido en problemas dos semanas antes. Estábamos siguiendo las reglas y funcionaba, y yo no quería fastidiarlo.

Contuve la respiración, pensando, mucho. Realmente no quería fastidiarlo.

Tragué saliva, entonces dije:

—De acuerdo. Pero no será una cita.

—Lo que digas, Alex.

Sonreí a Kelly.

—Gracias —dijo.

—No te sorprendas si me dice que no.

—No os entiendo a ninguno de los dos.

Suspiré.

—Yo tampoco.

Flores desde Afganistán (Dylan)

Mala idea, pensé. Realmente mala idea. Lo primero de todo, era sábado por la noche y caminaba hacia la habitación de Alex para verla y recogerla para nuestra no-cita. ¿O nuestra cita no-cita? ¿*Descita*? Lo que sea. Iríamos a un bar, donde habría gente bebiendo, y siendo ruidosos y odiosos, y mi única conexión con la realidad sería la única persona con quien no me podía abrir.

Realmente era una puta mala idea.

Miré el teléfono. Ya eran las diez y diez. Llegaba tarde. Le envié un mensaje rápidamente:

ESTARÉ AHÍ EN UN MOMENTO PERDÓN TARDE

Ella contestó casi instantáneamente:

Ok. Abrazos. :)

Oh, vamos. ¿En serio? ¿Abrazos? Eso era lo último que ninguno de los dos necesitaba hacer.

Después de sincerarnos demasiado en nuestra carrera matutina y desayuno, me había esforzado por restablecer la normalidad. Era necesario. Pero aun así pasábamos juntos una enorme cantidad de tiempo. El siguiente jueves por la mañana, a las seis, ella apareció en el parque sin decir nada, con zapatillas de correr y una ropa significativamente menos reveladora que el primer día. Eso fue un alivio. Si ella supiera cómo se me paró la respiración cuando la vi aquel primer día.

Mejor que no lo supiera.

Así que, yo no sólo seguía sus reglas, también hice las mías.

Prohibido flirtear.

Prohibido demasiado contacto visual.

Sobre todo, nada que pudiera malinterpretarse como una cita.

Me estaba protegiendo a mí mismo, pero también la protegía a ella. Y entonces, el sábado por la tarde, después de salir de la biblioteca, ella me comentó lo de esta noche.

—Es por Kelly —dijo.

Kelly y su novio, sea cual sea su nombre, están a punto de volver juntos. Es la primera vez que salen desde que rompieron, y Kelly necesita un amortiguador, algo que evite que se metan en una gran pelea o algo. Pero tres son multitud, y si vamos como dos parejas no será tan dolorosamente incómodo, dijo ella.

Sí, claro que no lo sería.

Encontré el edificio y pulsé el timbre de su habitación.

Ella abrió la puerta con el telefonillo para que entrara.

Maldita sea. Esperaba que nos encontráramos aquí abajo. Ver su habitación sería muy raro en cierto modo. De alguna manera nos las habíamos arreglado para evitar ese nivel de intimidad. Y yo necesitaba mantener la distancia desesperadamente.

Lo que fuera.

Me abrí camino como pude subiendo las escaleras hasta el cuarto piso. Ése había sido mi propio reto personal durante la semana anterior. Nunca usar el ascensor cuando hubiera escaleras. Tras dos semanas corriendo, sentía que mi pierna derecha tenía más fuerza de la que había tenido en mucho tiempo. Me quedaba mucho por recorrer, pero había avanzado mucho respecto a cómo estaba siete meses antes, cuando discutían si amputar mi pierna o no.

En la cuarta planta, seguí los números de habitación hasta la suya, entonces piqué. En la puerta había enganchada una bonita pizarra, simplemente con las palabras «Kelly y Alex».

—¡Ahora voy! —la escuché gritar. Abrió la puerta y me cortó la respiración.

Oh, Dios mío.

Su cabello estaba recogido en la parte trasera de su cabeza en una especie de moño complicado, con largos mechones colgando en tirabuzones muy sueltos sobre sus hombros. Llevaba un vestido verde oscuro sin mangas, cortado justo por encima de las rodillas, que envolvía perfectamente sus formas. Mi respiración era poco profunda. Ella se había hecho algo con el maquillaje. Sus profundos ojos verdes parecían enormes.

Algo de color apareció en sus mejillas cuando me miró. Ambos desviamos la mirada.

—Entra, estaré lista en un segundo —dijo.

La seguí a la habitación, completamente nervioso.

Era obvio cuál era el lado de Alex.

El lado de Kelly estaba envuelto en rosa, con pósteres de películas y bandas y enormes almohadas esponjosas.

El de Alex estaba apagado. Había un mapamundi colgado sobre su escritorio, y una pila de libros colocada descuidadamente en un lado del escritorio.

Un marco de fotos contenía flores secas y prensadas. Había una fecha escrita en el marco, justo bajo las flores. «19 de noviembre, 2011».

Ésas eran las flores que le envié cuando estaba en Afganistán, el año pasado.

En la cómoda había una foto que casi me arrancó el corazón. Era de nosotros dos, acurrucados juntos. Recordaba cuándo se tomó. Estábamos en Haifa, en un parque cerca de Carmel Central. Había tocado la guitarra durante casi toda la noche y cuando paré, nos acurrucamos juntos, riendo y hablando. Yo tenía una copia de la misma foto.

Desvié la mirada, intentando mantener calmada mi respiración.

—Estoy lista —dijo, saliendo del baño.

Me miró, entonces sus ojos se dirigieron como un rayo a la foto, las flores y sus mejillas se sonrojaron. Nos evitamos la mirada cuando salimos de la habitación.

Ella se dirigió a las escaleras, incluso aunque llevaba unos tacones con los que parecía imposible andar, y también se la veía imposiblemente sexy con ellos. El vestido, adornado con un pequeño lazo sobre sus hombros, envolvía su cuerpo de una forma que hizo que el pulso de mis sienes se acelerara. Sacudí la cabeza. Era la manera de Alex de cuidarme, porque ella sabía que había dejado de usar ascensores. No pude evitar echar un vistazo a todo su cuerpo mientras caminaba unos pasos por delante de mí. Hostias, estaba preciosa. Esto parecerá una locura odiosa, pero en ese momento no quería hacer nada más que tumbarla, agarrarle las piernas y lamerle las pantorrillas

Iba a ser una noche muy, muy larga.

—Podemos tomar el ascensor —dije.

—Sólo son tacones, no pasa nada.

Me encogí de hombros.

Cuando llegamos a la calle dije:

—Recibí un correo electrónico de mi amigo Sherman.

—¿Ah, sí?

Asentí.

—Vuelve a casa la próxima semana y dice que quiere venir a Nueva York un par de semanas. Creo que está pensando ir a la universidad aquí.

—¡Oh, vaya, eso es increíble!

—Será extraño. Esa parte de mi vida y esta parte de mi vida... Realmente no encajan. Es difícil imaginar tenerle aquí.

—Le enseñaremos la ciudad —dijo ella—. Será bueno para ti tener un amigo aquí.

Tomé aliento de forma intensa y poco profunda por su uso del *plural*. Cada momento que pasaba con esta chica era una muestra de control. Aunque era difícil de imaginar, últimamente había pasado muchas noches sin dormir. Ella estaba ocupada haciendo planes para «nosotros» y yo me esforzaba al máximo para mantener la distancia. Mantener esa distancia me estaba matando. La amaba, pero sinceramente, parte de mí también la odiaba.

Me puse tenso a medida que nos acercábamos al Bar 1020. Una pequeña multitud de gente estaba fumando delante del local. Dentro parecía un manicomio. Música extremadamente alta, personas abarrotadas como si fuera un metro japonés. Chillando y gritando. Parecía que una banda estaba tocando dentro.

Reduje el ritmo inconscientemente hasta detenerme mientras nos acercábamos a la puerta.

—¿Estás bien? —preguntó—. Pareces un poco pálido.

—Lo siento —dije—. Ya no me gusta mucho estar en lugares abarrotados.

—Me quedaré cerca —dijo ella.

Eso me debería ayudar a relajar. *Sí, claro.*

Me agarró del brazo, arrimándose a mí y entramos en el bar. Ella estaba mirando a la multitud, buscando a Kelly y su novio, cuyo nombre no podía recordar.

Después de unos minutos abriéndonos camino a empujones entre la multitud, les encontramos sentados en una mesa redonda alta con cuatro taburetes alrededor.

Me quedé congelado cuando vi al novio.

—Dylan, éstos son Kelly y Joel. Kelly y Joel, éste es Dylan.

Kelly tenía una sonrisa enorme y dijo:

—Vaya. Dylan, es genial poder conocerte al fin.

Joel extendió la mano para estrecharla y dijo:

—Hola tío, sí, es agradable conocerte por fin. He oído mucho sobre ti.

Miré fijamente la cara del hombre que había visto en la videollamada de Skype. El tío sin camisa que había estado en la habitación de Alex la noche en que rompí con ella definitivamente. No podía respirar y miré rápidamente a Alex, que empezaba a parecer preocupada, entonces volví a mirarle a él y murmuré:

—Hijo de puta.

Liberé mi brazo de Alex, me di la vuelta y me abrí camino a empujones a través de la multitud de vuelta a la salida.

Esto, sí. Mejor que vea a un médico (Alex)

—¿Qué demonios? —preguntó Kelly cuando Dylan se alejó de nosotros a empujones y se fue casi corriendo hacia la puerta.

—¡No lo sé! —dije, con la voz alzándose hasta casi formar un gemido.

¿Qué iba mal? ¿Qué había hecho?

—Ve a buscarle, Alex. No dejes que se vaya sin una explicación. ¡Otra vez no!

Yo estaba temblando y respirando rápido, entrecortado. Perdía los papeles. Tuve una visión de todas aquellas semanas que pasé en febrero y marzo, básicamente encogida en mi cama, llorando.

Ese hijo de puta no iba a volver a hacerme eso.

Me giré y corrí hacia la puerta, sin importarme si ellos me seguían.

Él estaba a media manzana de distancia. Corrí tras él, grité:

—¡Dylan! ¡Espera!

Vi sus hombros tensarse cuando me escuchó. Paró de caminar, erguido, todavía dándome la espalda.

—¡Dylan! ¿Qué demonios? —grité—. ¿Por qué has hecho eso? ¿Por qué te has ido así?

Se volvió hacia mí y sentí como si me hubieran dado un puñetazo. Sus ojos estaban rojos y llorosos, las cejas apretujadas, formando una línea en el centro de su frente.

Apuntó con el dedo hacia el bar y gritó:

—Sabes lo que siento por ti. ¿Cómo coño puedes traerme aquí, sabiendo que él estaría aquí?

Me encogí con el grito. Nunca, en todo el tiempo que nos habíamos conocido, él había hecho eso. Y la pregunta. *¿Qué?* No tenía ningún sentido. Él ni siquiera conocía a Joel.

—¡No sé de qué diablos estás hablando, Dylan!

Él sacudió la cabeza, con el dolor grabado en su cara.

—Pensé que eras…Algo diferente, Alex. Yo…Oh, hostia puta, nunca imaginé esto.

—¿Imaginaste *qué*? ¡No entiendo absolutamente nada!

—¡*A él*! Él estaba en tu habitación aquella noche. No te molestes en negarlo. ¡Le vi! Estabas en el puto Skype, rompiendo conmigo en el que ya era el peor día de mi vida y entonces apareció ese cabrón con su gordo culo descamisado y te puso la mano encima cuando pasó por al lado. ¿Os reísteis mucho mientras planeabais la ruptura? ¿Estabais follando antes de que me llamaras?

Sentí como si me hubiera dado un puñetazo. Retrocedí dos o tres pasos, entonces dije:

—Dylan…Ése es Joel. Es el novio de Kelly.

—¿Entonces por qué demonios estaba allí?

Ahora yo le grité.

—Porque es su novio, gilipollas. ¡Él siempre pasaba por allí, esos dos están enganchados por la cadera! ¿Me estás diciendo que rompiste conmigo por eso? ¿Me rompiste el corazón por culpa de un estúpido malentendido? ¿Porque pensabas que habías visto a un chico en mi habitación?

Sacudió la cabeza.

—¿Él estaba con Kelly? —dijo en un susurro irregular.

Su cara se retorcía con dolor y rabia. ¿Rabia consigo mismo? No lo entendía.

De repente gritó:

—¡Joder!

Golpeó con su puño la reja de metal de la tienda que había al lado. Soltó un aullido, un aullido auténtico y literal, y volvió a golpear la reja de metal con el puño. Después lo hizo otra vez, y otra vez, gritando «¡Joder!» cada vez que golpeaba el muro con el puño.

Mi rabia desapareció, porque la última vez que golpeó el muro, lo salpicó con sangre. Empecé a llorar, mucho, porque se estaba haciendo daño a sí mismo, se estaba haciendo daño de verdad.

—Dylan —susurré—. Para.

Ni siquiera me escuchó. Así que hice lo único que se me ocurrió. Lo rodeé con mis brazos, alrededor de su pecho, hundí la cara contra su espalda y grité, tan fuerte como pude:

—¡Dylan, por favor para! ¡Por favor no te hagas daño! ¡Te quiero!

Se detuvo y se puso rígido entre mis brazos. Sollocé contra su espalda. Él se giró entre mis brazos, repentinamente, y me envolvió con los suyos, con sus músculos sosteniéndome tan fuerte que yo casi no podía respirar.

Los dos estábamos llorando y yo empecé a decir:

—Lo siento.

—No lo sabía —dijo—. Oh, Dios mío, lo siento tanto, Alex.

Empezó a sollozar con auténticos aullidos de dolor y sacó las palabras a golpes, como pudo:

—Ése fue el día en que Kowalski se lanzó sobre la granada, Alex. Estaba totalmente desquiciado cuando te llamé —su voz cayó en un susurro y dijo—.Tú estabas borracha y yo te necesitaba tanto.

Yo lloré aún más, e intenté acurrucarme contra él incluso más.

—Lo siento tanto, Dylan —dije—. No lo sabía. No lo sabía.

—Nunca dejé de amarte —susurró—. Ni siquiera un segundo. Incluso cuando te odiaba.

—Yo también te quiero, Dylan —susurré.

Habían pasado más de dos años desde la última vez que nos sostuvimos en brazos el uno al otro así, la mañana en que él se fue de San Francisco para volver a casa. Ambos habíamos cambiado, pero por primera vez en dos años me sentí completa con sus brazos envolviéndome.

El momento hubiera sido perfecto, pero escuché la voz de Kelly detrás de nosotros.

—Esto...Odio interrumpir esta escena increíblemente conmovedora, pero, esto...Él necesita ir al hospital. Pero ya mismo.

Dylan y yo nos sobresaltamos. Nos separamos ligeramente y yo le agarré el brazo con la mano.

Oh, mierda.

Su mano estaba...Machacada. Los nudillos abiertos con sangre goteando sobre el suelo en grandes salpicones. De repente, sentí que se me aceleraba la respiración y me di cuenta de que podía ver el *hueso* de uno de sus dedos.

—¡Dios Santo, Dylan, mire lo que te has hecho en la mano!

Se miró la mano con una expresión perdida en la cara. Sacudió la cabeza y dijo:

—Esto, sí. Mejor que vea a un médico.

Cerró los ojos y se balanceó un poco.

—Vamos con vosotros —dijo Joel.

Kelly asintió.

Así que me quité el lazo y lo enrollé alrededor de su mano herida, y llamamos a un taxi.

CAPÍTULO SIETE

Vale la pena luchar (Dylan)

Entonces lo siguiente que supe fue que los cuatro estábamos embutidos en el asiento trasero de un taxi, de camino al hospital de los Veteranos por el Lower East Side. Yo fui en el lado izquierdo del asiento durante todo el camino, con Alex acurrucada a mi lado. Mi mano derecha estaba reposada sobre su regazo con la palma hacia arriba, envuelta en su lazo de seda, que después de esa noche no quedaría muy bien para llevar. Ella se inclinó hacia mí y pese a todo el dolor que sentía en la mano, que era mucho, casi toda mi atención se centraba en ella.

Ninguno de nosotros habló, creo que porque el momento era demasiado grande para usar palabras.

Kelly y Joel se ocuparon bastante de eso por nosotros. Kelly estaba sentada en medio del asiento trasero y le murmuró a Joel:

—Tú nunca te machaques la mano por mí. ¿Qué tipo de novio eras tú, de todas formas?

—¿Me estás tomando el pelo? —contestó Joel.

—Sólo digo. No creo que fueras en serio realmente. Si lo hicieras, encontrarías una manera de demostrarlo. Como joderte la mano completamente o algo.

Alex se sacudió contra mí, riendo. Giré la cabeza, la miré, descansando su cabeza sobre mi hombro.

—No es que no te tome en serio, Kelly. O que yo no vaya en serio. Simplemente no estoy jodidamente loco como este tío obviamente sí lo está. —Me miró desde el otro lado del coche—. No pretendía ofender, Dylan.

Hice una mueca. Oh, Dios, eso dolió como un cabrón.

—No me ofendo —grazné.

—Mira, Kelly —dijo—. Necesito que escuches esto.

Kelly estaba sentada todo lo lejos de Joel que podía, lo que significa que ella y Alex tenían las caderas apretujadas. Su espalda estaba erguida y estaba mirando hacia delante, con los brazos cruzados sobre el pecho.

—Creo que simplemente me asusté, ¿vale? ¿Cuántos años tenemos, diecinueve? ¡Es un compromiso grande de la hostia! Ninguno de los dos ha salido con nadie más desde que empezó la universidad, y…Tenía miedo.

—Eso no es cierto —dijo Kelly—. Has estado ocupado «jugando a varias puntas» desde que empezaron las clases de este año. Si alguna vez vuelvo a dejar que te acerques a mí, primero te harás pruebas de ETS.

—Oh, por amor de Dios.

—En serio, ¿de todas maneras qué demonios significa jugar a varias puntas? ¿Acaso soy una metáfora deportiva para ti? ¿Llegaste a la última base, y ahora es el momento de ir a la Superbowl o lo que sea?

Él sacudió la cabeza.

—La Superbowl es de fútbol americano, cariño. Las bases son de béisbol.

—Oh. Dios. ¡*Mío!*

—Ooh, mierda. Mira, la fastidié, Kels. ¡Te quiero! ¡No quiero estar con nadie más que tú!

—Bueno, ahora has vuelto a la Liga Menor, macho, y aquí no hay bases. O metas. O...Lo que sea. Vas a tener que convencerme.

—Te envié esas flores raras que te gustan.

Alex comenzó a sacudirse, fuerte, reprimiendo la risa. La volví a mirar y nuestras miradas se encontraron. Ella sonrió y yo quería inclinarme y besarla más que nada en el mundo, excepto porque si lo hiciera se me movería la maldita mano.

Ella se estiró, acercando sus labios a mi oreja y susurró:

—Ahora es una guardameta, ¿verdad?

No pude evitarlo. Comencé a carcajearme.

—¿Flores *raras?* Estás muy lejos de convencerme, no tienes ni idea.

—¿Qué tengo que hacer para convencerte, nena? —dijo él.

—Envíame más cosas «raras» que me gustan.

—Hecho.

—Tendrás que arrastrarte. Quizá para siempre.

—Dios Santo, señorita —dijo el taxista—. ¡Déle un respiro al chico!

No pude aguantarme más. Me carcajeé, temblando a la vez y Alex se unió a mí.

Kelly nos miró y dijo:

—¡Bueno, vosotros dos no sois ninguna ayuda!

¡*Oh, Dios!* Me reí incluso más, con lágrimas cayendo por mis mejillas. Me las sequé con mi mano buena y dije:

—Kelly, me alegro tanto de conocerte al fin.

Ella soltó un sonoro «Hmmmff», entonces dijo:

—Sólo porque parece que tú y la chica hormonas habéis vuelto juntos.

Estaba aturdido y le mostré una gran sonrisa. ¿Lo estábamos? ¿Juntos otra vez? No lo sé. Pero fuera lo que fuéramos, era mejor que tener el corazón roto.

Kelly y Joel discutieron todo el camino hasta el hospital. En cierto momento, me incliné y le susurré a Alex:

—Creía que ella quería volver con él.

—No te preocupes —me susurró—, esto es normal en ellos.

Dios Santo. Si esto era lo normal, no quería ver cómo eran cuando ella estuviera alterada.

Bien pensado, parecía mucho menos doloroso que lo que Alex y yo habíamos estado haciendo todos estos meses.

Y entonces fue cuando me cayó todo el peso del asunto encima. Quizá ella estuviera acurrucada contra mí ahora, cuando yo estaba herido, ¿pero podría perdonarme de verdad? Al fin, lo entendí. Porque no fue nada más que un malentendido. No era *algún tío* el que estaba en su habitación. Sólo era el novio de su compañera de piso, siendo amistoso. Yo lo había fastidiado tanto que temía que no hubiera vuelta atrás. El significado de la foto en su mesilla, las rosas secas enmarcadas en su pared, no se me escapaba. Nos habíamos amado el uno al otro, y yo la herí. La herí mucho. ¿Tenía siquiera derecho a ser perdonado?

Justo en aquel momento, me prometí que hablaríamos cuando estuviéramos solos. Lo resolveríamos. Romperíamos cada regla que tuviéramos, hasta que realmente nos entendiéramos el uno al otro, y qué sucedió, y si podríamos seguir adelante o no.

Porque, por primera vez desde aquella horrible semana en que Kowalski y Roberts murieron, por primera vez desde que acabé en el hospital, comencé a sentir algo de esperanza. Esperanza, a causa de la mujer acurrucada a mi lado. Y eso era algo por lo que vale la pena luchar.

El taxi se detuvo al lado de la sala de urgencias y comencé a estirarme, intentando alcanzar mi cartera con la mano equivocada.

—No seas idiota —dijo Alex, pescando en su bolso.

Le pasó un billete de veinte al taxista y salimos del taxi. Me tambaleé un poco y ella me rodeó con sus brazos.

—Siento haberos arruinado la noche —dije a Kelly y Joel.

—No te preocupes por eso, tío —dijo Joel—. Veros a vosotros pelear fue mucho más entretenido que estar sentado en el 1020, de todas formas. Además, me alegro de que lo hayamos resuelto. Si nos hubiéramos encontrado a solas en algún lugar, podrías haber acabado golpeándome a *mí* en lugar de a un muro. Y eso hubiera sido un poco molesto.

Kelly puso los ojos en blanco y abofeteó a Joel en el hombro. Era una bofetada posesiva, y yo estaba bastante seguro de que ella se estaba rindiendo.

—Sí —dije, con la voz quebrándose un poco—. Un malentendido, ¿vale?

—Sí, más o menos escuchamos todo —dijo él—. No tiene importancia.

Hicimos el papeleo en la mesa de la sala de urgencias. Sangré un poco sobre la mesa, entonces me disculpé. Unos minutos después, un ayudante médico vino e hizo un triaje, decidió que pese al mal aspecto de mi mano, no era un peligro para mi vida, entonces dijo que alguien nos atendería en algún momento.

—Puede llevar un rato —dije.

—Tenemos todo el tiempo del mundo —murmuró Alex.

Todavía no me había soltado.

Así que esperamos. Después de un rato, Joel y Kelly dejaron de reñir y comenzaron a liarse. Se estaban llevando muchas miradas interesadas de las otras personas de la sala de espera hasta que, finalmente, una señora anciana sentada a dos asientos de ellos, golpeteó a Joel en el hombro con su bastón.

—Vosotros dos sois unos indecentes —dijo ella—. Por qué no os vais a otro sitio.

—Oh, Dios —dijo Kelly—. Lo siento mucho.

—Sí, perdón —murmuró Joel.

—Quizá deberíais iros vosotros —dijo Alex—. Nosotros estaremos bien aquí.

—¿Estás segura? — preguntó Kelly.

Para entonces, Joel estaba de pie, estirándola de la mano.

—Sí —dijo Alex, asintiendo—. ¡Idos!

Kelly se acercó inclinándose a Alex y susurró:

—Probablemente no vuelva a casa esta noche.

Alex sonrió.

—Te veo mañana, entonces.

Joel me miró y dijo:

—Hasta luego, Dylan. Me alegro de conocerte.

Estiró la mano para dármela y yo automáticamente hice lo mismo, entonces jadeé de dolor. *No* nos dimos la mano.

Le saludé con la cabeza. Ellos dos salieron corriendo de la sala de urgencias, cogidos de la mano.

—Son divertidos —dije.

Ella sonrió.

—Sí. Pero se quieren el uno al otro.

Se inclinó un poco más hacia mí mientras lo decía.

Respiré hondo, intentando ignorar el dolor de mi mano y dije:

—¿Y qué hay de nosotros? ¿Qué somos ahora, exactamente?

Ella me miró, sus ojos me quitaban el aliento, y dijo:

—¿Tenemos que pensarlo ahora mismo?

—No ahora mismo —dije—. Pero pronto. Antes…Antes de que nos rompamos el corazón otra vez.

Ella se apenó.

—Tiene sentido, supongo.

Desvió la mirada y pude ver su labio inferior temblando.

—Alex —dije—. Escúchame.

Se volvió hacia mí.

—Quiero hablar de lo que sucedió. Entre nosotros.

Ella asintió, entonces dijo:

—¿Por qué?

—Creo que tenemos que calmar los aires. Alex…Hemos estado dando rodeos durante semanas. A veces flirteábamos, otras no. Recordando, pero no recordábamos. Jugando según unas reglas que parecían tener sentido, pero en realidad no lo tienen. Creo que es hora de ser sinceros sobre lo que pasa entre nosotros.

Ella parpadeó y respiró hondo. Su expresión irradiaba ansiedad.

—Háblame, Alex. ¿Por qué tienes miedo de esto?

Los extremos de su boca se retorcieron formando una sonrisa.

—Porque ahora mismo soy más feliz de lo que lo he sido en mucho tiempo —susurró—. No quiero fastidiarlo.

Respiré hondo, temblando. Estaba claro que lo decía en serio. Ella era mucho más feliz ahora de lo que lo había sido en mucho tiempo, *porque estaba conmigo.*

Todavía más motivo para ser sinceros, en todo.

—Yo tampoco —dije—. Y tengo miedo de que si no hablamos, haré suposiciones, o tú harás suposiciones, de cosas que no compartimos. Y la fastidiaremos otra vez. Y eso…No creo que pudiera aguantarlo.

—Sólo respóndeme una cosa —dijo ella.

Asentí.

—¿Me quieres? ¿De verdad? ¿Todavía?

La acerqué hacia mí y dije, en voz baja:

—Más que a la vida misma.

Ella me rodeó con los brazos y se recostó contra mi pecho.

—Vale. Entonces hablaré de cualquier cosa que quieras hablar.

Pues, ahora que mencionas la pastilla (Alex)

—Vale —dije—. Entonces hablaré de cualquier cosa que quieras hablar.

Parecía que no podía dejar de agarrarme a Dylan. Mis manos estaban rodeando su cintura, y podía sentir los músculos duros de sus abdominales bajo ellas.

No había dudas de que Dylan no era el mismo chico del que me había enamorado. Había crecido, madurado de formas que yo no podía haber previsto cuatro años atrás. A veces podía mirarle y ver el soldado curtido en que se había convertido: a veces con cara adusta, pecho y brazos trabajados como un boxeador, el pelo bien corto y especialmente sus ojos, unos ojos que a veces miraban hacia la distancia, como si él estuviera a un millón de años luz de distancia. Ése era el Dylan al que era difícil acostumbrarse: el que podía enfadarse tanto que machacaría su puño una y otra vez contra un muro hasta romperse los huesos. Más o menos entendía qué le sucedió al hombre, pero era difícil relacionar la realidad con el chico que yo había conocido y del que me había enamorado.

El Dylan del que me enamoré era gentil y amable. Atento. Divertido. Él todavía era todo eso pero tenía un lado nuevo y, para ser sincera, aterrador. Ése era un chico que había llevado armas en una guerra durante casi todo el último año. Ése era un hombre que había matado, que había visto a sus amigos morir en combate. Tenía unas nuevas profundidades que eran totalmente escalofriantes.

—Entonces...—dije, con mi voz cayendo en un susurro—. ¿Por dónde empezamos?

Él tenía una sonrisa radiante, pero yo podía ver que sentía una cantidad de dolor tremenda.

—No tengo ni idea —dijo.

Recosté la cabeza, soltando una risita por lo bajo. Finalmente dije:

—Tomémonos nuestros tiempo. Te prometo esto. Te prometo que le daré una oportunidad.

Asintió.

—Yo también —dijo.

—Sabes, en algunos aspectos apenas nos conocemos.

—Es verdad. Es decir...Teníamos diecisiete años la última vez que pasamos algo de tiempo juntos.

—Yo tenía dieciséis. Y sí...Fue hace mucho.

—Además —dijo—, no era exactamente un entorno normal. Por mucho que para mí Oriente Medio sea un asco, no se puede negar el increíble romanticismo que tiene.

Le miré, cruzando la mirada otra vez, y dijo:

—¿Sabes qué?

—¿Qué?

—Hay un lado bueno en todo esto. Podemos aprender del otro, conocernos mutuamente, otra vez. —Su voz se convirtió casi en un susurro ronco, y se inclinó hacia mí y me dijo al oído—. Podemos enamorarnos de nuevo, por segunda vez. ¿No es genial?

Sonreí tanto que me dolían las mejillas y acerqué los labios a su oreja y susurré:

—Diría que vale la pena enamorarse de ti dos veces.

La anciana que hizo salir corriendo a Kelly y Joel se aclaró la garganta, entonces comenzó a refunfuñar. Puse los ojos en blanco un poco, pero al final me separé. Fue por los pelos, porque un poco después llamaron a Dylan.

Me puse en pie y caminé con él, sosteniéndole la mano no herida. En una consulta separada por cortinas, un joven doctor, probablemente estudiante de medicina, echó un vistazo a la mano de Dylan y dijo:

—Virgen Santa, ¿qué ha hecho?

Dylan sonrió.

—Más o menos le di un puñetazo a un muro. Bastante fuerte.

El doctor sacudió la cabeza.

—Pues menudo puñetazo. Tendremos que hacer una prueba de rayos X. Esto le va a doler mucho, tengo que limpiar la herida o se infectará. Un par de preguntas...¿Le han hospitalizado antes?

—Esto, sí —dijo Dylan. Yo sabía que había respondido eso en el formulario de ingreso—. Una bomba en el arcén, en febrero. Me fastidió la pierna bastante. TCE.

—¿Cómo va la pierna? —preguntó el doctor.

—Vine caminando aquí. Los otros chicos de mi Hummer están muertos. Yo estoy bien.

La forma tan objetiva en que lo dijo me dio escalofríos.

El doctor miró a Dylan por encima de las gafas y dijo:

—¿Toma algún medicamento?

Dylan dudó, me miró como si estuviera reflexionando algo, entonces contestó:

—Oxicodona. Me han estado disminuyendo la dosis los últimos meses. Paxil. Y Trileptal.

Tragué saliva. Tomaba una tonelada de fármacos. Yo no tenía ni idea.

—Trileptal —dijo el doctor—. ¿Para los ataques?

—Sí, he tenido algunos. Mi médico de cabecera en Atlanta ha estado reduciéndome la dosis de todo, pero cuando intentó quitarme los anticonvulsivantes, bueno...Tuve ataques. No fue agradable.

La realidad de las lesiones de guerra me estaba golpeando duro. Dylan Paris, el chico que conocí cuando éramos adolescentes…Era un veterano discapacitado con lesiones graves.

—Hmm…Creo que debería seguir con la Oxicodona para el dolor. Tomaremos algunos rayos X, entonces decidiremos qué hacer con la mano. Va a ser una noche larga, señor Paris. Espere aquí, enseguida vuelvo con usted.

Dylan suspiró, entonces cerró los ojos. Yo sostenía su mano izquierda y dijo:

—No tienes que quedarte. Va a llevar toda la noche.

Me incliné hacia él y le besé el párpado.

—Dylan, no hay ningún lugar donde prefiera estar que aquí contigo.

—Estás loca —dijo.

—Loca por ti.

Soltó una risa corta, parecida a un ladrido, entonces me besó la frente.

—No sabías que tomaba todas esas cosas. —Sacudí la cabeza.

—Hemos reducido la oxicodona al mínimo en los últimos dos meses. Esa cosa es increíble cuando tienes grandes agujeros abiertos. Me empezaron a dar morfina, lo creas o no. Narices, esa cosa es fantástica. He intentado conseguir que me la bajen al mínimo absoluto. Un poco de dolor no me matará, pero la adicción a las drogas sí.

Asentí, escuchando.

—El, esto…Paxil…Bueno, ya sabes. Te dije que tengo algunos, eh, problemas de ira. Estrés postraumático. Depresión. Todas esas cosas tan divertidas.

Sonaba casi avergonzado de sí mismo.

—Está bien, Dylan. Es perfectamente normal. La mitad de las personas que conozco toman Paxil o algo por el estilo.

Él sacudió la cabeza.

—Sí, bueno, no soy muy aficionado a las drogas de ningún tipo.

—Excepto tus cigarrillos.

Se encogió de hombros, entonces me sonrió con superioridad.

—Eso es diferente. ¿Crees que se darían cuenta si me fumara uno aquí?

—Sí, lo creo.

Frunció el ceño.

—Qué lata.

Nos sentamos en silencio unos minutos. Entonces dijo:

—¿No te molesta? ¿Los anticonvulsivantes y toda esa mierda? Me estoy metiendo media farmacia. Podría desmoronarme y tener un ataque en cualquier momento; todavía me pasa a veces, incluso con las pastillas. Ni siquiera puedo sacarme el permiso de conducción por culpa de eso.

Fruncí el ceño.

—¿Te molesta que yo tome pastillas anticonceptivas?

Dylan casi se atragantó y pude ver algo que no había visto en años. Se sonrojó.

Comencé a reír, entonces me carcajeé de verdad.

—Vale. Tienes razón —dijo.

Todavía me reía un poco, entonces él decidió devolverme la pelota.

—Pues, ahora que mencionas la pastilla...—dijo.

—No. En realidad todavía no. Sacudí la cabeza, de forma un poco teatral.

Él alzó las cejas, sonriendo.

—Para de hacerlo.

—¿Parar de hacer qué?

—Para de mirarme como si fuera un trozo de carne. —Sonrió.

—Estaba pensando más bien en...hmm...Un ¿pastelito de fresa?

—Oh, no. *No* vas a hacer eso. No soy pequeño. Y tú eres ridícula.

—Por eso me quieres.

Escuchamos un fuerte tosido y un carraspeo detrás de nosotros y el doctor sacudió la cortina a un lado.

—Por aquí, por favor, señor Paris.

Que les den a las reglas (Dylan)

Antes de que la larga, larga noche en urgencias acabara, intenté mandar a Alex a casa dos veces más. Ella se negó. En su lugar, durante las horas que estuve esperando para que me trataran, ella estuvo tumbada y acurrucada en la silla a mi lado, con la cabeza descansando en mi regazo mientras dormía.

La última vez que habíamos estado así, ella durmiendo a mi lado, fue en un avión hacía miles de años.

Eran las cuatro de la mañana cuando finalmente salimos de allí. Para entonces, mi mano estaba envuelta en una pesada escayola que me inmovilizaba los dedos. Me había fracturado dos huesos de los dedos, con la piel desgarrada en todos ellos. En cierto momento, cuando Alex estaba fuera de la sala, el doctor sugirió que volviera para ver a un psiquiatra y quizá asistir a clases para controlar la ira.

—Mire —dijo—. Vemos a muchas personas en su situación. Ha estado en una guerra. Supongo que ha perdido amigos.

Asentí.

—No es inusual tener respuestas emocionales a largo plazo ante estas cosas. Sumado a la lesión cerebral, podría ser un verdadero problema para usted.

Suspiré.

—Veía a un terapeuta en el VA de Atlanta, antes de venir aquí para ir a la universidad.

—Creo que debería considerar pedir una cita aquí.

—Ya paso tres mañanas a la semana en el VA para hacer terapia física.

—Entonces una más no hará daño.

Asentí.

—Supongo. Lo haré.

—Bien —dijo.

Un poco después, Alex volvió, llevando dos grandes tazas de café y el doctor cambió de tema.

En el taxi, después de salir del hospital, ella dijo con una voz adormilada:

—¿Por qué no vienes a casa esta noche?

Tragué saliva y respiré hondo, con una sensación súbita de ansiedad recorriéndome.

—¿Estás segura? —pregunté.

Asintió. Estaba inclinada contra mí, con los brazos rodeándome la cintura, mientras el taxista conducía por las calles oscuras y casi vacías de la mañana temprana.

—Sí —murmuró—. No quiero que estés solo. —Respiró durante un par de minutos, entonces dijo— No quiero estar sola.

Así que el taxista nos dejó delante de los dormitorios. Ella abrió la puerta y subimos las escaleras. En la puerta de la habitación que ella compartía con Kelly, se giró hacia mí y me rodeó con los brazos.

—Sólo dormir, ¿vale? Lo que dije lo dije en serio, pero no estoy lista para...Ya sabes.

—Por supuesto —dije.

—Todo es demasiado nuevo y diferente y confuso —dijo.

—Dormir está bien —dije.

En ese momento yo estaba bastante atontado.

Ella sonrió con superioridad, entonces se giró y abrió la puerta. Me tomó de la mano y me condujo adentro. Fuimos de puntillas, en caso de que Kelly estuviera allí pero, como prometió, no había vuelto a la habitación. *Bien por ella y Joel,* pensé.

Respiré hondo y la miré. Me devolvió la mirada, con los ojos abiertos, verdes y preciosos, y dije lo primero que se me ocurrió.

—¿Besarte va contra las reglas?

—Que les den a las reglas —dijo.

Dio un paso hacia mí y la rodeé con mis brazos, manteniendo la escayola condenadamente pesada un poco apartada de su cuerpo. Oh, Dios, era tan agradable tocarla. Ella respiraba silenciosamente mientras inclinaba la cabeza hacia atrás, yo me incliné hacia ella y nuestros labios entraron en contacto.

Cerré los ojos y centré toda mi atención donde nuestros labios se tocaban, cálidos, acogedores. Hambrientos. Ella subió los brazos rodeándome, apretándolos contra mi espalda, y de repente estaba presionando todo su cuerpo contra mí. Podía sentir sus pechos contra mi torso, su cadera contra la mía y casi jadeé por la intensidad de todo ello. Su boca se abrió y nuestras lenguas se tocaron, y ella dejó escapar un suave gemido.

Doblé las rodillas, entonces la agarré con fuerza por la cintura con mi brazo derecho y por detrás de las rodillas con el izquierdo. Nuestros labios no dejaron de tocarse en ningún momento mientras la levanté y la llevé hacia la cama. Lentamente, me senté con ella todavía en mis brazos. Ella se giró, entonces me rodeó con sus piernas.

Bajé mi mano derecha por su espalda y su costado hasta sus muslos, entonces la subí de nuevo, yo respiraba profundamente, impregnándome con su aroma. La piel suave, la curva de su muslo, el olor dulce de su cabello y su cara.

—Oh, Dios mío, te he echado de menos, Dylan —dijo.

Me moví, acercando mi boca a su cuello. Ella inclinó la cabeza hacia atrás, dejándolo al descubierto, y recorrí lentamente su mandíbula con los labios, hasta debajo de su oreja.

—Te quiero —susurré.

Con eso, ella puso sus dos manos sobre mi pecho y me empujó, recostándome en la cama. Me quité los zapatos con los pies y ella se sentó a horcajadas sobre mí, poniendo su pecho sobre el mío. Acercó sus labios a mi cuello y pude sentir su increíble pelo contra mis labios. Sentí sus manos contra los botones de mi camisa.

Soltó una risita floja.

—¿Qué? —dije.

—Sabes —dijo, con una voz que casi parecía un gruñido—, con esta escayola vas a estar prácticamente indefenso. Por fin te tengo bajo control.

—Puedo vivir con eso —dije, estremeciéndome.

Siguió desabrochándome la camisa, abriéndose camino hacia abajo lentamente, lamiendo mi pecho mientras se movía. Cerré los ojos, arqueando un poco mi espalda, apretándome contra ella. Jadeé cuando mordió ligeramente uno de mis pezones, entonces solté un gruñido bajo cuando su lengua recorrió mi pecho hacia abajo. Mi mano derecha yacía inútilmente a mi lado, encerrada en su escayola, mientras la izquierda trazaba lentamente la línea de su espalda, su trasero, sus piernas. Estaba aturdido; esto era mucho mejor que cualquier droga que conociera.

Ambos respirábamos pesadamente mientras dije:

—No quisiera ser la voz de la razón. ¿Pero esto no está yendo más lejos de lo que pretendías?

Ella asintió, con su cabello cayendo por mi pecho, entonces susurró:

—No me importa.

Miré debajo de mi pecho, entonces estiré la mano izquierda, agarrándola bajo la axila y subiéndola hasta que estuvimos cara a cara. Era imposible que ella no supiera lo excitado que yo estaba, no cuando llevaba ese vestido diminuto y fino, con sus piernas rodeándome.

Respiré hondo y dije:

—Querías esperar. No quiero joder esto por ir demasiado rápido. Alex…Significas demasiado para mí para que pase eso.

Ella me besó con sus labios, lenta y deliberadamente, su lengua sólo tocaba mi labio superior, entonces susurró:

—Dylan, hazme el amor. Ya han pasado al menos veinte minutos desde que llegamos. He esperado suficiente, maldita sea.

Solté una risita y entonces ella se rió, se puso sobre sus rodillas y lentamente se quitó el vestido por encima de su cabeza.

No mentiré. Yo había fantaseado con este momento durante tres años. Durante nuestro tiempo en Israel, nos habíamos liado muchas veces. Muchos momentos apasionantes. Pero nunca la había visto sin ropa, y en ese preciso momento, no había nada en el mundo por lo que lo hubiera cambiado. Ella tenía un cuerpo fantástico, curvo, sus pechos ocultos tras un sujetador de encaje negro que me quitó la respiración. Mi corazón estaba desbocado. Por la excitación, por el miedo.

—Tendrás que hacer todo el trabajo duro —murmuré—. Ya sabes, mi mano…

Ella sonrió.

—Creo que te estás aprovechando.

—Sí —asentí.

—Yo…—susurró—. No…Esto…

Se sonrojó y se inclinó hacia mí. Oh, Dios. La sensación de su piel contra la mía me encendió.

—¿No qué? —pregunté.

Hundió la cara contra mi cuello.

—Nunca he hecho esto —susurró.

Respiré hondo.

Lo imaginaba. Cuando nos conocimos era virgen, por supuesto, y si hubiera tenido amantes desde entonces, los había mantenido en secreto. Solté el aire y dije:

—No tenemos que hacer esto si no estás preparada.

Mi cuerpo estaba en total desacuerdo con lo que acababa de decir. Sentiría mucho dolor si parábamos ahora, pero el dolor era algo que conocía íntimamente de todas formas.

—¿Estás seguro? —susurró.

—Sí —dije. La miré a los ojos. Y sus ojos eran aterradores, no había duda—. Alex...Te quiero. Iré donde me lleves. No pediré más.

Una lágrima corrió por su cara y dijo:

—No sé qué hice para merecerte.

Le mostré media sonrisa y dije:

—Lo has entendido al revés, Alex. Yo soy el que...No lo merece.

—Nunca digas eso —dijo.

—¿Por qué no? Es la verdad.

—Te equivocas, Dylan Paris —sacudió la cabeza—. Con esto te equivocas mucho. Estamos hechos el uno para el otro.

Me acerqué inclinándome y la besé en la frente, y ella se acurrucó a mi lado. En poco tiempo, ella se quedó dormida, acurrucada contra mi costado izquierdo, con la cabeza descansando sobre mi pecho.

Después de que se quedara dormida, me quedé tumbado unos pocos minutos más. Una lágrima caía por mi cara. Una, después otra. Respiré profundamente y estremeciéndome, sabiendo que de alguna manera la vida me había dado otra oportunidad. De alguna manera *ella* me había dado otra oportunidad. Esta vez no podía fastidiarla. Estiré una manta sobre nosotros, torpemente, con la mano escayolada, y pronto me quedé dormido.

CAPÍTULO OCHO

Le llamamos Hierba (Alex)

Cuando la alarma sonó el sábado por la mañana, gruñí y me di la vuelta, frotando mi palma por el pecho desnudo de Dylan, sintiendo los músculos amontonados. Abrí los ojos lentamente, justo a tiempo para verle estirar la mano derecha, que todavía estaba confinada en una escayola pesada, y golpear el despertador con ella. El reloj salió volando y se apagó.

Puse mi cara sobre su pecho. Podía escuchar su corazón latir y su respiración ya había pasado del ritmo lento y profundo del sueño a una respiración normal. Cerré los ojos y murmuré:

—Pasemos de correr esta mañana.

Él estaba completamente despierto, el cabrón. Nunca había conocido a nadie que por la mañana pudiera abrir los ojos de golpe, brillantes y alegres.

—No puedo hacerlo, pequeña. Tengo a un viejo marine no muy sexy encima de mí. Si no corro, lo descubrirá de alguna manera.

Me reí por lo bajo. Él me había hablado a menudo de Jerry Weinstein, su fisioterapeuta. A menudo de forma desdeñosa. Podía ver que a Dylan el tipo le caía realmente bien.

—Tú puedes quedarte y dormir si quieres, cariño. Yo volveré pronto.

—No —dije—. Voy.

Rodé hasta salir de su cama, comprobé que la enorme camiseta suya que yo llevaba cubriera todo, entonces salí de la habitación al apartamento que él compartía con dos estudiantes de postgrado. Tras cruzar el pasillo corriendo y volver, me había cepillado los dientes y vestido.

Para cuando volví a la habitación, él ya se había puesto su camiseta gris del ejército y unos pantalones cortos. Esta mañana haría frío, pero entraríamos en calor bastante pronto. Aun así, yo no estaba lo bastante loca como para salir en pantalones cortos al frío de noviembre. Yo llevaba una sudadera rosa que había comprado un par de semanas antes.

Habían pasado dos semanas desde la noche que fuimos al hospital. Dos semanas desde que nos quedamos dormidos en brazos del otro por primera vez siendo adultos.

Para ser totalmente sincera: fueron las dos semanas más felices de toda mi vida, al menos desde aquel viaje a Israel, en mi tercer año de instituto.

Para el disgusto de Kelly, Dylan y yo habíamos dormido casi cada día juntos, y yo me quedaba a dormir en su apartamento el fin de semana. Seguíamos yendo a correr tres mañanas a la semana. Ahora, tras ocho semanas, él ya no se andaba con chiquitas. Ya no corríamos sólo tres manzanas: en su lugar, íbamos por la avenida Broadway con la calle 110, atajábamos por Central Park Oeste, recorríamos todo el parque y volvíamos. Eran unos once kilómetros y yo estaba en mejor forma de lo que había estado nunca.

Probablemente yo no llegaría mucho más lejos, pero tenía la sensación de que él sólo estaba empezando. Durante la última semana él había comentado la posibilidad de competir en una maratón.

Mientras íbamos de puntillas hasta la puerta, intentando no despertar a sus misteriosos compañeros de piso, a quienes en realidad aún tenía que conocer, pude ver que su pierna derecha estaba notablemente más en forma de lo que lo estaba la primera mañana que corrimos juntos, dos meses atrás. Sus piernas aún no eran del todo iguales, pero estaban cerca. Y a pesar de las extensas cicatrices, todavía eran completamente sexys.

Como siempre, empezamos con los calentamientos, después corriendo lentamente. Cuando llegamos a la 110, aumentó el ritmo.

—¿A qué hora tiene tu hermana el...? Err...esto...Mierda. No recuerdo la palabra.

—¿Vuelo?

—Sí. ¿A qué hora llega su vuelo?

—A las tres. Le dije que nos encontraríamos en el aeropuerto.

—Vale.

Corrimos en silencio durante un rato. A veces hacía eso. Simplemente se quedaba en blanco con palabras perfectamente comunes. Dylan dijo que era un efecto secundario del traumatismo craneoencefálico que sufrió cuando la explosión mató a su mejor amigo. No hablaba de ello con facilidad, pero hablaba, lo cual era un avance.

Esa tarde, una de mis hermanas mayores, Carrie, volaba a Nueva York. Se graduó en Columbia dos años antes, así que era como una vuelta a casa. Dijo que era sólo para visitar, pero tenía la incómoda sensación de que la enviaban para vigilarme. Porque, bueno, tengo esa clase de familia.

Está bien. Aunque nos llevábamos seis años de diferencia, Carrie y yo siempre nos habíamos llevado bastante bien. Tener cinco hermanas a veces es una bendición, pero a menudo es una maldición.

Enloquecería si me viera correr once kilómetros por las mañanas. Apenas encajaba en mi forma de ser, teniendo en cuenta mi aversión pasada hacia los deportes y cualquier cosa que se les pareciera. Y eso me alegró. Aunque fuera una locura, correr me emocionaba. En realidad no hablábamos, sólo corríamos al lado del otro, y normalmente parábamos y nos duchábamos, entonces íbamos a desayunar.

Kelly dijo que Dylan me había echado una maldición. El año pasado, la vez que me desperté más temprano fue a las diez de la mañana.

Volvimos a su pequeño apartamento sobre las siete y media de la mañana y había un tipo sentado en las escaleras. Pelo rapado, tejanos y camiseta, tenía la cabeza apoyada contra la puerta, la boca abierta, dormido.

—Hostias —murmuró Dylan, entonces corrió hacia el tipo.

Lo que pasó después me sorprendió. Lentamente, estiró la mano y le tapó los agujeros de la nariz apretando, entonces se inclinó hacia delante y gritó:

—¡Despierta, Hierba!

El tipo saltó y se puso en pie al instante, vio a Dylan y gritó:

—¡Hostias! ¡El Maestro Semental! —Entonces agarró a Dylan en un abrazo de oso.

Se *rugieron* el uno al otro, con los dientes al aire, entonces Sherman, que era al menos cinco años mayor que Dylan y le sacaba una cabeza, le levantó del suelo y le hizo girar. Como una bailarina, pero rugiendo y riendo.

—Oh, tío, ¿qué estás haciendo aquí? —dijo Dylan cuando Sherman le dejó en el suelo.

—¡Permiso final, nene! ¡Y me voy a emborrachar tanto que me voy a quedar ciego! Mejor que las chicas de Nueva York vigilen, porque: ¡Estoy! ¡*Aquí!*

Dylan sacudió la cabeza, riendo, entonces dijo:

—Alex, este es mi supuesto amigo, Ray Sherman. Sherman, ésta es Alex Thompson.

Le sonreí y me acerqué. Sus ojos se abrieron un poco y le dijo a Dylan a un lado:

—¿*La* Alex?

Dylan asintió, con una sonrisa formándose en un lado de la boca.

Sherman se volvió hacia mí y dijo:

—Vaya. Me alegro tanto de conocerte al fin, Alex. Dylan ha estado hablando de ti sin parar todo el tiempo que le conozco, pero... Vaya. En realidad no hizo justicia a lo bella que eres.

Sonreí un poco mientras mis mejillas se ponían al rojo vivo.

—También me alegro de conocerte. Dylan también me ha hablado bastante de ti.

Él sacudió la cabeza.

—No te creas nada de lo que este tío diga de mí. Son todo mentiras.

—Seguro que eso no es verdad —dije.

—Vaya. Obviamente no conoces a Paris tan bien como crees. Apuesto a que no te contó lo increíble y súper masculino que soy.

Me encogí de hombros y sonreí.

—Sí que dijo que eras bastante guapo.

Sherman soltó una fuerte carcajada, doblándose.

—Oh tío, nos ha pillado a los *dos*, Dylan. ¡Me encanta esta chica! ¿Dónde dices que la encontraste?

Dylan me sonrió y dijo:

—Nos encontramos en un avión.

—Tío. Tengo que volar más. ¿Entonces cuál es el plan?

Dylan rió entre dientes.

—No te esperaba tan pronto. Esto...Vamos a recoger a la hermana de Alex esta tarde, viene unos días de visita a Nueva York. Alex me va a arrastrar a una fiesta esta noche. Deberías venir, así tendré alguien con quien hablar. Ahora vamos a ducharnos e iremos a desayunar. ¿Vienes?

—¡Comida! Demonios, claro. Alex, ¿me presentarás a tu hermana?

—Por supuesto —dije.

—Estupendo. Entonces vamos.

—Promete que no harás ruido en el apartamento —dijo Dylan—. Mis compañeros de piso ni siquiera están vivos a estas horas de la mañana.

—¿Qué cojones es ruido? —preguntó en voz alta Sherman.

Dylan le lanzó una mirada y Sherman sonrió, simulando que cerraba con llave sus labios.

Entramos en el apartamento y Dylan mostró a Sherman dónde podía guardar sus bolsas. Fui a ducharme primera y Dylan me detuvo en el pasillo y susurró:

—¿Te parece bien esto? Sé que viene tu hermana; yo no esperaba a Sherman hasta la próxima semana.

Le besé en la mejilla.

—Claro que me parece bien.

—Te encantará Sherman —sonrió—. Es un gran tío.

—Creo que ya me cae bien.

Casi una hora después estábamos tomando el desayuno en una mesa de la cafetería Tom's. Yo me senté a la derecha de Dylan y Sherman estaba en frente de nosotros.

—Entonces —dijo Sherman—, si no me queréis contar nada, no tenéis que hacerlo. Pero después de dos años escuchando acerca de vuestra historia de amor y congoja, tengo mucha curiosidad. Lo último que supe fue que habíais roto y Dylan estaba ocupado enganchando explosivos en su portátil. ¿Cómo volvisteis juntos?

—Responderé, pero tendrás que contarme por qué le llamaste...¿Cómo era? *¿Maestro Semental?* —Sonreí cuando hice la pregunta.

Él se carcajeó.

—Trato —dijo.

—Oh, no —dijo Dylan—. Eso no va a pasar.

—Demasiado tarde, colega. Ya se lo he prometido a la señorita y nunca rompo una promesa.

Dylan puso los ojos en blanco y se bebió su café.

—Bueno —dije—. Mi segundo día de clases este año, yo iba caminando por el pasillo hacia mis prácticas, y allí estaba este tío de aspecto hosco acechando en la oscuridad. Y las primeras palabras que me dijo fueron algo como «No me toques». Y era Dylan, el amor de mi vida. Una cosa llevó a la otra y aquí estamos.

—Tiene que haber algo más que eso.

Me reí.

—Un poco. Sí que tuve que llevarlo al hospital una noche, después de que le diera puñetazos a un muro.

Alzó una ceja.

—Eso sí parece típico de Dylan.

—¿Qué era eso sobre su portátil? —pregunté.

—No sé si debería contarte esta historia —rió.

—No deberías —dijo Dylan.

—Ahora tendrás que hacerlo —contesté.

Sherman puso sus manos a los lados encogiéndose de hombros.

—Lo siento, Paris. Estoy indefenso ante las peticiones de la señorita.

Se volvió hacia mí y sonrió.

—Sabíamos que Paris era un poco, esto, dramático. El día que rompisteis, él estaba sentado tranquilo ante su portátil. Después de hacer lo que estuviera haciendo, lo cerró tranquilamente. Entonces se puso en pie, levantó el portátil y lo machacó contra la mesa. De hecho, casi consigo el Corazón Púrpura por la metralla que salió volando de la carcasa rota.

—Eso no es verdad, idiota —dijo Dylan. Se estaba removiendo en su asiento, claramente incómodo.

—En cualquier caso —dijo Sherman—, todavía no había causado bastantes daños. Así que agarró su portátil con una mano y su rifle con la otra. Entonces dijo, tan calmado como siempre: «Voy a dar un paseo, chicos». Obviamente sentíamos bastante curiosidad, así que le seguimos. Fue hasta el alambre y apoyó el portátil contra un poste de metal. Entonces retrocedió casi veinte metros, levantó el rifle y vació un cargador de treinta balas *contra el portátil*. Por supuesto, había disparos y estábamos en medio de la nada, así que para cuando terminó, toda la base se había vuelto loca. Todos estaban en alerta roja, corriendo hacia sus puestos de emergencia, bajando a los búnkeres, enloqueciendo. Y allí estaba Dylan, acribillando el portátil como si fuera una revuelta completa de *hajis*.

Oh, vaya. Me encontré deseando que Sherman no me hubiera contado la historia. Puede que fuera una buena historia, pero también se tomaba a la ligera el dolor muy auténtico que Dylan había sentido. Dolor que yo le había provocado, porque estaba borracha y dudaba de nuestra relación. Puse mi mano sobre su muslo y apreté. Él se inclinó hacia mí, ligeramente, y pensé que estaba bien.

—Esa historia sobraba, Sherman —dijo.

—Pero todavía no he escuchado lo de *Maestro Semental* —dije, sonriéndole—. Quiero conocer todos tus secretos.

Sherman rió entre dientes.

—Sabes que este payaso y yo recibimos el entrenamiento básico juntos, ¿verdad? Bueno, él tenía varias fotos tuyas enganchadas dentro de su taquilla.

Oh...Eso no lo sabía. No nos llevábamos muy bien cuando se alistó en el ejército.

—Bueno, un día el sargento instructor Powers llevaba a cabo una inspección y miró dentro de la taquilla y dijo: «Paris, ¿es ésta tu novia?» y Paris responde: «Lo era, sargento instructor. Voy a recuperarla. Planeo casarme con ella».

Me quedé helada, respirando rápida y entrecortadamente. ¿Le había dicho a su sargento instructor que quería casarse conmigo? *Oh. Dios. Mío.* Yo no sabía si Sherman se había dado cuenta de mi parálisis repentina, porque siguió hablando, pero seguro que Dylan sí, porque accidentalmente le apreté la pierna tanto que probablemente le causé un cardenal.

Sherman continuó.

—Entonces, el sargento Powers pregunta: «¿Te has acostado con ella ya?» y Paris dice que no, que eres una buena chica católica, o alguna gilipollez así.

Comencé a reír nerviosa, horriblemente avergonzada. Definitivamente podía sentir cómo se calentaban mis mejillas.

—El sargento Powers dice: «Paris, no se compra un coche antes de dar una vuelta de prueba. No te casarás con esta chica antes de probar si da la talla. Vaya. Vi todas esas fotos de una chica sexy y pensé que era algún tipo de semental. Pero no lo eres, eres un nenaza». Desde entonces, llamamos a Dylan el Maestro Semental.

Empecé a reír disimuladamente, entonces más fuerte, casi escupiendo el café por toda la mesa.

—Eso es terrible —dije.

—Te has metido en un buen problema —dijo Dylan.

No estaba segura si se refería a mí o a Sherman. Pero sí sabía que aquí estábamos, años después, y *aún* no habíamos hecho el amor.

Y así, tal cual, decidí que ya estaba lista. Después de que la fiesta acabara por la noche, cuando llegáramos a casa, iba a suceder.

Esa noche. Sin dudar. Le mostré una sonrisa secreta a Dylan. Él no sabía de qué iba, pero me devolvió la sonrisa. Para cuando fuéramos a la cama, su sonrisa sería mucho mayor; yo me ocuparía de ello.

Intenté desviar mis pensamientos de la dirección carnal que habían tomado, lo cual fue difícil porque yo seguía tocándole la pierna. Bueno, muslo. Muslo interior. Lo que sea.

Miré a Sherman, distrayéndome conscientemente.

—Entonces, ¿tú también tienes un mote?

—Por supuesto que no —dijo.

—Le llamamos Hierba. Porque es tan bajo.

Sacudí la cabeza con una sonrisa formándose en mi cara. Sherman no habría estado fuera de lugar en una alineación de la NBA. Ya me caía bien, mucho. Era alegre, extrovertido y obviamente se preocupaba por Dylan. Y eso importaba más que cualquier cosa.

Como era habitual, los hajis no cooperaron (Dylan)

Cuando acabamos de desayunar, Alex dijo:

—Creo que os dejaré jugar y yo iré a recoger a mi hermana, chicos.

La miré, con curiosidad, y dije:

—¿Estás segura?

Ella sonrió y se inclinó hacia mí, entonces dijo:

—Ve a divertirte con Sherman. No os habéis visto en mucho tiempo. Además, quiero hablar con Carrie. Cosas de chicas.

Me guiñó el ojo.

Como siempre, su cercanía me quitaba el aliento. Pagamos la cuenta y salimos fuera. En frente del restaurante, ella se giró y me agarró con un fuerte abrazo, entonces me susurró al oído:

—Tengo planes para ti esta noche, Maestro Semental. Quizá quieras descansar un poco.

Dios Santo. Mi cuerpo respondió al instante, incluso a pesar de que utilizaba aquel mote espantosamente embarazoso. Me besó, entonces se despidió con la mano y comenzó a caminar hacia su dormitorio.

Me quedé allí, simplemente mirando cómo se alejaba, hasta que Sherman dijo:

—¿Sigues ahí despierto, Paris?

Sacudí la cabeza con una sonrisa formándose en mi cara y dije:

—No lo sé. Puede que esté soñando.

Soltó una risa corta.

—Me alegro de que vuelvas a estar con ella, tío. Eres un tipo muy afortunado.

—Sí, más de lo que tú sabes.

Así que pasamos el rato en mi piso, jugando a la XBox, hablando de vez en cuando sobre los otros tíos del pelotón.

Yo estaba en el hospital cuando celebraron el memorial para Kowalski y Roberts, en medio de la nada afgana. Sherman me contó un poco, pero yo ya había visto fotos y leído correos electrónicos de algunos de los otros chicos.

—¿Cómo está el sargento Colton? —pregunté.

—Se va —dijo Sherman.

—Me estás tomando el pelo. Creía que estaría ahí de por vida.

Sherman sacudió la cabeza.

—No. Ya ha tenido suficiente. Tres períodos de servicio en Irak y Afganistán fueron dos de más, es lo que empezó a decir no mucho después de que te hirieran.

—Fue como un padre para mí, sabes.

—Deberías llamarle alguna vez, contarle cómo te va.

—Sí, lo haré —asentí.

—¿Entonces qué pasa con esta fiesta?

Me encogí de hombros.

—Algún amigo de Alex.

—¿Habrá chicas?

Me reí por lo bajo.

—Sí, probablemente. Serán todos chavales universitarios. Algunos postgraduados, creo. Realmente no conozco a muchos de sus amigos.

—¿Quieres escuchar una locura?

—Claro.

—Espero que no sea como…No sé, las fiestas universitarias de las películas. Grandes muchedumbres, mucha gente borracha. No creo que aguante las multitudes. En el aeropuerto quería arrancarme mi propio brazo a mordiscos.

Solté una risita.

—Sé lo que quieres decir, tío. Ya no me gustan mucho las multitudes. Pero no creo, la mayoría son mayores que eso, por lo que dijo Alex.

—Pareces feliz, tío. Más feliz de lo que te había visto nunca.

Lo pensé durante un minuto, entonces dije:

—Lo soy, colega. Las clases van bien y Alex…Bueno…Mierda, tengo otra oportunidad, ¿sabes? Eso es genial.

Asintió, entonces bostezó.

—Escucha, voy a dormir un poco entonces, antes de la fiesta. ¿Te importa?

—Claro, está bien. Duerme en mi habitación, sólo déjame sacar el portátil.

—De acuerdo. Mejor que tengas sábanas limpias, cabrón.

—Más vale que tú no hayas traído ningún apestoso parásito afgano.

Así que agarré mi portátil y él se fue a dormir, yo me conecté a Internet un rato, entonces hice algunos deberes.

Y entonces hice algo completamente diferente.

Veréis, cuando estaba en el hospital, todavía intentando descubrir si viviría o moriría, o si me amputarían la pierna, o si acabaría adicto a la morfina que me daban, la última cosa para la que estaba preparado era para leer sus correos electrónicos. Motivo, bueno: el fracaso. No soy ajeno a él. Alex lo era todo para mí. Pero ella también tenía un futuro. Y yo, en realidad, no. Todo lo que tenía eran algunos daños cerebrales jodidamente graves, una pierna que podría infectarse y ser amputada en cualquier momento, y lo último que iba a hacer era arrastrarme de vuelta a su vida y fastidiarle las cosas también a ella. Igual que lo fastidiaba todo.

Así que enterré sus correos electrónicos. Los almacené en una carpeta y nunca los miré.

Ahora, con Sherman durmiendo en mi habitación y Alex recogiendo a su hermana, decidí que al fin era la hora.

Lo admito, sentía cierta ansiedad por esto. Sabía que yo le había hecho daño. Le había hecho mucho daño. ¿Qué había dicho ella?

Estaba a punto de descubrirlo, y estaba totalmente aterrorizado.

10 de febrero, 2012; 01:45
PARA: DYLANPARIS81@GMAIL.COM
DE: alexlovesstrawberries@yahoo.com

Querido Dylan,
Siento lo que pasó. Estoy un poco borracha y estoy deprimida, y totalmente frustrada por nuestra a veces loca relación a larga distancia. ¿Me perdonas? Sé que te molesté y lo siento mucho. Si puedes conectarte a Skype, estaré conectada por la mañana y mañana por la noche. O escríbeme un correo. O algo.

¡Por favor, no olvides que te quiero mucho!
¡Abrazos y besos!
Alex

Miré fijamente el correo, sintiéndome…Estupefacto. Ella debió escribir el correo minutos después de que desconectara la sesión de Skype. Yo estaba ocupado desactivando mi cuenta de Facebook justo entonces.

10 de febrero, 2012; 9:45
PARA: DYLANPARIS81@GMAIL.COM
DE: ALEXLOVESSTRAWBERRIES@YAHOO.COM

Dylan.
Intenté enviarte un mensaje por Facebook, pero no pude encontrarte. ¿De verdad? ¿Me has eliminado de tus amigos? Háblame, Dylan, ¿qué está pasando? ¿Por favor?
Abrazos,
Alex

Cuando leí el segundo correo, me encontré respirando pesadamente. Lo escribió diez horas después de que yo le colgara. Justo después de que disparara a mi viejo portátil, el sargento Colton me arrastró para ver al Viejo. El capitán Wilson era un tipo justo; nunca tuve nada malo que decir sobre él. Él, por otra parte, tenía muchas cosas malas que decir sobre mí, y prácticamente se desahogó entonces. Le di la única respuesta que había: no tenía excusa.

Después de echarme la bronca, me envió a esperar fuera y él y el sargento Colton hablaron. Entonces me llamaron otra vez.

—Paris, mi opinión personal es que le tendríamos que juzgar en consejo de guerra. Pero el sargento Colton dice que usted no es totalmente inútil, y aunque reacio, debo estar de acuerdo. Así que hemos acordado un castigo no judicial adecuado. ¿Está preparado para escuchar las condiciones?

—Sí, señor —contesté, aún entumecido por la conmoción de ver al tío, *Joel,* en la habitación de ella.

—Ésta es una violación del Artículo 15 de la Compañía. La sentencia máxima para una violación así es la degradación de un rango, decomiso de la paga de una semana, más catorce días de trabajos adicionales y confinamiento. Debida la gravedad de lo que hizo, pretendo aplicar la sentencia máxima. Será degradado a soldado de primer rango. El confinamiento no significa demasiado aquí, pero los catorce días de trabajos adicionales sí. ¿Entiende las condiciones del castigo?

—Sí, señor.

—Tiene derecho a exigir un consejo de guerra en lugar de este castigo no judicial. ¿Desea exigir un consejo de guerra?

Sacudí la cabeza y dije:

—No, señor. Hice lo que hice. Soy culpable, señor.

—De acuerdo —asintió—. Nos ocuparemos del papeleo después. Por ahora, para enfatizar la gravedad de la situación, cambiaré la rotación. Su escuadrón patrullará esta noche.

Oh, Dios, pensé. Los chicos me van a odiar. Acabábamos de volver de una patrulla esa mañana. Kowalski había sido asesinado ahí fuera y todos vacilábamos. La visión de él lanzándose sobre una granada para salvar a aquella niñita estaba quemada en mis ojos.

—¿Hay algún problema, Paris?

Miré al suelo.

—Señor, si exijo un consejo de guerra, ¿los demás chicos serán castigados igualmente? No fue culpa de ellos. Y…Después de lo de Kowalski…Todos están bastante fastidiados.

—Sí. El cambio de rotación persiste. Ya he hablado de esto con el sargento Colton. ¿Estamos de acuerdo, sargento, en que si su escuadrón estuviera supervisado adecuadamente, sus soldados no irían pegando tiros a dispositivos electrónicos en los límites del campamento base?

Colton se avergonzó.

—Sí, señor.

Y eso fue todo. Aquella noche salimos de patrulla.

Una patrulla a la que no hubiéramos ido si yo no hubiera sido un puto idiota. Pero, como ya he remarcado, tengo un historial jodiendo las cosas.

Ella envió otro correo. Supongo que una hora después de que saliéramos a la zona alejada por la carretera, en una patrulla nocturna por las montañas, una patrulla nocturna que duraría hasta bien entrado el día siguiente. Roberts y yo montábamos juntos en un Humvee y él se lo tomaba bastante bien, metiéndose conmigo porque me habían degradado.

10 de febrero, 2012; 23:32
PARA: DYLANPARIS81@GMAIL.COM
DE: ALEXLOVESSTRAWBERRIES@YAHOO.COM

No entiendo el silencio. No entiendo qué hice que estuviera tan mal. Espero que sea sólo que estás demasiado ocupado para leer mis mensajes. Espero que no estés ignorándome deliberadamente, porque duele un poco, Dylan. ¿No crees que merezco algún tipo de explicación?

A

Lo creía. Daría prácticamente cualquier cosa para volver y cambiarlo. Daría cualquier cosa en el mundo para no herirla así. Y literalmente daría mi vida para poder volver y borrar las acciones estúpidas e idiotas que llevaron el castigo a todo mi pelotón.

La patrulla duró toda la noche. Éramos básicamente un objetivo en movimiento, conduciendo en un alocado intento de atraer el fuego de los insurgentes talibanes que aún operaban fuertemente en nuestra zona. Pero como era habitual, los *hajis* no cooperaron. Fue una noche tranquila, muy tranquila. Al amanecer, todos estábamos cansados y listos para dormir un poco. El sargento Colton ordenó a la columna volver a la base. Pasamos a través de un pueblo pequeño y el tipo que llevaba la tienda del arcén nos llamó con la mano. La patrulla se detuvo y Roberts y yo pasamos el tiempo mirando con atención hacia el pueblo buscando a los malos.

Era muy raro. *Nunca* habíamos salido de patrulla sin que nos dispararan. Simplemente no había pasado nunca. Es decir, los habitantes eran bastante amistosos…Al menos no intentaban matarnos a menudo. Pero los malos siempre vivían en esta zona. Yo estaba tenso y sabía que Roberts también lo estaba. Todos lo estábamos.

Estuvimos liados en el pueblo unos cuarenta y cinco minutos. Y durante esos cuarenta y cinco minutos, los malos estaban ahí fuera. Estaban colocando una bomba en el arcén y una emboscada en la ruta directa entre el pueblo y nuestro campamento base.

A veces sueño que empezamos a avanzar hacia el campamento base desde ese pueblo de mierda. Sé lo que va a suceder, sé que va a pasar, y sólo quiero gritar al sargento Colton, a Sherman o Roberts, o incluso a mí mismo, y decirles que están a punto de atacarnos. Intento evitar que suceda, pero no importa qué haga, seguimos avanzando por esa carretera. Seguimos avanzando por la carretera hasta que nos golpea la explosión y mi amigo más íntimo en todo el mundo queda hecho pedazos, con su sangre *cubriendo* literalmente el interior del Humvee humeante, mi propia pierna desgarrada y hecha mierda por la metralla, entonces las balas vuelan mientras caigo del Humvee, al suelo.

No recuerdo si grité, no recuerdo si me quedé simplemente sentado esperando morir porque era culpa mía que nos hubieran atacado; era culpa mía que hubiéramos salido de patrulla, en primer lugar.

Quería morir. Porque si no hubiera sido por mí y mi estúpida impulsividad, Roberts estaría vivo. Si no hubiera sido por mí, sus padres en Alabama no habrían tenido que meter a su hijo a dos metros bajo tierra por culpa de una guerra estúpida en un país a medio mundo de distancia.

Era culpa mía.

Alex me escribió, una y otra vez. Cada día durante la primera semana y media más o menos, once correos diarios que me envió mientras yo estaba metiéndome en problemas, haciendo que mataran a mi mejor amigo, después siendo enviado a Bagram y después a Alemania, casi siempre en una neblina inconsciente con una pierna desgarrada.

Para el décimo día, ella había perdido cualquier paciencia que pudiera haber tenido.

20 de febrero, 2012; 4:20
PARA: DYLANPARIS81@GMAIL.COM
DE: ALEXLOVESSTRAWBERRIES@YAHOO.COM
Dylan,
He estado despierta toda la noche llorando y Kelly me ha dicho que es hora de que me olvide de ti. Me estás rompiendo el corazón. De todas las cosas que siempre he creído saber sobre ti, nunca pensé que la crueldad fuera parte de quién eres. Pero me equivocaba. Eres cruel y descorazonado. Si tuvieras siquiera una idea de lo que has hecho. Estoy cansada de llorar por ti. Estoy cansada de preguntarme dónde estás. Cada día leo de forma obsesiva los periódicos, buscando noticias de si te han herido. He consultado las listas de bajas, aterrorizada por

la idea de que te hubieran matado allí. He hecho
todo lo que puedo.

Espero que encuentres una forma de vivir contigo
mismo. Pero no esperes que yo te perdone.

Alex

Oh, Alex. No lo hice. No lo hago. ¿Cómo puedo esperar que ella
me perdone, si no puedo perdonarme yo mismo? No *merezco* el puto
perdón. Le rompí el corazón. Maté a Roberts y destrocé a sus padres. Cuando fui a verles este verano, no pude contarles la verdad.
Les conté lo gran amigo que fue, los buenos momentos que pasamos
juntos. Les conté todas las historias divertidas. Me tomé una cerveza con su padre y lloramos juntos. Pero no les conté la verdad. No
les conté que era culpa mía que su hijo estuviera muerto.

Toda mi vida está planificada (Alex)

Como siempre, el aeropuerto JFK estaba increíblemente abarrotado. Esperé a Carrie de pie, fuera de la zona de seguridad, sintiéndome a la vez excitada por verla y recelosa de sus motivos. ¿Por
qué recelosa? Porque tres días antes, durante una conversación con
mamá se me escapó que estaba viendo a Dylan.

—¿Dylan? ¿No es el chico que vino a visitarte? ¿El que se fue y
se unió al ejército, quién lo diría?

—Sí, mamá. Le hirieron en Afganistán y ahora va a Columbia.

Una larga e incómoda pausa siguió después. Entonces dijo:

—¿Estás segura de que es buena idea?

—Sí —contesté solamente.

No me iba a meter en una discusión eterna sobre Dylan. Ya habíamos tenido bastantes durante los últimos tres años.

—Creo que necesitas centrarte en tu trabajo escolar, Alexandra. No en chicos. Especialmente ese chico. Te hirió, cariño. Y tus notas se resintieron por eso.

Mis notas se resintieron por eso. Por supuesto, eso es lo que le preocupaba a ella. La primavera pasada saqué un *Notable* en clase de Religiones comparadas. Era el primer *Notable* que había sacado, bueno...Nunca. Uno pensaría que había asesinado a alguien por todo el conflicto que provocó en casa. Cuando mis padres vieron mis notas finales, me castigaron. Tenía diecinueve años y me quedé en casa para ir a la universidad, así que de algún modo mis padres pensaron que era adecuado castigarme. ¿Puedo llamarles excesivamente controladores?

Pero claro, es lo que son.

Me las arreglé para acabar elegantemente la conversación con mamá, pero el día siguiente recibí un mensaje de Carrie.

¡Voy a Nueva York el sábado! ¿Podemos estar juntas?

Tendría que haberlo visto venir a kilómetros. En primer lugar, Carrie estaba estudiando un postgrado y dependía tanto de la paga de papá igual que yo. ¿De dónde sacó el dinero para volar desde Houston hasta Nueva York en un viaje de última hora? Papá. Lo que significa que la enviaron en una misión para espiarme y descubrir cómo de serio era lo mío con Dylan.

Si tuvieran idea de que planeaba acostarme con él esta noche, entrarían en alerta roja total. Tuve la idea salvaje de decírselo a Carrie, sólo para provocar una reacción.

Y allí estaba ella, salió del avión llevando un equipaje de mano considerable. Como siempre, parecía una modelo de pasarela perfecta. Cabello castaño largo como el mío, pero siempre mejor cortado y estilizado. En lugar de la ropa casual que esperarías ver en un avión, ella vestía un elegante vestido de flores que probablemente costaba más de dos mil dólares y unas fantásticas botas tobilleras de cuero negro con tacones de más de siete centímetros. Decir que a veces estaba celosa de mi hermana Carrie sería como decir que el océano es un estanque muy grande. Cuando estaba cerca de ella, me sentía inadecuada, una hermana pequeña que nunca igualaría los logros, la belleza o el carisma de su hermana mayor.

Cuando me vio, sonrió y me saludó entusiasta con la mano. Le devolví la sonrisa y el saludo y cuando pasó por la puerta nos abrazamos. Ella medía al menos quince centímetros más que yo, sumándolo a los tacones me hizo sentir como si aún tuviera doce años.

—¡Oh, Alexandra, me alegro tanto de verte! ¡Te he echado tanto de menos!

—Yo también te he echado de menos, Carrie.

—¡Tenemos tanto de qué hablar; me alegro mucho de haber venido a visitarte!

Sonreí, aún incómoda.

—¿Tienes hambre? ¿Deberíamos ir a comer algo?

—Sí, vayamos —asintió—. Viajo con poco equipaje hoy, no tenemos que recoger ninguna maleta.

—Genial —dije—. ¿Qué te parece si llamamos a un taxi para volver a la universidad y comer en Tom's?

Ella sonrió, asintiendo felizmente.

—¡Me encantaría, no he estado allí desde que me gradué! Pasé muchas buenas noches allí.

Le devolví la sonrisa.

—Sí, yo también.

Así que entramos en el taxi. De camino a la ciudad hablamos sobre cosas intrascendentes. Clases. Ella estaba trabajando en su doctorado sobre ecología del comportamiento, o algo así. Carrie siempre había sido un poco fanática de la ciencia. Dado que el resto de nosotras estábamos especializadas en las humanidades, eso le convirtió un poco en el bicho raro de la familia, pero siempre pensé que era de una forma buena. Ella y papá tuvieron un encontronazo cuando ella eligió su carrera. Él esperaba que ella siguiera sus pasos en el Servicio de Exteriores.

Yo estaba orgullosa de ella por desafiarle. Tener un embajador en la familia era demasiado, pensaba, y a veces me ponía enferma que él y mamá intentaran controlar toda nuestra vida. La única de nosotras libre era Julia. Había terminado su licenciatura en Harvard, entonces básicamente le hizo una peineta a papá y huyó con su novio Crank.

Sí, en serio. Crank era un guitarrista. De una banda de punk rock. Habían estado viajando felizmente por el país durante los últimos cinco años y siempre aportaban un nivel de entretenimiento a las reuniones familiares durante las vacaciones. En comparación, la rebelión de Carrie fue bastante menor.

Finalmente llegamos al restaurante Tom's y nos sentamos en la parte trasera. Nuestra camarera, Cherry, se acercó y se iluminó cuando me vio.

—¡Alex! ¿Otra vez estás aquí? Van dos veces en un día.

Me reí, sólo un poco, y dije:

—Esta es mi hermana, Carrie. Estudió aquí, o sea que es como si volviera a casa.

Cherry asintió en reconocimiento, entonces dijo:

—¡Bueno, intentaremos que tu visita haga que valga la pena el viaje! ¿Ya sabéis que queréis tomar para beber?

Pedimos, entonces nos sentamos y nos miramos la una a la otra. Durante un segundo vi una imagen mental de dos gatos, con el pelo encrespado, las colas sacudiéndose, preparándose para abalanzarse contra el otro.

Yo fui la que rompió el impasse.

—¿Entonces papá te envió para que le informes sobre mí?

Sonrió, entonces suspiró de alivio.

—Sí. Por supuesto. Debería haberme dado cuenta de que lo descubrirías bastante rápido.

—Era bastante transparente —contesté.

—Están preocupados por ti —dijo.

—Por Dylan.

Asintió.

—Bueno, puedes informarles de que no hay nada de qué preocuparse. Dylan y yo estamos enamorados; siempre lo hemos estado. Pero hasta ahora nunca hubo...Nunca fue una posibilidad. No cuando estábamos siempre separados. Ahora no estamos separados y soy más feliz de lo que he sido en toda mi vida. Papá puede desaparecer de mi vista si cree que va a interferir en esto.

Los ojos de Carrie se abrieron.

—Vaya —dijo—. Dime cómo te sientes de verdad.

Me reí por lo bajo.

—Pero lo digo en serio. No hay de qué preocuparse.

—Lo sé —dijo—. Excepto Julia, probablemente seas la única de nosotras realmente fiel a quién eres. ¡No estoy nada preocupada; sólo quiero saberlo todo! Es tan emocionante que los dos estéis juntos al fin, ¿verdad?

Sonreí, sintiendo una calidez completa.

—Me hace feliz, Carrie. Feliz de verdad.

—Si prometo no repetirle a papá ninguna palabra excepto lo que tú apruebes, ¿me lo contarás?

Asentí, complacida de repente. Carrie y yo nunca habíamos sido íntimas. La diferencia de edades y su capacidad para intimidar a todos los que están a su alrededor, siempre habían creado una distancia entre nosotras. Y yo quería ser íntima. Era mi hermana.

Así que le conté la historia. Algunas partes las conocía, por supuesto. Toda mi familia sabía que algo importante había sucedido durante el viaje a Israel tres años antes, porque había vuelto a casa destrozada. Había llorado durante casi tres días, lo que difícilmente era el tipo de vuelta a casa que cualquiera de mi familia habría esperado. Entonces compré un paquete de papel fotográfico e imprimí todas las fotos del viaje. Docenas y docenas de fotos de nosotros juntos. No hacía falta ser un genio para imaginarse que me había enamorado.

Lo que Carrie no sabía era lo duro que había sido, así que se lo conté. Sobre las dudas, la distancia. Saber que él planeaba irse después del instituto para ganar experiencia y escribir novelas. Saber que estaríamos separados. Rompí con Mike en cuanto volví a San Francisco, pero me faltaba un ancla, mi existencia aquellos primeros meses giraba en torno a llamadas telefónicas, correos electrónicos e intercambios por Facebook con Dylan.

Lo que ella no sabía es que él se unió al ejército el día después de que yo rompiera con él. Lo que significa, a grandes rasgos, que sus posteriores lesiones eran culpa mía.

Le conté sobre cómo habíamos vuelto a enredar nuestras vidas lentamente, tras encontrarnos fuera del despacho del doctor Forrester en septiembre. El impacto que tuvieron en él sus heridas y cómo corríamos juntos cada dos mañanas.

—No me lo puedo creer. Nunca te he visto tan…Esbelta —dijo.

—Bueno, corremos unos once kilómetros. Hacemos mucho ejercicio juntos.

—¿Oh? —preguntó tímidamente, con las cejas levantadas.

Mis mejillas se calentaron.

—¡Oh, Dios mío! ¡No me refería a eso, Carrie!

Ella sonrió.

—Está bien, Alexandra. No se lo diría a papá. Puedes hablar conmigo.

Miré a la mesa, avergonzada, entonces dije:

—Más o menos he decidido que por fin lo haremos.

Su boca formó un gran círculo:

—¿En serio? —dijo.

—Le quiero, Carrie —asentí—. Más de lo que puedes imaginar. Quiero pasar mi vida con él.

Ella suspiró.

—Te envidio.

Me recosté en el asiento, sorprendida.

—¿Tú tienes envidia de *mí?*

Mostró una sonrisa agridulce.

—Toda mi vida está planificada, Alex. Supongo que las vidas de todas nosotras lo están, excepto la de Julia. No ha habido lugar para hombres. Y...Digamos, que me he estado arrepintiendo de eso. Estoy muy contenta por ti.

—Le podrás conocer en la fiesta de esta noche. Ah, y hablando de hombres —dije, inclinándome hacia ella y sonriendo—. Prometí presentarte a su amigo. Ray Sherman. Sherman acaba de volver a casa desde Afganistán.

Carrie parpadeó.

—Papá tendría un arrebato si yo saliera con un soldado. Mira cómo te trató a ti.

Reí.

—Te gustará —dije—. Es un buen chico. Y...Objetivamente, sabiendo que tengo un novio del que estoy completamente enamorada...Sherman está realmente bueno.

Sus ojos centellearon.

—¡Bueno, en ese caso, tengo ganas de conocerle!

—¿Lo dices en serio? ¿No le contarás todo esto a papá? No creo que pudiera aguantar el tercer grado en Acción de gracias. Ya será bastante malo tal y como están las cosas.

—Lo prometo, hermanita. Ni una palabra. Le diré que eres feliz y que te deje tranquila.

—Seguro que eso va bien —contesté y nos reímos, pero había un matiz en la risa. Ambas sabíamos que no iría nada bien.

CAPÍTULO NUEVE

Da igual (Dylan)

Vale. Sí, leer sus correos electrónicos y ver la angustia que puso en ellos…Me puso de un humor bastante malo. Normalmente no se me da muy bien expresarme e incluso a pesar de que mi nueva terapeuta en el VA me ha dicho varias veces que tengo que olvidar la culpabilidad por la muerte de Roberts, la verdad es, ¿qué demonios sabrá ella? ¿Por qué hay una chica de unos veintitantos que no es veterana de combate como terapeuta en el VA, digo yo?

Da igual.

Cuando Sherman despertó, pudo ver que se me había amargado el humor, pero no se entrometió e hizo como si fuera normal. Probablemente lo era. Siempre he tenido un humor bastante malo y con la naturaleza ahora sí, ahora no de mi relación a distancia, bueno… Digamos que tuve algunos momentos de bajón en Afganistán.

Quizá necesitaba hablar de ello. Con Alex, o Sherman, o alguien a quien le importara algo. No lo sé. ¿Cómo dices las palabras: «lo siento» y haces que signifiquen algo? Escuchas esa mierda siempre, pero no es suficiente cuando se trata de un desamor. Y eso es prácticamente todo lo que logré el año pasado: duelo y angustia por otras personas.

Da igual. Tenía que dejar de mortificarme por toda esa mierda. Sherman estaba en la ciudad, y también la hermana de Alex, además parecía que Alex tenía planes para nosotros esa noche, eso había insinuado, y yo simplemente tenía que superarlo y dejar de arruinar la noche a todos los demás con mis propios problemas.

Me vestí con un par de tejanos ajustados y una camiseta negra que le había gustado a Alex una semana antes. Lo demostró…Lanzándose sobre mí. Al menos creo que dio a entender que le gustó, cuando me mordisqueó la oreja.

La escayola hizo que vestirse fuera totalmente incómodo, pero eso es lo que me tocaba por haber dado puñetazos a una pared. La parte más difícil era atarme las botas, pero me las había arreglado bien.

Mi teléfono sonó. Mensaje de texto de Alex.

¿Nos vemos en el parque? Carrie quiere conocer a Sherman. *Abrazos*

Le envíe un mensaje de respuesta:

Estaré en diez minutos. Te quiero.

—¡Vamos, Hierba! Tenemos que irnos. Su hermana quiere conocerte.

Esa era toda la motivación que Sherman necesitaba para apurarse. Treinta segundos después íbamos de camino, recorriendo las dos manzanas hasta el parque donde Alex y yo nos veíamos por la mañana cada dos días.

Un par de avestruces (Alex)

Escuché a Carrie tomar aire antes de verles venir.

—Tienes razón —susurró—. Está bueno. Dios, también Dylan. No se parece mucho al chico que salía en tus fotos de Israel.

Dylan y Sherman caminaban hacia nosotras. Sherman era extremadamente alto, desgarbado, pero de constitución fuerte, con brazos y piernas fuertes. Tenía el pelo cortado al rape y los dientes blancos y hubiera quedado condenadamente bien en un póster de alistamiento.

A su lado iba Dylan, llevando esa camiseta negra ligeramente demasiado apretada que me hacía querer arrancársela. Quería rugir. Me miró desde el otro lado del campo y sonrió, y sentí que me sonrojaba.

—Esto...Sí —dije—. En algún momento, creció.

—Supongo que tú también, hermana —dijo, observándome.

Sabiendo que planeaba seducir a Dylan esa noche, lo había dado todo. Llevaba un vestido corto negro que casi parecía frágil, con zapatos de correas y tacones que me daban unos diez centímetros más de altura. Había pasado mucho rato con mi cabello y maquillaje, y esperaba que tuviera el efecto adecuado.

Vi a Dylan recobrar el aliento. En ese momento, *no* había duda de qué estaba pensando él. Le sonreí pícaramente y se acercó y me besó con fuerza.

—Guau —murmuró—. ¿Qué celebramos?

—A ti —susurré.

Retrocedí, entonces presenté a mi hermana a Dylan y Sherman.

—Me alegro mucho de conoceros —dijo ella.

Ella miraba fijamente a Sherman. Midiendo casi metro noventa, no conocía a muchos hombres igual de altos que ella, mucho menos más altos, pero Sherman era más alto que cualquiera de nosotros.

Era un poco extraño ver que algo abrumara a mi hermana, pero Sherman se las estaba apañando bastante bien para hacerlo.

Quizá ella había venido para informar sobre Dylan y yo, pero parecía que estaba consiguiendo más de lo que había previsto. Por primera vez en nuestras vidas, mi hermana parecía incómoda con su forma de ser, sus ojos miraban rápidamente a todas partes, sus manos cerradas a los lados.

—Entonces, esto...—dijo ella.

Vaya. Carrie *nunca* se quedaba sin palabras. Nunca. Continuó.

—¿Estuviste con Dylan en el ejército?

Sherman le sonrió, con sus dientes blancos relucientes.

—Sí...—dijo—. Tuve que dejar la universidad en 2009 y acabé alistándome.

—¿Oh? ¿Dónde ibas?

—Stony Brook —dijo él—. La verdad es que no está lejos de aquí...

Continuó, pero no le escuché, porque Dylan y yo nos habíamos quedado unos pasos por detrás mientras ellos hablaban. Tomé la mano izquierda de Dylan con mi derecha. Se acercó un poco y, de forma natural, sin pensarlo, mi brazo rodeó su cintura, con el suyo descansando sobre mi hombro.

—Hola —dijo.

—Hola tú —dije.

—Sí que han hecho buenas migas —dijo en voz baja.

—Oh, Dios mío. Nunca había visto a mi hermana tan desconcertada. Siente un deseo total.

Se rió por lo bajo.

—Casi me siento insultado. No le interesa hablar conmigo para nada. Pensé que estaba aquí para...Esto...—Su cara se retorció de rabia—. No puedo recordar la palabra —murmuró.

—Espiar —contesté rápidamente, porque no quería verle tan infeliz.

—Sí. Pensé que estaba aquí para espiarnos.

Reí.

—Lo está. Pero creo que los planes han cambiado.

Asintió. Su mirada se alejó. Yo le miré mientras caminábamos. Algo iba mal. Estaba aquí, pero no estaba aquí. No era sólo la afasia transitoria. Era todo su comportamiento. Era como si se hubiera encogido en sí mismo, a la defensiva. No le había visto así desde las dos semanas después de que nos encontráramos otra vez.

Respiré hondo, apoyé mi cabeza sobre su hombro y pregunté:

—¿Qué pasa?

Se puso un poco tenso, así que dejé de caminar. Él también. Avancé hacia él, rodeándole la cintura con mis brazos y apoyando mi cabeza contra su pecho, respirando hondo.

—Es complicado —dijo.

—Eso no es nuevo —contesté—. Puedes hablar de ello.

Suspiró y susurró:

—No te merezco, Alex.

Fruncí el ceño y le miré a los ojos.

—No digas eso, Dylan. Nunca digas eso. Te quiero, y tú me quieres, y eso es todo lo que importa.

Cerró los ojos y me acercó con un fuerte abrazo, apoyándose sobre mí. Inhaló profundamente, como si tomara aire antes de sumergirse, con sus labios contra mi cabello.

—Si no quieres ir a la fiesta, está bien —dije—. Si no te apetece esta noche.

—No, está bien. No quiero fastidiarte la noche con tu hermana.

Me reí disimuladamente.

—Creo que ella está completamente ocupada.

—Te diré algo —dijo—. Hagamos exactamente lo que planeamos, ¿vale? Vayamos a la fiesta.

—Y entonces tendrás tu sorpresa, después.

Él alzó las cejas.

—¿Oh? ¿Una sorpresa?

Me mordí el labio inferior, entonces le susurré al oído:

—Asegúrate de estar en condiciones esta noche, Dylan. Tengo planes para ti.

Mientras lo decía, apreté todo mi cuerpo contra él, aupándome lentamente con los pies.

Él respiró honda e intensamente, y pude sentir su respuesta corporal casi al instante. Entendió sin dudas lo que yo quería decir.

—¿Estás segura? —preguntó.

—Oh, estoy más segura de lo que puedes imaginar, Dylan Paris. —Mi voz cayó en un susurro—. Voy a perder la virginidad esta noche.

Él habló, su voz profunda y ronca en mi oído.

—Me dijiste que querías esperar al hombre con el que quisieras casarte.

—Lo dije, ¿verdad?

Oh. Dios. No acababa de decir eso. Lo hice. ¿Él enloquecería? Nunca, jamás habíamos llegado tan lejos, ni siquiera habíamos sugerido que llegaríamos tan lejos.

Excepto porque recordé lo que me dijo Sherman. «Ella era mi novia, sargento de instrucción. Voy a recuperarla. Planeo casarme con ella».

De repente yo no podía respirar, pero cada terminación nerviosa de mi cuerpo estaba viva de excitación; la sensación de sus fuertes brazos, su pecho contra el mío, su corta barba contra mi mejilla. Oh, Dios mío. Él había recibido entrenamiento básico dos años antes. No podía creer que le hubiera a su sargento de instrucción aquello, que había estado pensando, incluso fantaseando con eso hace tanto. Por supuesto yo sí lo había hecho. Me había dejado llevar en tantas fantasías...Fantasías con nosotros huyendo a un país extranjero juntos, diciéndoles a mis padres que se fueran al infierno y yéndonos nosotros solos. No hubiera imaginado que él las compartiera, y de repente, lo lamenté.

—En realidad no has dicho eso, ¿verdad? ¿Lo estoy imaginando? —preguntó.

—¿Y si lo hubiera dicho? —pregunté, intentando desesperadamente adoptar un tono juguetón. La intensidad con que le tenía agarrado, sin embargo, lo contradecía. Deslicé mi mano derecha por su costado, después la subí por su pecho entre nosotros, sintiendo sus latidos.

—Entonces puede que te tome en brazos y te lleve de vuelta al apartamento en este mismo instante.

Jadeé y susurré:

—Por favor, no me tientes; ni siquiera intentaría resistirme a ti.

Escuché una tos, entonces un carraspeo.

Maldita sea.

Me separé unos milímetros de Dylan y sentí cómo mi cara se ponía al rojo vivo. Sherman y Carrie estaban allí, mirando entretenidos.

—Llegamos hasta la calle para llamar a un taxi y nos dimos cuenta de que no estabais con nosotros —dijo ella.

Sherman se rió, entonces dijo:

—¿Os habéis perdido por el camino, chicos?

—Sí —dijo Dylan, sin aire—. Nos perdimos.

—Vamos, tortolitos —dijo Carrie—. Y por cierto...Guau.

Ahora me sonrojé de verdad.

Escondí la cara y Dylan dijo:

—Sé amable.

Carrie tenía una sonrisa astuta.

—Creo que mi hermana está siendo lo bastante amable por las dos, ¿tú no?

Sherman se carcajeó, después mi hermana, y entonces, la tierra se abrió bajo mis pies, porque ella y Sherman chocaron las manos.

—Vale —dije—. Mi mundo acaba de volverse muy raro.

Dylan rió entre dientes.

—Sabes, siempre pensé que Sherman era un extraterrestre, como si fuera de Marte, porque es tan extrañamente alto. Pero hacen buena pareja. Es como si fueran un par de avestruces.

Solté una risita y nos rodeamos con los brazos el uno al otro y caminamos tras ellos. Sería divertido si Sherman y Carrie empezaran a salir, aunque muy extraño, considerando la historia de ella. Pero los dos iban charlando mientras caminaban juntos, como si se conocieran desde hacía años.

Paramos un taxi en Broadway. Kelly y Joel planeaban reunirse con nosotros en la fiesta, y estaba impaciente por presentarles a Sherman y Carrie. Era extraño: como si tuviera todas estar partes fragmentadas y completamente diferentes de mi vida. Yo y Dylan. Mi familia. Yo y Kelly. Y, por primera vez, se juntaban todas en el mismo lugar. Era una sensación extrañamente excitante.

Era casi medianoche cuando llegamos al apartamento de Robert Meyer en el Upper West Side. Robert era, por decirlo de forma suave, obscenamente rico. Su padre y el mío eran amigos, y mis padres me habían dado el consejo ofensivamente invasivo de que debería lanzarme sobre él. Me gustaba Robert, un poco, como amigo. ¿Pero para salir con él? Oh, demonios, no. Probablemente estuviera infestado de ETS. Robert sabía exactamente cómo su dinero afectaba a las chicas y lo había usado para dejar un impresionante rastro de mujeres llorando por toda la ciudad de Nueva York. A los veintisiete, no había mostrado ninguna señal de mejora, tanto de carácter como de nivel de responsabilidad.

Pero estaba segura de que oiría más sobre lo maravilloso que era cuando volviera a casa para Acción de gracias. A veces mis padres eran tan ignorantes.

Dicho eso, su apartamento era fantástico. Un apartamento en un ático con terraza en la calle 73 Oeste, nunca había visto nada así. Incluso con treinta y tantas personas en la fiesta, no parecía abarrotada. Cuando llegamos nosotros cuatro, Robert abrazó a mi hermana, con una gran sonrisa en su cara, mientras Sherman ponía mala cara.

—Me alegro tanto de volver a verte, Carrie. Ha pasado mucho tiempo. ¿Cómo te van los estudios?

—Ahora voy a Rice —dijo ella—. Trabajo en mi doctorado.

Él levantó las cejas.

—Había escuchado algo así. Bien por ti. Y ésta debe ser Alex. Has cambiado bastante.

Asentí.

—Éste es mi novio, Dylan Paris.

Robert mostró una sonrisa falsa a Dylan y dijo:

—Un placer conocerle, señor Paris. Es usted un hombre afortunado, ciertamente.

—Gracias —murmuró Dylan. Era obvio que se sentía extremadamente incómodo.

—Venid y uníos a la fiesta —dijo Robert.

Tras él, pasado el recibidor, había un gran salón. Encontramos varios grupos pequeños de personas de pie o sentadas, todas en diferentes estados de embriaguez. La multitud se esparcía sobre la terraza, mirando al horizonte. Salía música a todo volumen de un equipo estéreo en el rincón, y podía ver más personas en el vestíbulo.

—¡Estáis en vuestra casa! —gritó Robert mientras entrábamos en la zona residencial.

Vi a algunas personas que conocía de la escuela, así como amigos de mi familia y de la de Robert. Sería una noche extraordinariamente extraña.

Me acerqué a Dylan inclinándome, puse los labios en su oreja y dije:

—¿Estás bien?

—Sí —asintió—. Es sólo que…Cuesta acostumbrarse a este sitio. ¿Cuánto cuesta un maldito apartamento con terraza en Manhattan?

Me encogí de hombros.

—Ni idea.

—Supongo que si tienes que preguntar, es que no puedes permitírtelo, ¿verdad?

—Seguramente.

Carrie gritó algo y después estaba abrazándose con alguien; alguna antigua amistad de la escuela, supuse. Hizo las presentaciones, llevando a Sherman por la sala y presentándole a gente. Destacaban, más altos que todos los que había en la sala, ambos parecían estrellas del rock.

Nos relacionamos y hablamos con muchas personas, agarrándonos de la mano toda la noche.

En cierto momento, dijo:

—Tengo que sentarme, la pierna me está matando.

Se sentó y se secó la frente, y pude ver que estaba incómodo, tanto por la multitud como por la música alta. Lo sacaría de ahí pronto, con Carrie o sin ella. Ella se alojaba en un hotel de la habitación 108 y siempre podíamos encontrarnos para desayunar.

—Voy a buscarte un vaso de agua —dije.

Asintió agradecido y me abrí paso hasta la cocina.

Sherman estaba allí.

—Hola —dije—. Carrie y tú habéis hecho buenas migas.

Sonrió.

—Sí, me gusta. Mucho.

Le devolví la sonrisa.

—Me alegro mucho.

—¿Paris está bien? —preguntó.

—Le duele la cabeza, iba a llevarle un vaso de agua.

Asintió, de repente con aspecto serio.

—¿Puedo hacerte una pregunta, Alex?

—Por supuesto —dije, tomando un vaso y abriendo el grifo para llenarlo.

—¿Vas en serio con él?

—¿Qué quieres decir? —le pregunté, volviéndome hacia él.

Miró por toda la habitación, prácticamente a todo menos a mí, entonces dijo:

—Mira. Él es mi amigo. Y…No sé si sabes lo realmente pillado que está por ti. Tampoco sé si sabes todo lo que pasó en Afganistán. Pero…Mira, me preocupo por él, ¿vale? Ha pasado por mucha mierda. Y no haría falta demasiado para arrojarlo por el precipicio permanentemente. El chico necesita un poco de tiempo para curarse.

Asentí, seria, entonces dije:

—Le amo, Sherman.

Cerró los ojos y asintió.

—Eso es todo lo que quería oír, Alex. Sólo…Si estuvieras jugando con él…No sé. No sé qué estoy diciendo.

Puse mi mano sobre su brazo y dije:

—Estás diciendo que eres un buen amigo y que te preocupas por él.

—Sí —dijo, encogiéndose de hombros.

—Nunca haré nada que le haga daño si puedo evitarlo. ¿Te parece bien? Preferiría arrancarme los ojos antes que provocarle más dolor.

Él parecía aliviado.

—Vale. Estamos bien —dijo—. Vuelvo a perseguir a tu hermana sexy.

Solté una risita, avergonzada y entretenida al mismo tiempo. Él salió de la cocina y se quedó ahí un momento, pensando.

Habían cambiado tantas cosas en las dos últimas semanas. Por primera vez en mi vida, vi una oportunidad auténtica de moldear mi propia vida. Una vida que yo quería, no la que mi padre había planeado para mí. Y esa vida incluía a Dylan, sin que importara nada más. Justo en ese momento, repetí la promesa que le acababa de hacer a Ray Sherman, pero me la hice a mí misma. Nunca, jamás haría nada que hiriera a Dylan.

Estaba tan distraída, con mis pensamientos tan lejos, que ni siquiera me di cuenta cuando Randy Brewer entró en la cocina. Pero cuando escuché su voz, casi tuve un espasmo.

—Estás muy reflexiva, preciosa. ¿Has cambiado de idea sobre mí?

Me di la vuelta, abriendo los ojos, con mi ritmo cardíaco aumentando de repente.

—Apártate de mí —dije.

—¿Qué pasa, Alex? Solía gustarte.

—Salimos exactamente dos veces. Y entonces intentaste violarme.

—Dios, ¿por qué no lo superas ya? Estaba borracho. Fue una mala decisión y me disculpo. Además, te hubiera gustado. Lo sabes.

Empecé a recular para salir de la cocina por la otra puerta, lejos de él. Pero también lejos de Dylan y mis amigos. No sabía qué había por este pasillo, pero necesitaba alejarme de Randy en ese mismo momento.

—Te engañas a ti mismo —dije—. Sólo déjame en paz.

—Dame lo que quiero y lo haré encantado.

Un fogonazo de miedo pasó por mi mente. Si intentaba agarrarme, ¿me escucharían siquiera ahí fuera? La música estaba condenadamente alta. Mientras reculaba hacia un recibidor a oscuras, él se acercaba, igualando mis pasos.

—No será tan malo —dijo—. Podrías aprender a amarme tanto como yo te amo.

¿Qué demonios le pasaba? Había conocido a Randy durante años. Su familia se movía en los mismos círculos que la mía. Él siempre había sido arrogante, pero esto era algo completamente diferente. Mi corazón estaba desbocado mientras intentaba alejarme de él.

—Déjame en paz, Randy. No quiero saber nada de ti.

Di un paso más hacia atrás y mi pie se enredó en algo que había en el suelo. Perdí el punto de apoyo y empecé a caer hacia atrás. Solté un grito cuando él estiró el brazo y me agarró de los míos.

¿Bueno, y dónde ha ido ella? (Dylan)

—Así que, sí —decía Joel—, creía que él me iba a matar, para ser sincero. Tenía los ojos bastante fríos. Pero fue todo un malentendido y me alegro de que lo solucionáramos. No sólo porque sean tan felices...Si no por mi propia seguridad.

Joel se rió entre dientes, pero yo no pensaba que fuera demasiado divertido. Sentí brevemente la mirada de Sherman sobre mí, mientras encajaba la historia de Joel con lo que él sabía. Que había perdido los papeles en Afganistán porque había visto a Joel en la transmisión de Skype desde la habitación de Alex. Que mi reacción excesiva acabó costándole la vida a Roberts.

Sherman lo sabía todo ahora, y yo no quería mirarle, porque si lo hacía podría desmoronarme, joder.

Le había contado casi toda la historia, de todas formas. Nos habíamos enviado correos electrónicos varias veces mientras yo estaba en el hospital y él seguía en Afganistán. Dijo varias veces que ninguno de los chicos me culpaba por lo que sucedió. Pero yo sabía que eran gilipolleces. Era culpa mía. Por supuesto que me culpaban. Yo me culpaba.

Carrie estaba sentada al lado de Sherman, cerca. Ella se inclinó hacia mí y me dijo:

—Sabes, no hace falta que diga esto. Pero quiero que tengas cuidado con mi hermana. Ella...Se ha enamorado de ti de verdad.

—No le haría daño por nada del mundo —dije.

Hablando de lo cual, ¿dónde estaba ella? Se había ido a buscar agua unos cinco o diez minutos antes y no había vuelto.

—¿Bueno, y dónde ha ido ella?

—Estaba en la cocina hace unos minutos —dijo Sherman.

Kelly se puso rígida de repente, con los ojos abiertos.

—Creo que he visto a Randy Brewer ir hacia allí.

—¿Quién? —pregunté.

—Es el tío que...—se cortó, supongo que no sabía si Carrie lo sabía o no.

Pero yo lo sabía. Randy Brewer era el hijo de puta que había intentado violarla la pasada primavera.

Entonces fue cuando escuché el grito, desde el otro lado del edificio, apenas por encima de la música. Era su voz, gritando:

—¡Suéltame! ¡Ayuda! *¡Dylan!*

Yo estaba en pie y corriendo antes de que cesara el grito.

Él me estaba protegiendo (Alex)

—Guau —dijo Randy mientras me agarraba de los brazos—. ¡Ten cuidado!

Yo había perdido el equilibrio y cuando me agarró los brazos aún no me había apoyado sobre mis pies. Me empujó contra una pared, con fuerza, entonces se apretujó contra mí.

—Dios, te quiero con tantas ganas —dijo, poniendo sus labios contra un lado de mi cara.

Intenté empujarle, pero era mucho más fuerte que yo. Mientras me retorcía, grité, tan fuerte como pude:

—¡Suéltame! ¡Ayuda! *¡Dylan!*

—Oh, cállate —dijo.

Presionó su mano derecha contra mi boca, y metió su asquerosa mano izquierda bajo mi falda, entre mis piernas. Luché tanto como pude, forcejeando contra él, contra la necesidad de vomitar y de gritar y de llorar, todo al mismo tiempo.

De repente, un gran brazo musculado le rodeaba el cuello. Le apartó de mí de un tirón y escuché un grito gutural.

—¡Quítale las manos de encima!

Caí al suelo. Dylan alejaba a Randy de mí a rastras, con cara asesina.

Randy forcejeó con él, se zafó, y entonces Dylan le agarró por los hombros y le golpeó contra el suelo.

—¡Te mataré, hijo de puta! —gritó Dylan.

Entonces, con su puño derecho aún recubierto con la escayola, dio un puñetazo a Randy en la cara. Escuché un crujido de hueso y la cara de Randy se colapsó, con sangre saliendo a chorros por su nariz. Era una pesadilla.

Randy cayó de espaldas al suelo y Dylan corrió hacia delante, sentándose a horcajadas sobre él. Nunca había visto nada igual.

Salvaje, con su cara retorcida de ira, los músculos de sus hombros y brazos amontonados y tensos. Lanzó un puñetazo, luego otro, gritando a la cara de Randy todo el rato. Entonces agarró a Randy por los hombros y levantó su torso y lo golpeó fuerte contra el suelo, dos veces. La cabeza de Randy rebotó contra el suelo con un chasquido fuerte.

La música había cesado y hubo gritos cuando algunos de los otros invitados vieron lo que estaba pasando. Dylan levantó su puño para golpear otra vez a Randy, y de repente Sherman estaba detrás de él, agarrándole por detrás de los codos.

—Ha caído —gritó Sherman al oído de Dylan—. ¡Es suficiente!

Dylan forcejeó en su rabia, intentando soltarse, para volver con Randy.

—¡Ya basta! —gritó Sherman—. ¡Ve a ver cómo está Alex!

Al oír mi nombre, Dylan dejó de forcejear. Se volvió, de golpe, hacia mí. Podía ver salpicones de la sangre de Randy en su cara.

Rompí a llorar cuando alguien gritó:

—¡Que alguien llame a la policía!

Al momento, los brazos de Dylan me rodeaban y yo estaba sollozando. Y sollozaba por el intento de violación, por mi miedo, por el intento de Randy de atacarme por segunda vez. Pero también sollozaba por Dylan, el hombre al que amaba, que había sentido una rabia tan asesina. Sollozaba por lo que podría sucederle, porque Randy estaba inconsciente y parecía que Dylan le había golpeado lo bastante fuerte para matarle.

Sollozaba porque estaba aterrorizada por perderle.

Los siguientes veinte minutos fueron un borrón, mientras los paramédicos y la policía llegaban. Los paramédicos empezaron a trabajar con Randy y pronto se lo llevaron en camilla, con un collarín y la parte trasera de la cabeza vendada. Entonces la policía comenzó su procedimiento, interrogando a testigos. Vinieron a nosotros.

Nos tuvieron que separar, porque yo no quería soltar a Dylan. Sus brazos estaban tranquilos, a sus costados, pero yo seguía rodeándole la cintura con los míos mientras nos separaban y le esposaban. Me hundí en el suelo cuando se lo llevaron.

Mientras se lo llevaban, un agente a cada lado, sujetándole por los brazos, él volvió la cabeza y me miró, con los ojos abiertos. No sabía qué intentaba decirme.

Una agente de policía se me acercó y dijo:

—¿Tú eres Alex? Soy la agente Pérez. Puedes llamarme Christina.

Asentí, incapaz de contener las lágrimas, sollozando descontroladamente.

—Necesito tomarte declaración ahora, mientras sigue fresco, ¿vale?

Intenté controlarme pero sólo empeoró.

—¿Estará bien?

—Bueno, es pronto para decirlo. Ahora se lo llevan al hospital; puede que tenga una lesión cerebral.

—¡No me refiero a *él!* ¡Es un violador! Quiero saber cómo estará Dylan.

Abrió los ojos, entonces dijo:

—Espera. Por favor, retrocede y cuéntame toda la historia.

Y así lo hice. Empezando por la primera cita que tuve con Randy la primavera pasada, después cuando intentó violarme y sus compañeros de piso intervinieron. Sobre lo avergonzada que estaba yo para denunciarlo. Y cómo me había arrinconado en la cocina, me hizo retroceder a ese pasillo oscuro y entonces metió la mano en mi falda mientras me sostenía contra la pared.

—Iba a violarme —susurré—. Dylan le detuvo. Él me estaba protegiendo.

Durante el rato que estuve contando la historia, Carrie y Sherman estaban al otro lado de la cocina. Los ojos de Carrie eran grandes y estaban tristes. Cuando finalizó el interrogatorio, sin decir palabra, se acercó y me rodeó con sus brazos. Comencé a sollozar otra vez, esta vez desmoronándome completamente. Lloré como si no fuera a ser capaz de parar nunca. Lloré por el chico al que amaba, que había crecido hasta convertirse no sólo en un hombre, sino en un hombre lleno de rabia.

Un hombre que podría ser capaz de asesinar.

Un hombre al que se habían llevado, con los brazos esposados a su espalda.

CAPÍTULO DIEZ

Justo donde pertenezco (Dylan)

Oh, joder, pensé, mientras la policía empezaba a sacarme del apartamento. Miré por encima del hombro, la vi allí todavía en pie contra la pared, con una agente de policía a su lado. Ella sollozaba y me miró a los ojos con una mezcla de pena y miedo. Yo hubiera hecho lo que fuera para borrar el miedo. Pero no había vuelta atrás. Ella había visto de qué era capaz yo. *Yo* había visto de qué era capaz.

Los paramédicos ya se habían llevado a Randy, o cómo demonios se llamara, antes de que me arrestaran. Pero no podía borrar de mi cabeza la visión de él golpeándola contra una pared, con una mano sobre su boca y la otra metida en su falda, mientras ella forcejeaba.

No me importaba si yo iba a la cárcel. Esperaba que el hijo de puta estuviera muerto.

Mientras me metían en la parte trasera de un coche patrulla, una ola de cansancio y náuseas me barrió. ¿Realmente habían pasado sólo tres horas desde que ella me susurró: «Voy a perder la virginidad esta noche?». Dios, quería llorar. Quería gritar. Quería salir del coche a patadas, correr hacia ella y rodearla con mis brazos, protegerla, amarla, cuidar de ella para siempre.

Pero también hubiera fastidiado eso.

Así que, en lugar de hacer ninguna de esas cosas excitantes, dramáticas y poderosas que me hubiera gustado hacer, me senté en la parte trasera del coche durante lo que pareció una eternidad, mientras la policía siguió haciendo lo que sea que hace la policía. Por la calle pasaban espectadores, echando un vistazo a la parte trasera del coche donde yo era la Exposición A de tíos de los que no quieres que se enamore tu hija.

Joder. Joder. Joder.

Estuve allí quizá treinta minutos antes de que finalmente movieran el coche patrulla. Delante iban dos agentes, un hombre y una mujer. Al principio ninguno de los dos me dijo nada, hasta que quedamos atascados en el tráfico. Finalmente, el agente, que estaba conduciendo, dijo:

—Por si te importa, central dice que parece que el tipo al que le diste la paliza vivirá.

Mis manos, todavía envueltas detrás de mi espalda, dolían mucho, especialmente la escayolada. Sospechaba que le había hecho más daño a mi mano. *Vale la pena.*

Me encogí de hombros como respuesta al comentario del agente.

—¿Por qué lo hiciste? —preguntó.

Le miré. La sabiduría general dice que debería haberme callado hasta ver a un abogado. ¿Pero qué diferencia marcó en realidad? No iba a decir ninguna puta mentira a nadie. Sí, había ido demasiado lejos. Pero el hecho era que la estaba protegiendo. Si tenía que ir a la cárcel por eso, que así fuera.

Al final respondí.

—Abusó sexualmente de mi novia. Intervine.

La agente hizo un gesto de dolor.

—Yo creo que mientes —dijo el agente—. Creo que ella te engañaba y tú te cabreaste.

Tuve que tragarme el arrebato de rabia que sentí. *No respondas. No lo hagas.*

Finalmente dije:

—No creo que quiera hablar más con usted.

El agente se carcajeó y golpeó el volante.

—¿Has oído eso, Pérez? No quiere hablar más conmigo. Puto gamberro universitario. Te diré algo, debería estar en los putos marines aprendiendo algo de disciplina, en lugar de ir jodiendo fiestas en áticos del Upper West Side. ¿Oyes eso? —me gritó—. Odio a los putos niños ricos. A todos vosotros. Creéis que podéis hacer lo que sea y saliros con la vuestra. Apuesto a que el abogado de tu padre estará golpeando la puerta delantera de la comisaría incluso antes de que lleguemos.

Pérez, la agente, se inclinó hacia su compañero y le susurró algo urgentemente. Da igual. Sacudí la cabeza, me giré para mirar por la ventana. Él podía pensar lo que quisiera, para mí no suponía ninguna diferencia.

El abuso continuó un poco más, pero lo ignoré, concentrándome en su lugar en el creciente brote de dolor de mi mano derecha.

El problema era sencillo.

Yo no le hacía ningún bien Alex. Ni siquiera me hacía bien a mí mismo. Sí, la había protegido. ¿Pero qué pasaría la próxima vez? ¿Y si la próxima persona que me cabreara e hiciera perder el control fuera Alex?

Con suerte, tras esa noche, ella se daría cuenta. ¿Pero y si no lo hacía? ¿Y si tuviera la creencia errónea de que de alguna forma podría curarme? No había ninguna curación. Lo que sucedió en Afganistán era parte de quién yo era ahora y, si lo pensaba sinceramente, era probable que algo como lo de esa noche volviera a pasar.

Me suicidaría antes de ponerle una mano encima a ella. Pero había visto lo que les sucedía a las parejas a la larga. Estoy seguro de que, alguna vez, mis padres habían sentido ese amor y esa felicidad florecientes. Pero demasiado alcohol y demasiado estrés y rabia y odio al final les convirtió en una caricatura perfecta de las parejas abusivas. No fue hasta que mi madre se limpió, y le echó a él, cuando finalmente arregló su vida.

De ninguna manera le haría pasar por eso a Alex. Y eso acabaría pasando. Era tan seguro que pasaría como que el Sol sale por la mañana.

Parpadeé para contener lágrimas. Porque iba a tener que encontrar una manera de dejarla completamente, decir adiós y desaparecer en mi propio mundo, esta vez de forma permanente. Como tendría que haber hecho en febrero, cuando la bomba destinada para mí mató a mi mejor amigo en mi lugar.

Me registraron en la cárcel, lo que llevó una eternidad. Huellas dactilares. Registro. Eso fue humillante.

Ése fue el momento en el que mi acompañante, el policía del coche, al fin murmuró algo cuando echó un vistazo al desastre que era mi pierna.

—¿Qué coño te ha pasado?

—Me volaron por los aires en Afganistán —respondí.

Él gruñó. Supongo que esa era toda la disculpa que me iba a dar.

Me confiscaron la cartera y todo lo demás, y a la celda fui. Justo donde pertenezco.

El calabozo estaba más que abarrotado, con unos diez tipos en un espacio diminuto. Me acerqué a un lugar cerca de la puerta y me senté acomodándome. Nadie me miró ni dijo nada y me pareció bien.

La celda en sí misma era pequeña, quizá diez metros de longitud, con bancos largos a cada lado que quizá alguna vez sirvieron como algún tipo de camas, pero ahora se sentaban cuatro o cinco tipos en cada uno, la mayoría intentando dormir un poco.

Muy cerca de mí había alguien de pie: un hombre con traje y abrigo, aunque no tenía corbata ni cordones en los zapatos. Parecía más un banquero que un criminal endurecido. También parecía aterrorizado, y se aferraba al extremo del banco como si su vida dependiera de ello. Estaba oscuro, la única luz que entraba venía de una estrecha rejilla en la puerta y el suelo estaba húmedo. En el lado opuesto a la puerta había un lavabo sin asiento. Apestaba a meados y mierda y cuerpos sin lavar.

Este agujero no habría estado fuera de lugar en Afganistán. De hecho, alguno de los alojamientos que proporcionábamos a los prisioneros allí parecían considerablemente más humanos que esto.

¿Dónde estaba Alex? Me preguntaba si la habían llevado al hospital para examinarla, o si la policía la había interrogado. No quería que ella tuviera que pasar por ningún trauma más de lo que ya había tenido que aguantar esa noche.

Excepto, pensé, que era yo quien iba a dar el golpe final.

Durante un momento, lo reconsideré. Nos amábamos el uno al otro. No había duda. ¿Podría ese amor sobrevivir a todo esto? ¿Podríamos superar cualquier desafío que encontráramos? ¿Podría el amor curar el estado jodido de mi corazón, mente y alma?

Sí, claro. No era probable.

Con suerte, no estaría aquí mucho tiempo. Aunque parezca una locura, tenía unos treinta mil dólares en el banco. Un año de sueldo con plus de peligrosidad libre de impuestos, además del extra por alistarme en la infantería, todas mis nóminas de un año estaban en el banco, básicamente sin tocar. No necesité nada en Afganistán, no necesité nada en el hospital. Cuando volví a casa, mi madre insistió en que guardara el dinero, que no lo gastara en nada, aunque estuve sumamente tentado de comprar un coche. No es que pudiera usarlo, igualmente. Así que el dinero quedó guardado y generó intereses, y ahora iba a acabar usándolo para pagarme la fianza y salir de la cárcel. Si me dejaban pagar una fianza. Si yo tenía algún modo de acceder al dinero.

Lo triste era que, si me concedían la llamada telefónica que, según los rumores, podía hacer desde la cárcel, no había nadie a quien pudiera llamar. Sherman, supongo, pero no tenía ni idea de cómo contactar con él. Y si le llamaba, probablemente estaría con Carrie y Alex. Y no quería arrastrarlas a esto. No más de lo que ya estaban.

Mis ojos se inundaron con lágrimas y di la espalda a los demás hombres de la celda.

Lágrimas porque iba a perder a Alex. Lágrimas porque incluso aunque sabía que hice lo correcto, me rompía el corazón otra vez. Y sabía que a ella le haría lo mismo.

Hubiera sido mejor si Roberts estuviera vivo. Debería haber sido yo.

Cerré los ojos y me imaginé el largo y exuberante cabello castaño de Alex, sus profundos ojos verdes, la inclinación de sus labios, sus mejillas y cuello, su bello espíritu y su risa fuerte y libre. Y pensé que si tuviera que vivir sin ella, no quería seguir viviendo.

Ahora es mi turno (Alex)

—Vamos con ella —dijo Carrie a la policía—. No se va a quedar sola con vosotros en el hospital. Soy su hermana y Kelly es su mejor amiga.

El agente de policía parecía incómodo, pero al final accedió.

Carrie se volvió hacia Sherman.

—Ray, tú y Joel id a la comisaría de policía y ved qué podéis descubrir sobre Dylan. ¿Me llamas tan pronto sepas algo?

Sherman asintió y sacó su teléfono.

—Dime tu número —dijo.

Ella se lo dio y Sherman se me acercó y me agarró del brazo.

—Hablaremos luego, ¿vale? Sé que estás conmocionada, pero recuerda, te quiere. Todos te queremos...Ahora somos como una familia, ¿vale?

Los ojos volvieron a llorarme. Ni siquiera hacía un día que conocía a Sherman y estaba siendo increíblemente amable. Por impulso, estiré los brazos y lo abracé.

Entonces dije:

—Cuida de Dylan, ¿vale? Llámanos tan pronto sepas algo.

—Lo haré —dijo, dándome palmaditas en la espalda.

Joel se acercó y me acarició el hombro, entonces besó a Kelly en la mejilla. Los dos se volvieron y salieron del edificio.

Media hora después, yo estaba en el hospital. Carrie me agarraba de la mano mientras los doctores me examinaron. El *kit de violaciones*. Yo había dejado claro que Randy no tuvo éxito, pero la policía insistió. Mientras el médico hacía el examen, yo miraba fijamente a la pared, con lágrimas recorriéndome la cara. Era espantosamente incómodo y, lo que es más, era humillante, hasta un punto que nunca había imaginado.

Pero no fue nada comparado con el interrogatorio.

Sucedió en un despacho prestado del hospital y como se consideró que ambas eran testigos, no permitieron ni a Carrie ni a Kelly quedarse conmigo durante el interrogatorio. De hecho, también interrogaron a las dos.

El despacho era estrecho y yo estaba sentada, exhausta, con una taza de café de sabor quemado y rancio.

—Siéntese, señorita Thompson —dijo uno de los agentes, un hombre algo colorado y con sobrepeso que se presentó como sargento Campbell—. Estamos intentando aclarar este desastre y nos gustaría que usted nos contara, con todos los detalles posibles, qué ha sucedido esta noche.

Lo hice, comenzando por las dos citas que tuve con Randy la pasada primavera. Hablaba yo todo el rato, Campbell tomaba notas y no me interrumpió. Me esforcé por permanecer serena. Todavía estaba conmocionada y frustrada y enfadada. Especialmente enfadada porque por segunda vez Randy hubiera usado la fuerza física contra mí y yo no había hecho nada para detenerlo. Nada para alejarle. Dylan no habría tenido que venir a rescatarme de esa manera. Y si yo hubiera sido capaz de arreglármelas sola, él no habría tenido que hacerlo.

—Vale, tengo algunas preguntas —dijo Campbell—. Empezando con...Usted dice que la asaltó una vez antes. ¿Por qué no lo denunció entonces?

Podía sentir cómo me sonrojaba. Miré fijamente al suelo, me encogí un poco de hombros y dije:

—Supongo que estaba avergonzada. Yo había estado bebiendo y pensaba que lo conocía mejor y...No sé exactamente por qué. Sólo quería que todo terminara. Y pensaba que así era, hasta hace unas pocas semanas.

—¿Qué pasó hace unas semanas para que usted cambiara de idea?

—Randy apareció en el Bar 1020 y comenzó a acosarme. Como no me quería soltar, Kelly lo roció con spray de pimienta y el guardia de seguridad lo echó.

Campbell frunció el ceño, entonces dijo:

—Ya son dos veces que dice haber estado bebiendo. Usted es menor de edad.

Asentí, desviando la mirada.

—¿Y esta noche? ¿Estaba bebiendo?

—No.

—¿Por qué no? Estuvo bebiendo con él la primavera pasada y otra vez en el Bar 1020, ¿por qué no esta noche?

—Mi novio no bebe. No quería hacer que se sintiera incómodo.

—Ya veo. Ése debe de ser Dylan Paris.

Asentí.

—Así que Dylan no bebe. ¿Cuánto hace que salen juntos ustedes dos?

Era una pregunta complicada. Contesté lo mejor que pude.

—Nos conocimos en un programa de intercambio en el extranjero hace tres años y estuvimos juntos después. Pero nos separamos el pasado febrero, cuando él estaba en Afganistán. Entonces hace poco volvimos juntos.

—¿Cuánto hace?

—Unas pocas semanas.

—¿Tenía Randy alguna razón para creer que ustedes dos estaban juntos?

Sacudí la cabeza violentamente.

—Le dejé muy claro que no quería saber nada de él.

—Cuénteme cómo acabó a solas con él. Está en un pasillo oscuro completamente sola con el tipo que afirma intentó violarle anteriormente. En minifalda. ¿Cómo sucedió eso?

¿En minifalda? ¿Qué demonios?

—Fui a por un poco de agua. Ni siquiera sabía que Randy estaba en la fiesta, pero apareció en la cocina mientras yo estaba allí y me hizo recular hasta el pasillo. Yo intentaba alejarme de él.

—Así que fue usted sola y le condujo al pasillo.

—¡No! ¿Por qué me trata como si esto fuera culpa mía?

—Señorita Thompson, sólo intento llegar al fondo de lo que sucedió. Un joven está en el hospital posiblemente con el cráneo fracturado. Necesito saber si usted está jugando a algún juego. ¿Quizá intentando que su novio se pusiera celoso? Es decir, yo estaría celoso si fuera y encontrara a una chica como usted en un pasillo oscuro con la mano de un tipo metida en la falda.

No pude evitarlo. Comencé a llorar, de disgusto y de rabia.

—Se equivoca tanto. No tiene ni idea de lo que está hablando.

—Pues ayúdeme a entenderlo.

—Ya se lo he contado. Yo intentaba alejarme de él. Me lanzó contra la pared y yo grité, así que me tapó la boca con la mano. Forcejeé— alcé la voz hasta gritar—. ¿Quiere ver los putos cardenales?

—No creo que sea necesario, señorita, sé que el personal hospitalario tomó fotos. De acuerdo, repasémoslo. La primavera pasada, usted y Brewer salían juntos.

—Salimos exactamente dos veces.

—Bien. Mientras su novio estaba en el ejército.

—¡*Después* de que rompiéramos!

—¿Así que salió con él, bebió siendo menor de edad, comenzaron a tener relaciones sexuales y usted quiso parar?

—¡No! ¡Él me empujó! ¡Si sus compañeros de piso no hubieran venido cuando lo hicieron, no sé qué podría haber sucedido!

—Entiendo. Sus compañeros de piso vinieron, interrumpieron, y usted…¿Qué? ¿Llamó a la policía? ¿Lo denunció? ¿Huyó?

Miré fijamente al suelo.

—Sí, huí. E intenté olvidarme de todo.

—Así que él vuelve esta noche, en una fiesta exclusiva en un apartamento de un ático, la asalta sexualmente y acaba con el cráneo fracturado. Para mí no cuadra. Si lo hubiera denunciado la primavera pasada, sería otra cosa. Dice que Dylan no bebe. ¿Sabía usted que toma drogas?

—¿Qué?

—Oh, no lo sabía. Sí, tiene el cuerpo completamente cargado. Opiáceos, entre otras cosas.

Sacudí la cabeza.

—¿Sabía *usted* que su pierna derecha quedó casi totalmente destrozada por una bomba en un arcén hace nueve meses en Afganistán? Tiene receta para los analgésicos.

—¿Qué le pasó en la mano? ¿Por qué la tiene escayolada?

Tragué saliva y susurré:

—Estábamos discutiendo y él…Dio un puñetazo a un muro.

—Dios Santo —dijo Campbell. Retorció la cara, con un lado de la boca más bajo que el otro, y sacudió la cabeza ligeramente—. ¿Dio un puñetazo a un muro lo bastante fuerte para fracturarse su propia mano?

Asentí.

—No es lo que parece.

—Más vale que se alegre de que no la pegara a usted, chica.

—Dylan nunca haría eso.

—Mire, señorita Thompson. Lo entiendo. Yo mismo serví en Irak. Pero déjeme decirle, cuando alguien está fastidiado por las drogas y se enfada, a veces no puede distinguir entre el muro que golpea y la novia a la que pega. Tiene que dejar de intentar defenderlo y preocuparse por usted misma, para variar.

—No quiero hablar más con usted.

—No le he preguntado qué quiere, señorita Thompson.

—Si tiene algo más que decirme, puede hablar con mi abogado. Esta conversación se ha acabado.

Me puse en pie y les miré, entonces dije, lentamente y en voz baja:

—Lo que yo no entiendo es esto. Cada una de las preguntas que me ha hecho parece pensada para culparme a mí, la víctima, o a Dylan, que me protegió. ¿Por qué no me hace preguntas sobre Randy Brewer? ¿No está interesado en él? ¡Él es el *violador*! Mi voz se elevó hasta formar un grito mientras terminaba la frase.

Me di la vuelta, abrí la puerta y salí del despacho.

—Nos vamos —les dije a Kelly y Carrie—. ¿Ha llamado Sherman?

Carrie asintió.

—Dice que no le permiten ningún contacto. Dylan tendrá que ir a una lectura de cargos en algún momento del lunes, y entonces estipularán si hay fianza o no.

Lunes. Dios, dos noches en la cárcel. Sólo Dios sabía qué le estaba pasando ahí dentro. Era tan injusto.

Tragué saliva, con fuerza. No había nada que pudiera hacer, excepto hacer lo posible por ayudarle cuando llegara el momento.

—Vayamos a dormir, entonces. ¿Os importaría quedar por la mañana, todos, para pensar si podemos y cómo podemos ayudarlo?

Carrie y Kelly me miraron, con la boca abierta.

—No sé qué podemos hacer —dijo Kelly.

—Eso es lo que tenemos que pensar. Lo que sé es que él está ahí dentro, solo, porque me protegió. Ahora es mi turno de protegerlo y haré todo lo que pueda, con vuestra ayuda o sin ella.

Amigos (Alex)

Todos tenían bastante mal aspecto cuando nos encontramos en la gran mesa redonda de la parte trasera de Tom's, a la mañana siguiente. Carrie tenía los ojos hinchados y rojos y vestía unos tejanos y un suéter. Parecía tan relajada como la había visto siempre, pero también exhausta. Estaba sentada al lado de Sherman, algo por lo que me hubiera emocionado increíblemente en otra ocasión. Sherman era el único de la mesa con un aspecto razonablemente normal. Completamente despierto, tragando toneladas de comida. Los dos habían llegado juntos y tenía la divertida sensación de que habían pasado juntos toda la noche.

Kelly y Joel estaban desplomados juntos, picoteando sus desayunos. Joel había acabado pasando la noche con nosotras, pero por cortesía hacia mí y probablemente por cansancio, no habían hecho nada más que dormir. Él había roncado, sonando a algo parecido a rinocerontes huyendo de un tren de mercancías e incluso aunque yo no hubiera tenido ya problemas para dormir, eso me habría mantenido despierta.

Me tumbé en mi cama, mirando al techo, escuchando sus ronquidos, la respiración suave de Kelly y pensando que si hubiera habido justicia en el mundo, yo habría pasado la noche en la cama de Dylan, desde luego no durmiendo.

—Mi cuñado es un abogado defensor —dijo Joel—. No puedo garantizar que aceptará el caso, pero vale la pena preguntar. Aunque es caro.

Sherman habló.

—Dylan tiene dinero, o debería. Si no, yo puedo pagarlo.

Incliné la cabeza.

—No tienes que hacerlo.

Se inclinó hacia delante y dijo:

—Sí, tengo. Dylan es más cercano a mí que mi propio hermano. Pagaría hasta el último céntimo. ¿Queda claro? No discutas conmigo por esto.

Asentí, parpadeando para contener mis ojos llorosos. Carrie puso su mano sobre la de Sherman y le susurró algo, no sé qué. Entonces ella dijo algo que casi me hizo caer muerta.

—Yo también puedo ayudar con eso. Papá me dio cuarenta mil dólares al principio del curso.

Abrí completamente la boca. Primero, por la idea de que nuestro padre simplemente le hubiera *dado* esa cantidad de dinero y, segundo, porque ella quisiera darlo para esto.

—Papá tendrá un ataque —dije.

—Le sentará bien —respondió ella, con los ojos bailando—. Tengo que volar esta noche, pero te daré todo el dinero que pueda antes de irme, ¿vale? Si no lo usas, vale, envíamelo.

—Y yo iré a la vista contigo —dijo Kelly.

Joel asintió.

—Todos iremos. ¿Te apuntas, Ray?

Sherman asintió.

No sabía qué había hecho yo para merecer amigos como estos.

Joel salió para telefonear a su cuñado.

—Alex —dijo Sherman—, antes de separarnos, tenemos que hablar unos minutos. A solas.

Carrie y Kelly levantaron las cejas, curiosas.

—Vale —dije, dubitativa.

—Demos un paseo rápido, no llevará mucho.

Asentí y me puse en pie, sintiendo mis miembros entumecidos. ¿De qué necesitaba hablar Sherman? Algo relacionado con Dylan, obviamente. Y eso me dio miedo. Mucho miedo. Y ni siquiera sabía por qué.

Afuera, caminamos media manzana, y él se giró y se apoyó contra una pared.

—Escucha —dijo—. Anoche te dije…Dylan…Es como un hermano para mí.

Asentí.

—Bueno…Estoy un poco preocupado. Sinceramente, estoy muy preocupado. Sobre cómo reaccionará ante todo esto. Estar en la cárcel, la pelea, todo.

Me mordí el labio, mirando fijamente al suelo.

—Yo también —susurré.

—Ese tío tiene una vena de mártir kilométrica. Tienes que entender…Dudo que te contara los detalles, al menos en orden cronológico. Pero después de que rompierais y él acribillara su portátil, cambiaron la rotación de patrullas de nuestro escuadrón como parte del castigo.

—Lo sé —asentí.

—Ésa fue la patrulla cuando les golpeó la bomba del arcén, Alex. Cuando Roberts murió.

Sacudí la cabeza confundida.

—Me contó que había sido varios días después.

Sherman sacudió la cabeza, apenado.

—No. Pero escucha, Alex…Nadie lo culpó a él. Nadie dijo que fuera culpa suya. Podría haber pasado en cualquier momento. Nos atacaban todo el tiempo. Pero Dylan se culpó a sí mismo. Él y yo nos escribimos muchos correos electrónicos sobre eso cuando él estaba en el hospital. Intenté hacérselo ver, pero…Bueno…La culpabilidad es algo bastante complicado. Y él está convencido de que si no hubiera perdido los papeles, Roberts seguiría vivo.

—Vale. Entonces…¿Qué tiene que ver esto con lo que pasa ahora?

Me miró, de cerca.

—Piénsalo, Alex. ¿Qué más le pasó a alguien que él amaba después de aquello?

Sentí un calambre en el estómago.

—Oh, no.

Asintió.

—Sí. Apostaría un millón de dólares a que piensa que de alguna manera es culpa suya que ese gilipollas intentara violarte.

Sacudí la cabeza violentamente.

—No. No fue culpa suya. No fue culpa mía. Fue toda de Randy.

—Sí, bueno…Sólo ten cuidado. Estate preparada. Porque creo que Dylan se va a culpar a sí mismo, y no sé qué hará al respecto.

—No crees que querrá romper conmigo, ¿verdad?

—Podría.

Una lágrima cayó por mi cara. Él estiró el brazo, me tocó el mentón y dijo:

—Tú y yo…Es nuestro trabajo traerlo de vuelta, ¿vale? No sé si podemos, pero…Bueno…Quiero a ese tío. Y no voy a dejarlo caer en la miseria si puedo evitarlo.

—Yo tampoco —susurré.

CAPÍTULO ONCE

Simplemente no hables (Dylan)

Cuando me escoltaron a la sala del juzgado aún tenía las manos esposadas, ahora por delante de mí, y un agente de policía me agarraba del brazo izquierdo.

No estaba en mi mejor forma. Mi escayola se había agrietado y la mayor parte simplemente se había desprendido. Tenía los dedos doblados y era incapaz de hacer nada al respecto. Me dolían muchísimo. Toda mi mano tenía una palidez grisácea y enfermiza que asociaba con las películas de zombis. Mi camisa apestaba a vómito, aunque me había lavado lo mejor que pude en la pila antes de que me sacaran para la vista.

El vómito sucedió cuando tuve un ataque.

Desde un punto de vista clínico, los ataques no eran graves. Los médicos habían dicho que podría tenerlos durante un año, o cinco, o quizá nunca más. No había forma de saberlo. Soy cuidadoso y tomo mis medicinas anticonvulsivantes cada día. Pero obviamente, no me las tomé aquel sábado o domingo por la noche, y en algún momento, hacia las 4 de la mañana del lunes, lo sentí venir. Todo mi cuerpo se puso tenso, un dolor de cabeza cegador me embargó, y lo siguiente que supe era que estaba temblando, con pequeñas sacudidas rápidas tan incómodas que no me podía mover. No creo que nadie se diera cuenta, si no fuera porque tragué algo de vómito y comencé a ahogarme.

No sabía qué esperar cuando entrara en la sala del juzgado, pero desde luego no era esto. Nunca había estado en un juzgado y supongo que esperaba que fuera un viejo edificio desmoronándose, algo parecido a las reposiciones de *Juzgado de guardia* que mi madre solía ver. En su lugar, entré en una habitación, limpia, alfombrada y bien iluminada con lustrosas paredes de madera. El policía me empujó a un gallinero con los demás criminales y me dijo que me sentara y esperara.

Fue entonces cuando los vi. No sólo a Alex, también a Sherman, Joel, Kelly. Estaban sentados juntos, en grupo y rodeando a Alex, como para apoyarla. Y ella me miraba fijamente.

Tuve que cerrar los ojos. No podía hacerlo. No podía herirla. No podía volver a romperle el corazón. Pero no sabía qué otra elección tenía. Podía herirla a corto plazo, como si arrancara una tirita, o podía herirla permanentemente, a largo plazo, involucrándola en mi vida jodida.

Las audiencias duraron una eternidad. Una detrás de la otra, con el juez básicamente repartiendo decisiones a ráfagas. Así que me sorprendió cuando introdujeron mi caso.

El agente se inclinó hacia mí y dijo:

—Ven por aquí.

Me condujo a la mesa que había al frente. Un hombre trajeado vino por el pasillo central y se sentó en la mesa, a mi lado.

Le miré fijamente.

—¿Quién demonios es usted?

Se inclinó hacia mí.

—Soy Ben Cross. Te voy a representar. Esta mañana simplemente no hables; conozco los detalles del caso. Te sacaremos de aquí lo más rápido posible.

—¿Quién le ha contratado?

Señaló con un pulgar hacia la parte trasera de la sala.

—Ellos. Tus amigos. Joel es mi cuñado.

Oh, no. Estaban involucrados en esto incluso más de lo que me había imaginado.

—Yo no lo he pedido.

—Alégrate de no tener un abogado de oficio.

—No quiero que usted esté aquí.

Sacudió la cabeza.

—¿*Quieres* ir a prisión? Mira, podemos concretar los detalles después de la lectura de cargos. Por ahora, ¿podemos hacerlo a mi manera?

—Como quiera.

Me giré y desvié la mirada. No quería ser desagradecido. ¿Pero qué demonios? ¿Van y contratan un abogado para mí? ¿Quién demonios podía permitírselo? ¿Y por qué? Dios Santo.

Así que Ben Cross iba a trabajar para mí. Antes de que me diera cuenta, se había concretado una fianza y yo volvía a estar en la celda, esperando. Una hora después, los policías volvieron a por mí y me llevaron al vestíbulo de la cárcel.

Temía por lo que pasaría después.

Déjale oler tus calcetines (Alex)

Sabía que Dylan tendría mal aspecto cuando entrara en la sala de audiencias. Había pasado el fin de semana en una celda. Pero me impactó mucho cuando vi el mal aspecto que tenía. Obviamente estaba exhausto. Tenía ojeras y después de tres días sin afeitar, una barba incipiente y oscura le cubría el mentón. La camiseta negra por la que yo había babeado se veía desgarrada y una mancha caía por delante.

Su mano. La escayola se había desprendido y él sostenía su mano derecha con la izquierda, como si la estuviera protegiendo. Estaba demacrada, pálida, y tenía los dedos doblados e inmóviles. Su cara tenía una palidez similar. Era obvio que sentía mucho dolor.

Pero lo peor fueron sus ojos. Parecían...Marchitos. Desanimados. Muertos. Agarré a Kelly por la mano cuando él me vio, me miró a los ojos y desvió la mirada, casi como si no me hubiera reconocido. Tuve que reprimir las lágrimas. Otra vez.

No. No iba a sentarme ahí y llorar. Iba a ser fuerte, porque ahora mismo él me necesitaba.

Incluso aunque él no lo supiera.

La audiencia acabó rápidamente. El cuñado de Joel obviamente tenía experiencia y sabía qué estaba haciendo, y repasó rápidamente lo que sucedió la noche de la fiesta. Argumentó de forma persuasiva que Dylan era exactamente lo que era...Un soldado herido que había estado protegiendo a alguien a quien amaba de un abuso sexual. Que deberían darle una medalla, no un juicio. El juez le dijo que continuara y el abogado hizo una moción para que se desestimara el caso.

En ese momento, el fiscal se levantó y dijo:
—Señoría, el acusado envió al hospital a un estudiante de veintiún años de Columbia con fracturas craneales múltiples y posibles lesiones cerebrales permanentes. Es peligroso y solicite que se le deniegue la fianza.

Contuve la respiración.

El juez fijó la fianza en veinte mil dólares. Cuando dijo las palabras, Sherman sonrió y se volvió hacia mí.

—Tenemos suficiente —susurró.

—Tiene un aspecto horrible —dije, mirando cómo se lo llevaban los alguaciles.

Ben, el cuñado de Joel y ahora abogado de Dylan, se acercó a nosotros. Ya tenía el dinero en su maletín.

—Vale, voy a pagarle la fianza. Vosotros podéis esperar en el vestíbulo; quizá tarden una o dos horas en soltarlo.

—Gracias —dije, y lo abracé por impulso.

—Tengo que decirte —dijo, mirándome sobre todo a mí—. Dylan no es...demasiado cooperativo. Prácticamente me mandó al infierno.

Suspiré.

—Tenía un mal presentimiento —dijo Sherman—. Lo hablaremos con él. Ahora mismo está bastante fastidiado.

¿Podríamos hablarlo con él? ¿Qué diría cuando lo sacaran de la celda? ¿Qué me diría a mí? ¿De nosotros?

Estaba aterrorizada. Salí del juzgado sintiéndome entumecida, y me encontré caminando de un lado a otro en el vestíbulo de los juzgados. Pensé en todas las cosas que podríamos haber hecho de otra manera, para llegar a un lugar diferente. Si no hubiéramos ido a la fiesta. Si no nos hubiéramos vuelto a encontrar en septiembre. Si no le hubiera llamado, borracha, desde mi habitación el febrero pasado. Si él no hubiera perdido los papeles y no le hubieran mandado a hacer aquella patrulla. Si no nos hubiéramos conocido y enamorado, en primer lugar.

Era demasiado. Había demasiados caminos que podríamos haber tomado pero ninguna manera de saber que nos traerían al aquí y ahora. Lo que sí sabía era que amaba a Dylan Paris. Y que iba a luchar por él.

Suspiré. Caminar de un lado a otro no ayudaba en nada. Y probablemente estaba volviendo locos a los demás. Caminé hacia el banco en el que estaban sentados, entre Sherman y Kelly.

—Entonces, Sherman...¿Cuáles eran tus planes? Sé que viniste a visitar a Dylan y las cosas no han acabado siendo exactamente lo que esperabas.

Él bostezó y miró hacia el techo.

—Aún no estoy seguro —contestó—. Pasé dos semanas con mis padres cuando llegué a casa, pero nos volvíamos locos entre nosotros. Así que me dejé caer por aquí, pensando en salir por ahí con Dylan y echar un vistazo a Columbia. Pero...Acabaré la universidad. En algún lugar.

Me lanzó una mirada especulativa, entonces dijo:

—Estaba pensando en Texas, quizá.

—Ah, ¿de verdad? —pregunté.

—Sí. Rice parece una buena universidad. Y conocí a una estudiante de doctorado que se esforzó mucho en venderme el lugar.

Sonreí.

—Realmente habéis hecho buenas migas, vosotros dos.

—No me lo esperaba —dijo.

Solté una risa corta.

—Estoy segura de que ella tampoco.

Él rió por lo bajo.

—Carrie dice que los tíos de su programa de postgrado están aterrorizados de ella.

—No me sorprende —respondí—. Yo siempre lo estuve.

Me miró desconcertado, con las cejas un poco apretujadas.

—¿Por qué?

Me encogí de hombros.

—No lo sé. Siempre ha sido tan…Organizada. Estudios, vida, ropa. Carrie siempre ha sido imponente. Yo siempre he sido más sencilla.

—Bueno, no puedes vivir pensando que todos son mejores que tú. Mira a Dylan…

Se interrumpió.

—¿Qué quieres decir con eso?

Frunció el ceño, entonces dijo:

—Mira, no debería contarte nada de esto. Me mataría. Pero tienes que entender que él nunca ha creído ser lo bastante bueno para ti.

¿Qué? No.

—Eso no es cierto.

—Sí —asintió—, es cierto. Dios, no tienes ni idea de lo mucho que hablaba de ti en Afganistán. *Constantemente.* No te ofendas, pero a veces era condenadamente cansino. Pero siempre ha dicho, desde el momento en que os conocisteis, que estabas fuera de su alcance. Y enumeraba las razones. Tú eres rica, él es extremadamente pobre. Tú vienes de algún tipo de familia con un éxito de locos. Tu padre es embajador o algo así, ¿verdad?

Asentí.

—Es el tipo de cosas que contaba. Su padre era un borracho, y siempre temía acabar como él. Así que encajó todas las piezas y concluyó que no es lo bastante bueno para ti. *Siempre* lo ha pensado. Y en Afganistán sólo empeoró.

Sacudí la cabeza.

—No es verdad. Es decir…Sí, nuestras familias son diferentes. Pero eso no significa nada. No importa quiénes son tus padres, o cuánto dinero tienes. Lo que importa es lo que haces con quién eres.

—Bueno, intenta convencerle de eso. Yo nunca pude.

—Lo haré, si me deja.

—Déjale oler tus calcetines —dijo Kelly secamente—. Entonces lo entenderá.

Joel reprimió una risa y la acabó sustituyendo por una tos poco convincente.

—Gracias por venir hoy, chicos —dije, en voy muy baja.

—No empieces con eso —dijo Kelly—. Esto es lo que hacen los amigos.

Le sonreí. Podía pasarse el día hablando sobre lo que hacen los amigos, pero donde yo crecí, aquello no era cierto. Yo no tenía amigos que irían a juicio por mí. O a la cárcel. O cualquier otro sitio. Hasta ese momento no había comenzado a comprender lo especiales que eran los lazos que habíamos formado.

Sin decir nada, alargué los brazos y agarré las manos de mis amigos. Realmente no tenía palabras para expresar lo que sentía.

La guerra es así (Dylan)

Salir de la cárcel fue más o menos el proceso invertido de entrar. No me registraron al salir, pero por lo demás, fue aterradoramente similar. Firmé el papeleo, recogí mi teléfono, cartera y llaves, y entonces fui libre para salir.

Salí caminando lentamente, porque temía lo que pasaría. Probablemente ellos estuvieran ahí fuera. Sherman, y Alex y sus amigos. Y habían visto lo salvaje que fui.

Había hecho lo correcto. La protegí. Pero...No podía parar. Dejé que la rabia y la ira me dominaran hasta el punto en que, si Sherman no me hubiera detenido, habría matado a Randy.

Le hubiera matado. Sin dudar.

No es que no hubiera matado antes. Lo había hecho. Tres veces, de las que estuviera seguro. Otras eran más confusas, cuando disparé apuntando a edificios o insurgentes encubiertos, pero de esas tres estaba seguro.

Matar era fácil. Vivir con ello era lo difícil.

Cuando la policía me liberó por fin, me condujeron a los ascensores y ya habíamos terminado. Dos minutos después, yo estaba en el vestíbulo.

Alex estaba sentada enfrente de mí, rodeada de nuestros amigos.

Di uno o dos pasos adelante, y todo el peso de lo que planeaba hacer me cayó encima. Mi corazón empezó a latir como loco, y se me revolvía el estómago, y quería volverme y huir. Lo estaba reconsiderando…Muy en serio. Quizá debería parar ya. E intentar pensar una manera para que funcionara. Tenía que haber una manera para que funcionara.

Entonces ella me miró y me robó el aliento, y pude ver que a ella le pasó lo mismo. Abrió bien los ojos, se puso en pie y avanzó a zancadas hacia mí. Mientras lo hacía, su cara empezó a retorcerse y comenzó a llorar, y como yo no podía dejarla llorar sin más, la rodeé con mis brazos.

Respiré hondo y lentamente por la nariz mientras la sostenía, inhalando el aroma de su cabello, de su cuerpo. Estaba envuelta en mí, con sus brazos sobre mis hombros.

Entonces me besó y el tacto de sus labios sobre los míos me hizo querer gritar de pena y terror. ¿Realmente deseaba herirla? ¿Realmente deseaba renunciar a ella? ¿Renunciar a esto?

Nuestros amigos se acercaron.

—¿Estás bien, tío? —preguntó Sherman.

Retiré mis brazos cuidadosamente de Alex, con el dolor de mi mano derecha volviéndose insoportable, pero ella seguía abrazándome y se puso a mi lado.

—Sí, supongo —dije—. Gracias por, esto…Todo. No sé quién pagó mi fianza, pero os lo devolveré. Tengo el dinero en el banco.

Sherman se encogió de hombros.

—Podemos hablar de eso después. Lo importante es sacarte de aquí.

Fui con ellos, porque no tenía el valor para hacer otra cosa. En el viaje de vuelta al campus de Columbia fuimos en silencio, Alex apoyaba su cabeza sobre mi hombro. Fue un momento incómodo y embarazoso como nunca he experimentado en mi vida. Y sólo iba a empeorar.

Sabiendo que era cuestión de minutos que la perdiera para siempre, intenté memorizar la voz de Alex, su cabello, su aroma, todo sobre ella. Algún día ella tendría una vida jodidamente maravillosa e increíble. Y aunque yo no fuera parte de ella, recordaría. Recordaría cada momento que pasamos juntos, y nunca, jamás los olvidaría.

Sherman me miró con curiosidad. Casi como si supiera en qué estaba pensando. Por lo qué, quizá él lo sabía. Es un tipo agudo, y fue con él con quien intercambié correos hablando sobre mí, y sobre Roberts y Alex, y puede que mencionara el suicidio una o dos veces.

Dejamos a Kelly y Joel, entonces fuimos a mi apartamento.

Después de salir del taxi, dije:

—Necesito una ducha urgente.

Dios, qué cobarde era. No podía escupirlo.

¿Pero por qué? ¿Por qué tenía miedo? Iba a perderla de todas formas.

Así que Sherman y Alex se sentaron en el sofá y yo me tomé una ducha con cuidado, intentando no herirme la mano aún más. Después, me escabullí a mi habitación y me puse ropa limpia. Justo cuando me estaba poniendo la camisa, picaron a la puerta.

Abrí. Era Sherman. Antes de que yo pudiera decir nada, dijo:

—Antes de que hagas lo que creo que estás a punto de hacer, tienes que escucharme.

Cerré los ojos.

—Sherman, no es asunto tuyo.

—Sí —dijo, sonando exhausto—. Sí lo es. Porque eres mi amigo. Y porque ella es mi amiga. Simplemente escúchame, joder, ¿de acuerdo?

—Dios Santo —dije.

Caminó de un lado a otro por unos momentos, se volvió hacia mí , como si fuera a decirme algo, entonces se dio la vuelta.

—Oh, por amor de Dios, escúpelo.

Se volvió y me señaló con el dedo.

—La avisé.

—¿Qué?

—La avisé ayer. La avisé de que tu puta mentalidad de víctima pretenciosa iba a tergiversar las cosas y te haría romper con ella.

—¿Qué demonios?

Sacudió la cabeza.

—Dime que no te has estado jodiendo para hacerlo durante todo el viaje a casa. Dime que me equivoco, Paris.

Esta vez, yo fui el que desvió la mirada.

Señaló, fuera de la puerta, hacia el pasillo.

—Te está esperando ahí fuera. Con las manos en el regazo. La espalda erguida. Intentando contenerse. Intentando ser valiente, aunque sabe que estás a punto de reventarle el puto corazón en mil pedazos. Por *segunda vez*. Ambos te conocemos tan bien como te conoces tú mismo, gilipollas. Y deja que te diga que no la estás salvando de nada al hacer esto. Sólo vas a romperle el corazón, y el tuyo, y joder todo lo bueno que hay en tu vida.

Fruncí el ceño y dije:

—No sabes de qué demonios hablas, Sherman.

—Y una mierda no lo sé. Estuve *allí*, Paris. Estuve allí cuando Kowalski se lanzó sobre la granada. Y estuve allí cuando Roberts murió. Y te lo digo, tienes que parar de matarte a ti mismo por toda esa mierda. Tú no mataste a ninguno de los dos. No fue culpa tuya, no fue culpa mía. No fue culpa de nadie excepto de los putos terroristas que los mataron.

—¿Qué tiene que ver eso con nada?

—Sólo dime qué le ibas a decir a Alex.

—¿Por qué? ¿Por que te importa, en nombre de Dios?

—Porque somos hermanos, tío. Hemos pasado por mierda que nadie más sabe. Hemos visto mucha mierda que ellos no *quieren* saber. Y no quiero ver cómo jodes tu vida. ¡Y me preocupo por Alex y su hermana, y tampoco quiero ver que la jodes a ella!

Le contesté gritando:

—¡No lo entiendes, no soy bueno para ella! ¡No soy diferente a lo que era mi padre! ¿Y si la golpeara a ella? ¿En lugar de una puta pared? ¿Entonces qué? ¡Algún día sucederá! ¡Algún día voy a perder el control de mí mismo y acabaré hiriéndola! ¡Y preferiría morir! Me mataré antes de hacerle eso a ella, Sherman. Lo digo en serio.

Sacudió la cabeza.

—Eso es una puta excusa, Paris. Tú eres tú, no eres tu padre.

La puerta se abrió. Y ella estaba ahí de pie. Llorando. Y no pude aguantarlo más, joder. Porque estaba llorando por mi culpa. Lloraba *por* mí.

—Oh, Dios, Alex, lo siento tanto. No puedo hacerlo.

Me miró, con las lágrimas corriendo por su cara, y dijo:

—No tienes que hacerlo.

Les di la espalda, puse mi brazo ileso contra la pared, y lentamente, lentamente, apoyé mi cabeza contra ella.

—Alex —dije—. Eres...Eres mucho mejor que yo. Yo siempre la he cagado. ¿No lo entiendes? No quiero arrastrarte conmigo.

Se acercó a mí y me tocó el brazo, entonces lo envolvió lentamente con sus brazos.

—Dylan —susurró—. Tú sacas lo mejor de mí. Siempre lo has hecho.

—Pero la fastidié, Alex —susurré. Si no hubiera perdido el control como lo hice, como *mi padre* hizo siempre, nunca nos habrían mandado a aquella patrulla. Y Roberts no habría muerto.

—Joder —dijo Sherman, lanzándose sobre la cama —. Quizá tengas la puta razón. Si no nos hubieran mandado fuera aquel día, habría sido una patrulla diferente. ¿Y sabes qué? Entonces ellos se habrían encontrado con esa mierda en nuestro lugar. Si hubiera sido el segundo pelotón, si ellos hubieran salido como estaba programado y les hubieran jodido a ellos como nos pasó a nosotros, ¿estarías aquí sintiéndote culpable por ello? Dios Santo, Dylan. ¿Y qué pasa con lo que siguió, después de que te fueras? Weber la palmó tres semanas después. Estaba echando una meada y un francotirador le dio. Murió con la puta polla colgando. ¿Eso es culpa tuya también? La guerra es así.

Le miré, sintiéndome tan perdido como siempre lo había estado. Eso no lo sabía. *Dios Santo.* ¿Weber murió echando una meada?

Miré a Alex larga y detenidamente. Sus lágrimas y su dolor. Y entonces pensé en lo peor que sería si la arrastraba a mi mundo. Un mundo donde algunos morían echando una meada, un mundo donde maridos borrachos apaleaban a sus mujeres hasta casi matarlas, un mundo donde su novio iba a ser juzgado por agresión, o quizá intento de homicidio.

No le podía hacer eso.

Sacudí la cabeza, en súbita negación, y dije, con la voz parecida a un susurro roto:

—Lo siento, Alex. No puedo hacerte esto. Es demasiado arriesgado. Se acabó. Lo siento mucho.

Su expresión no cambió, excepto porque se puso ligeramente rígida. Quizá estaba un poco más erguida. Pero podía ver en su mirada que le había dado un buen golpe, uno por el que probablemente nunca me perdonaría. Parpadeó para despejarse los ojos, entonces dijo:

—Yo también lo siento, Dylan. No tienes ni idea de cuánto. Pero déjame decirte una cosa.

Se acercó a mí incluso más de lo que ya estaba, hasta que nos encontramos cara a cara, no más de cinco centímetros de separación.

Con una voz fuerte y clara dijo:

—No tienes derecho a decidir lo que es arriesgado para mí. Tú no decides lo que es bueno para mí y lo que no. Eso es decisión mía, Dylan. Si te importo tanto, ¿cómo te atreves a hacer esto tú solo? Elijo no destruir mi presente por el riesgo de un futuro que puede suceder o no. Deberías pensarlo.

Entonces se dio la vuelta y salió.

Sherman se quedó allí de pie, mirándome, entonces murmuró una maldición. Sacudió la cabeza y entonces dijo:

—Nunca pensé que te diría esto, Dylan. Pero eres un puto idiota. No me voy a quedar para ver este desastre.

Le clavé la mirada y dije, con la voz fría:

—No te lo he pedido.

Suspiró y sus hombros cayeron. Parecía derrotado, con la cara y la mirada hacia el suelo. Durante un segundo, pareció que iba a decir algo más, pero se detuvo. Entonces se dio la vuelta y se fue.

Y así, yo volvía a estar solo.

CAPÍTULO DOCE

Siento haber hecho que mataran a su hijo (Alex)

Sherman me alcanzó a dos manzanas del apartamento de Dylan. Lo escuché llamarme, pero seguí caminando. Estaba demasiado alterada demasiado enfadada para detenerme.

Finalmente llegó a mi lado e igualó mi ritmo. Al principio no dijo nada.

Era una tarde fría, un poco oscura, y había algunas hojas dispersas por todas partes. Encajaba perfectamente con mi humor sombrío.

Por fin me detuve completamente. Sherman dio dos pasos más antes de poder parar su impulso, entonces se giró y dijo:

—Te lo estás tomando bien.

—Podría matarle —dije.

—Enfadarse es bueno —contestó.

—No puedo llorar más, ¿vale? Él ha tomado su estúpida decisión.

—¿Quieres hablar?

—La verdad es que no.

—Hazlo por mí.

Respiré hondo y cerré los ojos. No podía centrarme en mis emociones. Tenía un agujero vacío ahí. Eso me asustó, más que cualquier otra cosa que hubiera experimentado. ¿Cómo tuvo Dylan la fuerza para...quitarme así un trozo de mí? Yo sabía que era cuestión de tiempo que llegara el dolor. Y no sabía qué haría cuando eso pasara. Quizá me desmoronase completamente.

—De acuerdo —asentí firmemente.

Así que nos giramos y caminamos hacia la cafetería.

—Sentémonos fuera —dije.

Él asintió, entramos y pedimos nuestro café, entonces nos sentamos en los asientos más cercanos a la calle. Él golpeó ostentosamente un paquete de cigarros contra su mano varias veces, arrancó el celofán y encendió un cigarrillo.

—¿Me puedes dar uno? —dije.

Parpadeó y me pasó un cigarro.

—No sabía que fumaras.

—No fumo. Dame fuego.

Sacudió la cabeza.

—Parece que todas las personas que conozco toman decisiones estúpidas hoy.

—Vete a la mierda —respondí, entonces tomé su encendedor e intenté encender el cigarro. Le di una calada larga, sintiendo que me quemaba la garganta, y tosí.

—¿Bloomberg no había prohibido fumar en espacios abiertos también?

—Que le jodan a él también —dije—. Dios, qué desagradable.

—Sí, bueno...

Di otra calada. Dios, me estaba quedando aturdida.

—Mira, Alex...¿serviría de algo si dijera que esto probablemente sea temporal?

Le miré y dije:

—No, la verdad.

Frunció el ceño y se desplomó en su asiento.

—No ayudará porque no es temporal. Puede que cambie de idea mañana, o pasado mañana, o la próxima semana, pero seguirá teniendo el mismo problema. Creer que no es lo bastante bueno. Odiándose a sí mismo.

Suspiró y yo le di otra calada al cigarrillo. Ahora estaba realmente excitada.

—¿Siempre te excitas cuando fumas?

—No...—sacudió la cabeza—. Eso sólo les pasa a los que fuman por primera vez, o los que fuman ocasionalmente.

Creo que gruñí. Era decepcionante. ¿Qué sentido tenía fumar, entonces?

—¿Qué vas a hacer? —preguntó.

—No sé —sacudí la cabeza.

Asintió y dio un sorbo a su café. Se desplomó en su silla, mirando fijamente el tráfico.

—Espero que no suene egoísta, pero espero que no te rindas con él. Dylan es un buen tipo. Es sólo que...Ahora mismo está un poco jodido.

Asentí, entonces apagué mi cigarrillo.

—No sé porque fumas estas cosas —dije, apoyando la cabeza en mis manos—. Me siento atontada.

Estuvimos en silencio un momento, con el tráfico circulando al lado. Estaba tranquila. Inmutable. De una forma poco natural. Estaba relativamente segura de que una vez me sentara y me permitiera sentir algo, sería el fin. No estaba preparada para desmoronarme. Aún no.

Miré al cielo.

—No, no me voy a rendir. Pero no voy...No voy a dejarme engañar, tampoco. Le quiero. Le quiero de verdad, Sherman. Ni siquiera sé qué pensar ya. ¿Cómo puede ser tan condenadamente terco? ¿Y si vuelve con las mismas mañana? ¿Le acepto y simplemente dejo que me hiera la próxima vez que esté descontento consigo mismo?

—Dios, necesito beber —dijo Sherman.

—Yo también —asentí—. Pero me he perdido todas las clases de hoy. Mañana tendré que mantener la compostura.

Asintió, entonces dijo:

—Si te ayuda en...Ah, mierda. Dylan no estará contento. Pero que le den. Te enviaré algunos correos electrónicos. De marzo pasado, cuando le ingresaron en el Walter Reed. Creo que tienes que leerlos. Por lo menos te darán una idea de las locuras que le pasan por la cabeza.

Sacó su teléfono y vi cómo buscaba en él.

—Vale —dijo—. ¿Cuál es tu dirección de correo?

—Esto...AlexLovesStrawberries, todo junto, arroba yahoo.com.

Sonrió.

—Es hilarante. Vale. Sólo...Elimínalos o algo, ¿vale? Ni siquiera debería enviártelos. Pero...Mira. Él es mi amigo. Y me mata verle hacerse esto él mismo.

Mi teléfono sonó un segundo después. Lo miré y ahí estaban los correos de Sherman.

—Gracias —dije.

—¿Estás bien? —preguntó.

Me encogí de hombros.

—¿Qué es estar bien, cuando tu corazón se está haciendo pedazos? No me voy a suicidar, si es lo que preguntas. Pero no. No estoy bien. —Por primera vez desde que hablé con Dylan, se me quebró la voz—. No estoy nada bien.

No tenía nada más que decir. Le pregunté cuánto tiempo se quedaba en la ciudad.

—Un par de semanas. Al menos ése era el plan. No sé si Dylan querrá que esté por aquí, pero todos mis trastos están en su casa. Veremos qué pasa, ¿vale? Te mantendré informada. Al menos tengo que intentar mantenerle fuera de la cárcel.

Tragué saliva, entonces dije, en voz muy baja:

—Gracias.

Nos pusimos en pie y me dio un abrazo incómodo, entonces empecé a caminar arduamente de vuelta al dormitorio. Podía imaginarme a Dylan: delgado, exhausto, pálido, apoyando su cabeza contra la pared. Diciéndome que tenía que protegerme de *él mismo*, que tenía que ponerle fin porque no era lo bastante bueno. La angustia y el dolor en sus ojos mientras me apartaba de él.

Si yo dudaba sobre si le amaba o no, ya no lo hacía. Pero quizá el amor no fuera suficiente.

No me di cuenta cuando empecé a llorar. No hasta que el encargado de la floristería que hay en la esquina de la calle 109 Oeste con Broadway me vio. Me miró fijamente, entonces sacó una sola rosa y dijo:

—Hola, chica. Esto es para ti. Sea lo que sea que te hace estar triste…Espero que esto lo arregle un poco.

Me paré, pasmada, y acepté la rosa.

—Gracias —dije, y comencé a llorar más—. Lo agradezco de verdad —dije, limpiándome la cara y sintiéndome una completa idiota.

Él hizo una reverencia, literalmente, y retrocedió hacia la tienda. Seguí caminando y llegué a mi habitación cinco minutos después. Pero no estaba preparada para entrar y enfrentarme a Kelly, así que continué, giré por la calle 103 y caminé hacia el Parque Riverside.

Había pasado bastante tiempo, pero yo solía sentarme en los bancos de aquí, a veces sola, a veces con Kelly, y miraba el río.

De hecho, Kelly y yo solíamos venir de picnic los fines de semana del último año, a veces con Joel. Este año no habíamos venido, y no sólo me pregunté por qué, si no que también me pregunté por qué, cuando Dylan me había preguntado por mis cosas favoritas en Nueva York, no consideré las veces que veníamos aquí.

Por supuesto, la respuesta era sencilla. Me pasé casi todo el último pasado languideciendo por él. Preocupándome por él, sabiendo que corría peligro cada día en Afganistán. Entonces, no sabía absolutamente nada, excepto que su nombre no aparecía en la lista de soldados muertos en combate, que yo comprobaba cada día, excepto que había desaparecido igualmente.

Toda mi vida se desarrollaba en torno a la suya.

Así que me senté al lado del río, y pensé, y recordé.

Recordé la primera vez que nos besamos, a medio mundo de distancia.

Recordé sentarme con él la noche antes de irnos de Israel. Él llevaba su gabardina negra, ambos estábamos en un amplio balcón, mirándonos mutuamente.

Yo le había preguntado qué quería. ¿Queríamos comprometernos el uno con el otro? ¿Se acabaría cuando regresáramos a nuestras respectivas casas? ¿Seguiríamos juntos, incluso a pesar de la distancia? ¿Él qué quería?

No pudo responder.

Recuerdo golpearle en el pecho y gritar:

—¿Por qué no me dices lo que sientes?

No pudo.

—No sé cómo responder a eso —dijo—. Creo que tendremos que ver qué pasa.

Así que no planeamos absolutamente nada. Todo era confuso, sin compromisos, pero seguíamos amándonos el uno al otro. Ambos rompimos con quienes estábamos saliendo en casa durante los días siguientes a nuestro regreso, pero incluso así, seguía sin estar claro.

Y pensar que menos de nueve meses después de eso, él le dijo a su sargento instructor que tenía la intención de casarse conmigo. *¿Por qué demonios no pudo decirme eso a* mí?

—Oye, nena, ¿por qué lloras? —preguntó un tipo montado en moto, parándose delante de mí—. ¿Necesitas un poco de consuelo?

—Oh, vete a la mierda —contesté.

—Zorra —dijo, y se marchó.

Respiré hondo. Estaba hecha un desastre. Rebusqué en mi bolso, encontré un pañuelo no demasiado limpio y me lo pasé por la cara. Entonces saqué mi teléfono y comencé a leer.

Al principio los mensajes no tenían sentido. Entonces me di cuenta de que los más nuevos estaban en lo alto, por supuesto. Así que deslicé la pantalla hasta abajo del todo y comencé a leer hacia arriba. E intenté evitar desmoronarme.

```
24 DE MARZO, 2012
PARA: <RAY.M.SHERMAN@HOTMAIL.COM>
DE: <DYLANPARIS81@GMAIL.COM>
TEMA: ¿QUÉ PASA?

Hierba,

Estoy en Walter Reed. Dicen que quizá conserve
la pierna, pero no me sirve de una mierda. ¿Qué
pasa contigo? ¿Cómo están todos?
    Os echo de menos más de lo que te crees.
    Dylan Paris
```

25 DE MARZO, 2012
PARA: <DYLANPARIS81@GMAIL.COM>
DE: <RAY.M.SHERMAN@HOTMAIL.COM>
TEMA: RE: ¿QUÉ PASA?

¡Hostias, está vivo! ¿Te han cambiado el portátil? ¿Cómo es Walter Reed? Seguro que el hospital es un asco, ¿pero por lo menos la comida es mejor que aquí? Nos va bien, generalmente. Unos *hajis* se cargaron a Weber hace un par de semanas, y alcanzaron al sargento Colton. Colton ya ha vuelto al deber y la está armando buena porque nos pillaron con un quinto de ginebra en la tienda. Apuesto a que se lo llevó para bebérselo él.

Yo también te echo de menos, colega. Para empezar, no hay nadie con quien valga la pena hablar aquí. Bogey sigue dando la tabarra sobre sus malditas conquistas femeninas, todo el día y toda la noche. La única conquista que ha conseguido realmente es la de su mano. Lo que le pillamos haciendo, de patrulla. Es decir, venga, dentro del saco de dormir en la BOA, vale, ¿pero en el terreno? Dame un puto respiro.

¿Has hablado con Alex?

Escríbeme pronto, hijoputa. Si no nos prolongan el servicio, estaré fuera de aquí en seis meses más. O algo así. Cuando sea. Odio este puto lugar.

Ray

No pude evitar reírme con el tono de los correos, incluso aunque sentí una punzada en el corazón con la frase, «¿Has hablado con Alex?». Sonaban exactamente del mismo modo en que Dylan y Sherman se hablaron el otro día. Continué leyendo, desplazando la pantalla hacia arriba tras cada correo.

25 DE MARZO, 2012
PARA: <RAY.M.SHERMAN@HOTMAIL.COM>
DE: <DYLANPARIS81@GMAIL.COM>

Hierba,

Siento oír lo de Weber. Vaya, ojalá hubiera tenido la oportunidad de despedirme. O algo. He estado
pensando en ir a ver a los padres de Roberts cuando
salga del hospital. Pero no sé, quizá debería mantenerme alejado. ¿Cómo le dices a la madre de alguien: «siento haber hecho que mataran a su hijo»?

En cuanto a Alex, se acabó. Estoy bastante convencido de que lo preparó todo, de todas formas.
Pero en serio, nunca tuvo sentido que me enamora-
ra de ella. Está muy lejos de mi alcance. Lo odio,
pero así es la vida.

Dile al sargento Colton que tenía dos litros de
vodka en mis bolsas y que quiero esa mierda de
vuelta. Sé que se las llevó antes de que enviaran
mis cosas aquí.

Dylan

1 DE ABRIL, 2012
PARA: <DYLANPARIS81@GMAIL.COM>
DE: <RAY.M.SHERMAN@HOTMAIL.COM>

Deja de llamarme Hierba, señor Maestro Semental.

Acerca de eso: deberías sentarte y echar un buen
vistazo a las fotos que tienes de ti y Alex juntos.
Sí, probablemente superó lo que sentía por ti. Pero
si yo fuera tú, no dejaría de ir detrás de ella.
En serio.

Respecto a Roberts: no seas gilipollas. Tú no
hiciste que lo mataran, fueron los *hajis*. No fue
culpa tuya, colega. Si no hubiéramos salido noso-

tros a esa patrulla, otros lo habrían hecho. Y ellos estarían igual de muertos.

Así que, en serio, no te confundas. Pero ve a ver a un loquero. Mañana mismo. Te diste un golpe bastante fuerte en la cabeza y lo que me escribes me preocupa.

Tu amigo,

Ray

P.S.: Siento haber tardado tanto en contestar. He estado en una patrulla de cinco putos días. Dicen que el teniente Eggers nos presentó voluntarios para ella, el mierda.

Y lo del vodka es una gilipollez. ¿Desde cuándo bebes?

1 DE ABRIL, 2012
PARA: <RAY.M.SHERMAN@HOTMAIL.COM>
DE: <DYLANPARIS81@GMAIL.COM>

Ray,

Escucha, colega. Somos amigos. Pero por favor, no me escribas sobre Alex. Sólo le arruinaría la vida. Somos demasiado diferentes. A veces creo que voy a acabar como mi padre. Hasta que mi madre se desengañó y lo echó de casa, él solía pegarla siempre que se emborrachaba. Motivo por el que, amigo mío, no bebo.

Tengo que decirte que estar en el hospital me hace pensar que sí necesito un loquero. Excepto por mi madre, que viene a visitar casi cada día, estoy muy tranquilo aquí. Las enfermeras y los médicos vienen y van. Me hacen pruebas. Y veo la televisión y leo. Es básicamente eso. Mucho tiempo para pensar. Y pensar. Y pensar. Colega, voy a escribir algunas cosas sobre las que tengo que pensar y hablar, y te he elegido para que escuches. Porque no tengo a nadie más.

Alex me envió un puñado de correos. Justo después de que destrozara mi portátil, y después el día siguiente, y el día siguiente a ese. Cada día durante dos semanas, después una vez a la semana. Entonces paró.

No los he leído. Cada vez que abro mi correo, ahí están. 16 correos sin leer. Seguro que ahora me odia.

También estoy seguro de que es mejor así. Dices que debería reconsiderarlo. Pero ya lo sé. La amé más que a mi propia vida, Sherman. Pero es lista, y bella, y va a una gran universidad, y tiene toda la vida por delante de ella.

Recibí un correo de su padre. Es un auténtico encanto. Ex-embajador, le gusta tener sus tentáculos en todo. Cuando fui a visitarla a San Francisco, hace un par de años, en cierto momento me apartó para contarme el pedazo de mierda inútil que era yo. Que no era ni la mitad de bueno para su hija. ¿Puedes creerte que hizo que comprobaran mis antecedentes? Y los de mis padres. Seguro que desenterró un buen material sobre mi padre. En su correo me dijo que me mantuviera alejado de su hija. «Deja que crea que has muerto. Es lo mejor para los dos».

Pero la cuestión es que tiene razón. Puede tener una gran vida. Yo, por otra parte, soy un veterano discapacitado con ataques, y desmayos, y flashbacks. A veces me despierto por la noche gritando. Porque sigo teniendo el mismo sueño una y otra vez. Vamos por ese puto camino de tierra, y puedo ver la bomba, ahí en pleno aire libre. Y no puedo detenerlo. Vamos directamente hacia ella y vamos a pasar por encima, agarro el volante y es demasiado tarde. Bum. Roberts queda vaporizado, casi seis litros de su maldita sangre sobre mí y entonces, abro los ojos, estoy despierto y gritando hasta reventarme la cabeza. Vienen y me dan sedantes y quedo inconsciente otra vez. Hasta la siguiente noche.

Nunca valdré una mierda después de esto. Ella no se lo merece. No me necesita en su vida, arruinándola, estropeándole todo.

Ray, quiero a Alex, como no puedes imaginarte. Y porque la quiero, voy a dejarla en paz y dejar que siga adelante. Cualquier otra cosa sería hacerle daño. Y me mataría antes de dañar un solo cabello de su cabeza. Y no es un farol.

Así que no me hables más de Alex, ¿de acuerdo? El tema está cerrado.

Dylan

1 DE ABRIL, 2012
PARA: <DYLANPARIS81@GMAIL.COM>
DE: <RAY.M.SHERMAN@HOTMAIL.COM>
Colega,

Tu correo me hizo llorar como un puto bebé.

De acuerdo. No volveré a hablar de Alex. Pero mejor que me hagas la puta promesa de mejorar. ¿Me oyes? Me importa una mierda lo mal que te sientas. Ponte bien. Sé un hombre. Haz lo que haga falta para meterte en la cabeza que a) eres un buen tío, y b) te mereces algo más que la mierda que estás escribiendo, y c) NO eres el puto responsable de la muerte de Roberts.

Colega, consigue ayuda.

Que le den al ejército,

Ray

Oh, Dios. Echaba de menos a Dylan. Lo amaba. Pero no sabía cómo ayudarlo. No sabía si alguien podía. No, a menos que él quisiera ayudarse a sí mismo. Y sobre lo de mi padre, no tenía ni idea. Papá y yo tuvimos una discusión cuando fui a casa para las vacaciones.

Busqué algo en Google. «Cómo ayudar a un amigo con TEPT». No sirvió de mucho, para ser sincera. Era todo genérico e inútil. No te tomes su comportamiento de forma personal. Marca unos buenos límites. Sí, *claro*. No juzgues. Ámales.

Ámales.

Oh, Dios. No podía dejar de amarle. Pero tampoco podía ayudarle.

El sol se estaba poniendo, en el que posiblemente había sido uno de los días más largos y tristes de mi vida. Me puse en pie, guardé mi teléfono, recogí mi rosa y comencé a caminar de vuelta a mi habitación.

Cómo puedes estar tan relajada con esto (Dylan)

Cuando la alarma sonó la mañana siguiente, me levanté como siempre. En realidad, no sabía qué otra cosa hacer. Seguir adelante. Ir a clase. Ir a juicio. Lo que fuera.

Estaba oscuro, tranquilo y hacía un frío intenso. Un viento helado soplaba desde el río Hudson, convirtiendo el parque de enfrente de la biblioteca en un túnel de viento. Esperaba que no empezara a nevar pronto. Mientras tanto, me vestí con mis suéteres del ejército, con la capucha puesta, salí afuera y comencé a hacer estiramientos.

Se me daba bastante bien hacer flexiones sólo con mi mano izquierda, pero esperaba que mi mano derecha volviera estar en forma pronto. Tenía que ver a un médico, y pronto, para consultarle sobre eso. Me había perdido mi cita del lunes en el VA por culpa de la cárcel, pero iría el miércoles. Quizá me pondrían otra escayola.

Estaba haciendo flexiones cuando escuché pasos. Seguí haciendo lo que estaba haciendo, pero mis ojos miraron hacia arriba.

Era Alex. Llevaba puesto un suéter y unas zapatillas de correr, y comenzó a hacer estiramientos. Igual que cualquier mañana normal.

Dios Santo.

Seguí haciendo mis flexiones hasta llegar a cien, entonces me di la vuelta y comencé a estirar las piernas.

Ella no dijo nada.

Yo no dije nada.

No sé en qué pensaba ella. ¿Que yo simplemente cambiaría de idea? Ella no lo entendía. No era que no la quisiera. Dios, la quería más que nada en el mundo. Excepto porque quería dejarla tener una vida decente. Y eso no le iba a pasar conmigo.

Al final, me puse en pie, listo para correr.

—En realidad ya no necesito un vigilante —dije.

Me miró a los ojos y dijo:

—No estoy aquí por ti. Estoy aquí por mí.

Sacudí la cabeza y comencé a correr. Ella comenzó a mi lado, con sus largas zancadas habituales, manteniendo mi ritmo. Apreté los dientes. ¿Por qué tenía que hacerlo tan difícil? ¿Por qué no podía aceptar sin más que se había terminado? Ella podía tener una vida maravillosa.

Cuando llegué a la calle 101, iba rápido y aumentaba el ritmo. Ella seguía justo a mi lado cuando giré hacia la 101 y empecé a dirigirme a Central Park. El tráfico comenzaba entonces a aumentar, taxis y trabajadores que venía de Connecticut y Dios sabe de dónde más. ¿Pero quién demonios conduce por la ciudad de Nueva York? Locos.

Me detuve en un semáforo en rojo, delante del parque en ángulo diagonal, y seguí corriendo en el sitio hasta que el semáforo cambió.

Aunque empezaba a quedarme sin respiración, comencé a hablar, medio para mí mismo.

—Yo tenía seis años la primera vez que llegó a casa borracho y la golpeó. No sé por qué fue…Creo que lo habían despedido o algo parecido. Los dos eran unos putos borrachines, y probablemente eso provocó que lo despidieran. Pero sí recuerdo estar sentado allí, una semana después de que comenzara el primer curso. Estábamos haciendo *brownies* en la cocina de ese pequeño apartamento de mierda en Chamblee, a las afueras de Atlanta.

Respiré. Hice una pausa en mi monólogo, sin saber si ella estaba escuchando.

—Bueno. Tenían todas esas fotos de ambos. Felices y esas cosas. Fueron al instituto juntos, aunque no lo creas. Salieron, entonces se casaron. En cualquier caso, aquel día él volvió a casa y estaba enfadado. Podía sentirlo y me quedé muy callado. Pero quería enseñarle lo que habíamos estado haciendo. Así que agarré una gran cuchara y la metí en la mezcla de brownies y la llevé al salón gritando algo. No sé qué. «Papá, ¿ves lo que hemos hecho?» o algo por el estilo. Y la puta mezcla de brownies…Había demasiada en la cuchara y cayó a la alfombra.

Llevábamos recorrido medio Central Park en ese momento y aunque no corríamos a toda velocidad, íbamos realmente rápido. Eché una ojeada y vi su cara de un rojo intenso. Bueno, no le pedí que viniera.

—Bueno —continué, ahora más lento, tomando largas pausas para respirar entre frases—. Mi padre…Se pone en pie y comienza a gritar. Sobre cómo he jodido la alfombra y vamos a tener que pagarla. Y ella fue a defenderme. Lo recuerdo todo confuso, pero lo siguiente que recuerde es que él la golpeó, en la mandíbula. Ella cayó, fuerte. Y yo me agarré a mi madre y le grité a él, le dije que dejara a mi mamá en paz. —Hice una mueca al darme cuenta de que me corría una lágrima por la cara. La limpié rápidamente—. El caso es…Las personas que se quieren la una a la otra no siempre lo hacen. A veces también se hieren una a la otra.

Ella resopló y dijo:

—Sí, ya sé algo sobre eso.

Joder.

Aumenté el paso. Ahora corría a tope, tan rápido como podía, y ella aún me seguía el ritmo. Giré hacia la izquierda en el límite sur del parque en una carrera muerta con Alex a mi lado y una bandada de pájaros se elevó al cielo cuando corrimos al lado de ellos.

Esta era mi ruta para correr habitual, pero nunca la hice a este ritmo. Me estaba quedando reventado, chupando el aire en mis pulmones, y comenzaba a doler de verdad. Tras el siguiente giro, tropecé, me puse otra vez en pie y seguí corriendo, ahora en dirección norte por el lado este del parque, subiendo por la Quinta Avenida.

Cuando vi el embalse, supe que no conseguiría llegar más lejos. Reduje el ritmo hasta caminar, vaciando los pulmones con grandes bocanadas, mi pecho temblaba y mis piernas parecían de goma.

Alex redujo el ritmo, corriendo a mi lado.

—¿Es demasiado? —preguntó.

Sacudí la cabeza, enfadado de repente. Ella sabía lo que sentía por ella. Era como si me estuviera torturando. Quedándose a la vista, sabiendo que tomé la decisión que tomé para protegerla.

—¿Qué quieres de mí, Alex? —grité.

Ella dejó de correr, caminando a mi lado. Tenía un aspecto serio, así que lo que dijo me pilló por sorpresa.

—Quiero que me enseñes combate cuerpo a cuerpo. Autodefensa.

—¿*Qué?* —pregunté con voz de incredulidad.

—Lo digo en serio. He sufrido dos abusos sexuales en un año y medio de universidad. La próxima vez que alguien me toque, se arrepentirá.

Sacudí la cabeza, atónito.

—¿Lo dices en serio?

—Sí —asintió—. Y como parece que acabaré teniendo citas otra vez…Bueno, mi historial en eso no es demasiado bueno.

Hice un gesto de dolor al sentir un dolor punzante. Aparté la mirada. La idea de que ella saliera con otro, cualquiera, me hizo querer aullar.

—Bueno, por amor de Dios, Dylan, no estés tan molesto.

Me detuve completamente y me di la vuelta para encararme a ella.

—¿Cómo puedes estar tan relajada con esto?

Sacudió la cabeza, con una mezcla de rabia y decepción en su cara.

—No estoy relajada en absoluto, Dylan. Pero no me diste elección. No quisiste hablarlo conmigo. Tomaste todas las decisiones tú solo. Bueno, pues te aguantas. No me voy a pasar otro año llorando en mi habitación por ti. He tenido bastante de eso.

Tenía razón, y yo me merecía cualquier cosa que me soltara, de todas formas. Pero dolía. Dolía verla tan enfadada. Dolía saber que estaba preparada para seguir adelante así, incluso aunque seguía diciéndome a mí mismo que es lo que quería.

No sabía qué quería.

—De acuerdo —dije, una vez más mi boca actuaba antes de que mi cerebro pensara.

—¿Qué?

—He dicho que de acuerdo. Te enseñaré lo que sé.

Me lanzó una mirada especulativa, después asintió una vez.

—¿Cuándo? —pregunté.

Me miró y dijo:

—Los martes, jueves y sábados por la mañana estoy ocupada. Es cuando voy a correr. ¿Qué tal los lunes, miércoles y viernes?

¿Es cuando *ella* va a correr? *Oh, por el amor de Dios.* Me iba a volver loco.

—Estás chiflada —dije.

—Mira, si no quieres enseñarme, se lo pediré a otro. Seguro que puedo apuntarme en alguna clase o algo.

—No —sacudí la cabeza—. Lo haré. Miércoles por la mañana. A las seis en punto. No llegues tarde.

Asintió, aún con la cara completamente seria, y dijo:

—Allí estaré.

Entonces se dio la vuelta y se marchó corriendo. Observé como se iba, admirando su audacia, su coraje. Mientras miraba cómo se esfumaba por la acera, lo único que podía pensar era que haría cualquier cosa por ella. Lo que fuera. Y quería correr detrás de ella, y decirle que me equivocaba, y rogarle que me volviera a aceptar. Pero era demasiado tarde para eso. El amor significaba mucho. Significaba todo y no significaba nada.

CAPÍTULO TRECE

Tu cerebro es la auténtica arma (Alex)

Vale —dijo Dylan—. Volvamos a intentar eso.

Había pedido tres lecciones, pero no había negociado lo intensas que serían. Los primeros dos días trabajé solo con Dylan. Pero su mano estaba hecha un desastre y para algunas cosas más duras le pidió a Sherman que viniera también.

Ésta era nuestra sexta lección. Durante casi dos semanas, habíamos tenido una especie de...Tregua, en realidad. Aún nos veíamos seis días a la semana, tres días corríamos juntos, tres días trabajábamos juntos en esto. Además del tiempo que pasábamos juntos trabajando para el doctor Forrester.

Apenas nos hablábamos, excepto sobre lo que fuera que estábamos haciendo en el momento. De negocios. Era más triste de lo que había imaginado y no estoy segura de por qué me hacía pasar por eso yo misma. Excepto porque me permitía controlarle; me permitía saber que no había comenzado a beber hasta quedarse inconsciente, o que se hubiera ido de la ciudad. Pero también mantenía viva la tensión entre nosotros y, bueno, esa tensión nunca era más evidente que cuando él me entrenaba.

—Mire —dijo—. No eres demasiado grande. Nunca serás capaz de usar sólo la fuerza para empujar y desequilibrar a un atacante. Tienes que usar la velocidad...Y especialmente tu cerebro. Tu cerebro es la auténtica arma.

—Tiene razón —asintió Sherman—. Sigues intentando luchar utilizando la fuerza. Lo que tienes que hacer es usar su fuerza y peso contra él.

Asentí, mordiéndome el labio inferior.

—Vale. Estoy lista para volver a probarlo.

Dylan se acercó a mí, sin avisar, agarrándome por el cuello y la cintura. Durante un segundo, como siempre, le olí, y los recuerdos sensoriales de nosotros abrazándonos eran casi inaguantables. Por fin no tenía la escayola, esta vez definitivamente, aunque su mano no se había curado completamente. Él llevaba capas pesadas de ropa acolchada que él y Sherman compraron en una tienda de deportes. Nuestras prácticas se habían puesto duras más de una vez. Pero yo lo necesitaba. Entre otras cosas, Randy Brewster había salido del hospital y la policía no parecía interesada en presentar cargos contra él.

Dylan tenía su brazo derecho alrededor de mi cintura, su brazo izquierdo alrededor de mi cuello y comenzó a empujarme. Me relajé durante un segundo, entonces salté hacia la misma dirección en que él empujaba.

Durante un instante, él titubeó, perdiendo el equilibrio. Le golpeé la rodilla y caímos los dos, Dylan había perdido su agarre y estaba gritando.

¡Era libre! Me aparté corriendo fuera de su alcance.

—¡Genial! —gritó Sherman.

Dylan estaba en el suelo, con los ojos cerrados de dolor. Entonces los abrió, me miró y una gran sonrisa apareció en su cara.

—Lo has conseguido —dijo.

Cambié de pie de apoyo y le devolví la sonrisa.

—Lo hice, ¿verdad? ¿Estás bien?

—Sí, estaré bien —dijo —. Créeme, no es tan malo como el otro día.

Me sonrojé un poco, desvié la mirada , y dije otra vez:

—Lo siento.

El otro día le había dado una patada entre las piernas, tan fuerte que no pudo moverse durante el resto de la sesión. Aquello motivó la compra de las protecciones.

Dylan rió.

—Está bien. Es para lo que estamos aquí. —Se detuvo para respirar, entonces dijo—. Apuesto a que llevabas tiempo queriendo hacer eso.

Alcé una ceja y sacudí la cabeza, entonces solté una risita baja.

—Quizá tengas razón.

Me dejé caer en el suelo frío y dije:

—No practicaré o correré las próximas dos semanas. Me voy a casa para las vacaciones.

Dylan asintió y Sherman dijo:

—Sí, a mí también se me han acabado las vacaciones. Vuelvo a casa el domingo. Aunque quizá pueda venir de visita para Navidad. Y Dylan...Avísame cuando sea el juicio. Allí estaré. ¿Entendido? Llámame.

—Sí, lo haré, tío —asintió Dylan—. Gracias.

Le miré. No habíamos hablado, ni siquiera una vez, sobre los sucesos de la fiesta de aquella noche. Mi conocimiento de los sucesos incluía varias entrevistas con la policía y una declaración con el abogado de Dylan. Me escucharon como testigo para la defensa, pero aparte de eso, no sabía nada más en ese momento.

—¿Qué está pasando con eso?

Dylan se encogió de hombros.

—El abogado dice que tengo muchas probabilidades de quedar libre. La ley es bastante clara; se permite utilizar fuerza letal para evitar una violación o un abuso sexual.

Miró al suelo y pude ver las dificultades que pasaba, la vergüenza que sentía.

—El problema es que continué golpeándole después de que cayera.

Asentí. No había mucho que decir sobre eso, porque era cierto. Pese a que los hechos simplificados no lo explicaban todo.

—Dice que probablemente ofrezca algún tipo de acuerdo. Yo acepto la condena por asalto o algo, y ellos retiran los demás cargos. No sé si estoy dispuesto a aceptar eso. No me gusta la idea de tener una condena criminal. Perdería mis beneficios del VA...Tendría que dejar los estudios. Perdería...Todo.

Le miré, ahí sentado, obviamente miserable, y quería agarrarle de la mano. Quería abrazarle. Pero no podía.

Sherman habló.

—Colega, nosotros te apoyaremos, decidas lo que decidas. Sácame al estrado; lo vi casi todo. Sí, fuiste demasiado lejos, estoy de acuerdo. Pero también la rescataste. No te revuelques en la culpabilidad y olvides eso.

Dylan asintió. Parecía profundamente infeliz y no poder hacer nada por ello me volvía loca. Me incliné hacia delante y hablé:

—¿Podemos intentarlo una vez más?

—Sí —dijo Dylan.

—Yo me ocupo —dijo Sherman—. Ya te han apaleado bastante.

Así que nos pusimos en pie y Dylan fue el árbitro. Sherman era más duro que Dylan. Creo que Dylan se estaba conteniendo. La conexión emocional entre nosotros, nuestra historia, le hacía imposible tratarme agresivamente. Sherman no tenía esos reparos y se me lanzó cegadoramente rápido, agarrándome por la cintura y tirándome al suelo frío.

Seguí rodando con el impulso y me las apañé para quitarme casi todo su peso de encima, pero se recuperó rápidamente, me agarró el brazo derecho y me lo retorció detrás de mi espalda. Grité y me quedé helada.

—Mierda —dijo Sherman, soltándome y apartándose de mí.

—Tenemos que trabajar esa —dije.

—Sí.

Dylan se acercó, estiró el brazo y me dio la mano para levantarme.

—Lo trabajaremos cuando vuelvas de San Francisco. Tienes que practicar para usar el peso de tu atacante contra él. Rodar, en lugar de empujar.

Asentí. Todavía me faltaba el aire.

—¿Estarás preparado para eso? Puedo ser bastante dura.

Sonrió.

—Lo estaré esperando —dijo.

Le miré y dije:

—¿Por qué no vamos los tres a desayunar algo? Hace bastante tiempo desde la última vez.

La duda nubló su cara.

—No sé si es una buena idea.

Sherman sacudió la cabeza.

—Vamos, Dylan. Es sólo desayunar. Vamos.

—De acuerdo —suspiró.

Así, sudados y sucios como estábamos, fuimos caminando las cinco manzanas hasta Tom's. Nos sentamos, todos pedimos café y me senté sobre mis piernas en el asiento.

—¿Tienes ganas de ir a casa? —preguntó Dylan.

—No —sacudí la cabeza—, en realidad no. Estoy ansiosa. Mis padres pueden ser un poco demasiado controladores. Y yo no he estado muy, esto, comunicativa este otoño. Para decir la verdad, apenas he hablado con ellos. Será una semana muy larga y tensa. Y todas mis hermanas vendrán a la ciudad, lo que implica que será un caos.

—Hablando de hermanas —dijo Sherman—. Supongo que debería daros la noticia. Me voy a Texas la semana siguiente a Acción de gracias. Ya sabéis, para visitar el campus.

—Oh, Dios mío —dije—. ¿Lo sabe Carrie?

—Sí —asintió—. Me he preinscrito en Rice. No sé si podré entrar; mis notas no son tan fantásticas como mi apariencia, ya sabes. Pero casi.

Me reí.

—Buena suerte —dije, sonriendo.

—Bueno, tú la conoces mejor que yo. ¿Cuál sería un buen regalo para llevarle?

—Condones —contesté.

Ambos rompieron a reír y Sherman y Dylan chocaron las manos. Yo me sonrojé.

—Perdona. A veces olvido consultar con mi cerebro antes de hablar. Pero en serio…Sabes, Carrie apenas ha tenido citas. Siempre se ha centrado tanto en su carrera. Por no mencionar que muchos chicos están intimidados por su altura, por su aspecto. Casi siempre tiene gilipollas integrales persiguiéndola. Tú eres un buen cambio, Ray.

Sonrió, entonces dijo:

—He estado practicando mi aspecto de tío agradable. Pero soy bastante gilipollas en el fondo.

—Lo que sea. Simplemente llévale algo agradable. Algo…Inusual. Tiene toneladas de ropa y de joyas…Mi padre le da montones de dinero. La trata como si fuera una modelo. Pero algo considerado y diferente sería perfecto.

Asintió con aspecto serio, entonces dijo:

—Oh, mierda, mira qué hora es. Tengo que irme...¡Os veo luego!

No pude evitar darme cuenta de que en realidad no había mirado la hora antes de decir eso. En su lugar, soltó un billete de veinte en la mesa y prácticamente salió corriendo.

—Os veo luego —gritó cuando salía por la puerta delantera.

—Dios —dijo Dylan—. Esto era una trampa.

—¿Tú crees? —pregunté.

—Sí. Quería dejarnos a los dos solos.

—¿Me pregunto por qué?

Me miró y tragó saliva. Entonces respiró hondo y dijo:

—Probablemente porque anoche le dije que me lo había estado pensando mejor.

Aparté la mirada de él, de repente tenía los dedos de las manos y los pies entumecidos, sentía como si hubiera metido la cabeza en un frigorífico.

—¿Pensándote mejor qué?

Suspiró, entonces dijo:

—Sobre...Tú y yo. Nosotros. Sobre mi decisión de alejarme.

Miré fijamente los cuadros negros y blancos de la pared cercana a nosotros, intentando controlarme a mí misma. No respondí. No lo miré. No podía. Porque dolía. Dolía de verdad. Me había hecho esto a mí misma, sabiendo que si me mantenía cerca, él al final comenzaría a titubear. Y ahora lo hacía. Era lo que yo quería. Pero no exactamente.

Cuando no respondí, el continuó hablando, incómodo, su voz sonaba muy, muy triste.

—Mira —dijo—. Sé que te herí. Sé que la fastidié. Y...Quizá tengo la esperanza de que me des una segunda oportunidad.

Yo seguía sin poder responder. Mi mente repasaba visiones de nosotros a miles de kilómetros por segundo. Corriendo juntos por Central Park en la oscuridad previa al amanecer. Acurrucados juntos en su habitación o en la mía. La noche que nos abrazamos y nos liamos en un sesión sin respiración, incómoda pero maravillosa en el Parque Golden Gate.

Cerré los ojos. Podía ver esas cosas, pero tenía que recordar otras. Estar acurrucada en mi cama, desconociendo si él estaba vivo o muerto. Y que él no me respetara lo suficiente para decirme a la cara por qué no quería saber nada más de mí.

—¿Te lo pensarás? —preguntó.

Dylan rara vez se abría tanto, rara vez se hacía tan vulnerable como ahora. Era legítimo: podía verlo en sus ojos. Podía verlo en el temblor muy ligero, casi invisible, de sus manos. Me estaba pidiendo que le volviera a aceptar y le estaba dejando expuesto, vulnerable a que le hirieran tanto como me había herido él a mi.

Por eso fue realmente duro hacer lo que sabía que iba a hacer.

Sacudí la cabeza.

—No —dije, en voz muy baja.

Casi se desplomó en su asiento. Aparté la mirada de él.

—No puedo vivir con eso. Que tú...Decidas que se ha terminado, entonces decidas igual de rápido que me quieres de vuelta. No tienes derecho a tomar esas decisiones tú solo.

Aparté los ojos de la pared y volví a mirarle a él. Estaba sentado, con aspecto taciturno, mirando fijamente a la mesa. Entonces dijo, con voz áspera:

—Me lo temía.

Me incliné hacia él y dije:

—Maldita sea, Dylan. Ya son dos veces. Dos veces me has roto el corazón. Dos veces me has hecho sentir como si…como si fuera *despreciable*. Si me quieres, vas a tener que convencerme, maldición. Si me quieres, tienes que empezar, después de todo este tiempo, a decirme por fin lo que piensas y lo que sientes. Sin tonterías, sin esconderse, sin largos silencios. Si me quieres, tienes que comprometerte y trabajar por ello.

Me puse en pie, sabiendo que empezaría a llorar si no me iba en ese mismo instante. Le miré y me esforcé por mantener la compostura mientras decía:

—Te quiero, Dylan Paris. Pero a veces el amor por sí mismo… No es suficiente.

Lancé algo de dinero sobre la mesa y me alejé, con la espalda erguida, intentando ocultar las lágrimas que empezaban a escapar de mis ojos.

No es un gran plan (Dylan)

Caminé de vuelta a mi apartamento en una neblina. Era un maldito idiota.

Nunca he sido muy llorón, así que no hubo demasiadas lágrimas. En su lugar, me sentía muerto por dentro. Daría mucho para poder desmoronarme y llorar, lo que sospechaba que ella haría.

«Si me quieres, vas a tener que convencerme, maldición».

No tenía ni idea de cómo empezar a hacer eso. Ni puta idea. Lo que sabía era lo que había empezado a entender en las últimas dos semanas, mientras llevábamos a cabo su absurdo entrenamiento de autodefensa. ¿Se pensaba que yo no sabía que la universidad ofrecía entrenamientos de autodefensa gratuitos? Lo hizo para juntarnos. Lo hizo para mantenerme vigilado, para darnos una oportunidad de volver juntos. Y quizá yo...Quizá yo disfruté de esa seguridad un poco. Quizá la di por sentada, y supuse que si yo cambiaba de idea, ella me estaría esperando.

Me equivocaba.

Su cara cuando lo dijo era firme, directa y muy clara. La respuesta era no. No me aceptaba de vuelta. No a menos que yo hiciera algunos cambios. Pero yo no sabía qué tipo de cambios buscaba ella.

Cuando entré en mi apartamento, Sherman estaba ahí sentado, haciendo su equipaje, preparándose para ir a casa. Levantó la mirada cuando entré, y cuando cerré la puerta detrás de mí dijo:

—¿Dónde está Alex? ¿No ha vuelto contigo?

Sacudí la cabeza.

—Mierda —dijo—. ¿No se lo has preguntado? ¿Si te acepta otra vez?

Me quedé en pie, entonces asentí.

—Sí, lo hice.

—Oh. Oh, mierda —dijo—. Te ha rechazado.

Asentí, entonces le dijo lo que ella me había dicho. Escuchó atentamente. Entonces se sentó, reflexionando durante lo que pareció una eternidad. Me derrumbé en el sofá.

Ron, mi elusivo compañero de piso del departamento de ingeniería química, salió entonces de su habitación. Me saludó con la cabeza, entró en la cocina y agarró una cerveza. Entonces saludó con la mano y volvió a desaparecer en su habitación. Esa era mi puta vida.

—Colega, la cagaste, mucho. Lo sabes, ¿verdad?

Suspiré. Eso era de mucha ayuda.

—Sí. Lo sé.

—Entonces...¿Qué vas a hacer?

—Convencerla —contesté.

—¿Cómo?

—Ni puta idea.

Frunció el ceño.

—No es un gran plan. Dime otra vez lo que dijo ella.

Se lo volví a contar. Compromiso. Contarle cómo me siento, como si yo supiera la respuesta a eso. «Convencerme».

Frunció el ceño y entonces dijo:

—Mira, colega, tengo que ir al aeropuerto o perderé el vuelo. Pero parece que ella ya te ha dado un plan. Te dijo lo que tienes que hacer. Ahora es cosa tuya. Escucha, te llamaré la próxima semana. Mantenme al día sobre los planes para el juicio, ¿de acuerdo?

Asentí. Estrechamos las manos y entonces él me agarró en un abrazo de oso y gruñó, entonces salió por la puerta.

Yo volví a mi habitación y me colapsé sobre la cama, mirando fijamente la foto de ella que tenía en mi mesita de noche.

No te asustes (Alex)

Me encanta volar al oeste. Es estrafalario, lo sé, pero lo agradable es que puedes salir por la mañana y llegar aún por la mañana si vuelas sin escalas. Ir al este, cruzando Estados Unidos, no es ni la mitad de divertido. Si vas en dirección al Sol, un vuelo de cuatro horas se convierte en un sufrimiento que dura todo el día: sales por la mañana y no llegas hasta entrada la noche.

En realidad, miento, sólo intento ser positiva.

La verdad es que odio volar. ¿Estar enjaulada en una lata con otras doscientas personas casi a la velocidad del sonido, a miles de metros sobre la superficie de la tierra? Me da un ataque en el despegue y el aterrizaje. El único vuelo tolerable que he tenido en mi vida fue el de Tel Aviv a Nueva York hace tres años. Pasé todo el vuelo en los brazos de Dylan y no reparé en el miedo. Me agarró la mano en el despegue y estaba dormida cuando aterrizamos.

Ya me estaba arrepintiendo de lo que le había dicho. Incluso aunque fuera lo correcto para decir, lo correcto para hacer. Me la había jugado, a lo grande. Pero también había hecho lo que tenía que hacer para protegerme a mí misma. Amaba a Dylan, pero no le iba a aceptar sin condiciones. No iba a aceptarle sin ser capaz de confiar en que él estaría ahí al día siguiente.

Así que me pasé casi todo el vuelo llorando. Dios, a veces soy patética. ¿Es esa una definición de fuerza? Hacer lo que tienes que hacer incluso aunque sea horrible, aunque te destroce el corazón, aunque parezca un error enorme? Si lo es, supongo que ésta contaba. Me sentía fuerte. Me sentía reafirmada, fortalecida. Me sentía miserable.

Para empeorarlo, me pasé todo el viaje repasando mi álbum. Lo estaba actualizando, añadiendo las muy pocas fotos que habíamos tomado en Nueva York. Juntos. Cada foto que veía de nosotros juntos me hacía sentir unas pocas ganas más de llorar.

La asistenta de vuelo se paró dos veces para preguntarme si estaba bien. La segunda vez, contesté con vehemencia:

—¿Parece que esté bien? Por favor, sólo déjeme en paz.

Lo hizo.

Antes de que el avión aterrizara, volví al servicio y me lavé la cara cuidadosamente, entonces me volví a poner el rimel y el maquillaje. Lo que no iba a hacer era dar ningún indicio a mi familia de que había estado llorando durante el vuelo. Ésta era una de las cosas que mi madre no necesitaba saber.

Al final del vuelo, mientras preparaba mi equipaje de mano, el pobre hombre que había estado sentado a mi lado durante el vuelo dijo:

—Es un tipo afortunado, supongo, si le quieres tanto.

Sonreí.

—Quizá. Ojalá él lo supiera.

—Buena suerte —dijo.

Supongo que dependo de la amabilidad de los desconocidos. Porque también había llevado la rosa. La rosa que me dio el florista de la esquina de los dormitorios, sólo dos semanas antes.

Entonces, con la bolsa colgada bajo mi hombro y una sonrisa falsa cubriéndome la cara, atravesé las puertas de seguridad y saludé a mi familia.

Mi padre no estaba en el aeropuerto, por supuesto. Se había quedado sentado en casa, esperando para saludarme de alguna manera formal cuando yo llegara a sus dominios. Pero mi madre sí estaba, y las gemelas, Jessica y Sarah. Esperaba el mismo tipo de abrazo de oso familiar gigantesco y caótico con el que me habían saludado cuando fui a casa en verano, y me sorprendió (y decepcionó) un poco cuando me abrazó primero mi madre y después cada hermana por separado. Estaban formando a cada lado de mi madre, Jessica llevaba un vestido blanco y Sarah unos tejanos negros y una camiseta gris.

—Bienvenida a casa, querida —dijo mi madre.

—Hola —dijo Jessica.

Sarah no dijo nada.

Mi madre se inclinó hacia mí y susurró:

—Ahora las gemelas no se hablan entre ellas. Lo siento, hace que las cosas sean terriblemente incómodas.

No bromeaba. Tuve que sentarme en el asiento central de la furgoneta con Jessica, porque Sarah y Jessica, ambas con dieciséis años, se negaban a sentarse juntas en el asiento central, y habían sacado el asiento trasero y llenado el espacio con cajas de sólo Dios sabe qué. Sarah se sentó delante, mirando fijamente por la ventana, rechazando responder a nadie.

Jessica miró a Sarah, entonces se cruzó de brazos, se puso de morros y miró por la ventana.

Oh, cielos. Iban a ser unas vacaciones divertidas.

—Entonces, esto...Mamá, ¿qué has estado haciendo?

—Oh, no mucho. Sobre todo preocuparme por vosotras, y vivir a cuerpo de rey mientras tu padre escribe sus memorias.

—¿Todavía está trabajando en ellas?

Me miró a los ojos en el retrovisor durante sólo un segundo, entonces dije:

—Sí, todavía trabaja en ellas. —No suspiró, ni puso los ojos en blanco u otra cosa, pero pareció que quería hacerlo—. ¿Cómo van las clases? No sabemos casi nada de ti, Alexandra.

Me encogí de hombros.

—He estado muy ocupada; muchos compromisos este año. Siento no haber estado en contacto más. Intentaré cambiarlo.

—Tu padre y yo te lo agradeceríamos.

—Carrie está en casa —espetó Jessica—. Y tiene un novio nuevo.

Sarah se giró en su asiento y miró con furia a Jessica, entonces murmuró:

—*¡Dios!* Entonces se volvió.

Levanté las cejas.

—¿Carrie tiene un novio?

—Eso parece —interrumpió mi madre—. Pero está siendo muy misteriosa con esto. Lleva en casa dos días y está enviando mensajes constantemente, o riendo por teléfono, o encerrada en su habitación hablando por el ordenador. Es realmente poco digno de una mujer de su edad.

Sonreí, súbitamente feliz por primera vez en días.

—¡Eso es genial, mamá!

—Bueno, por supuesto que tú pensarías eso —dijo, poniéndome con esmero en mi lugar.

Aunque supongo que yo no estaba de humor, porque le contesté al momento:

—¿Qué se supone que significa eso, mamá?

Aspiró.

—Sabes que no siempre hemos aprobado tu elección en cuanto a novios.

Sacudí la cabeza, conservando una sonrisa que me cubría la cara y miré por la ventana.

—Sí, mamá. Lo sé.

—Bueno, no entremos en todo eso, de todas formas ya se acabó.

Respiré hondo. Si ella supiera.

Por primera vez desde que la vi, Sarah habló.

—¿Pero qué pasó con Dylan? Me parecía guapo.

—¡Sara! —dijo mamá, con la voz herida.

—Bueno, es verdad, era guapo. ¿No se unió al ejército o algo?

Contesté con la voz calmada, intentando desesperadamente no revelar nada.

—Sí. Le hirieron gravemente en Afganistán.

—Oh, vaya —dijo mi madre en voz baja.

La miré, intentando discernir por su expresión lo que sabía ella. Mi padre envió un correo electrónico a Dylan cuando estaba en el hospital. *Él* lo sabía. Él sabía lo miserable que fui el año pasado, y lo sabía y no me lo dijo.

—¿Tú lo sabías, mamá? —pregunté.

Sacudió la cabeza.

—No, lo siento tanto. Espero que no fuera grave. Incluso aunque realmente no lo aprobáramos, es un buen chico.

—*Fue* grave —contesté, todavía intentando evaluar su reacción. Estábamos esperando en un semáforo rojo y ella me miró a los ojos por el retrovisor—. Casi perdió la pierna. Y su mejor amigo murió.

Se puso pálida, entonces susurró:

—Lo siento mucho, Alexandra. Sé que te importaba.

Exhale y me recosté en el asiento. Mi madre era, como siempre, inescrutable. Podría haber ganado millones jugando al póquer, aunque supongo que ser la esposa de un diplomático era casi lo mismo.

Este viaje fue insoportable. Saqué mi teléfono y lo encendí. Sabía que era esperar demasiado, pero quizá hubiera un mensaje de Dylan. O un correo electrónico. Un SMS. Algo. Alguna pista de que realmente había escuchado lo que yo intentaba decirle. Cualquier cosa.

En cuanto el teléfono se encendió, empezaron a llegar mensajes de texto. Ninguno de Dylan, pero había uno de Kelly, y dos más de Sherman, también uno de Carrie.

El mensaje de Kelly era corto y directo:

Llámame en cuanto aterrices. Urgente.

Sherman escribió:

Alex, no veas las noticias. Llámame a mí o a Carrie cuanto antes.

El de Carrie era mucho menos críptico, pero no más útil.

Si mamá quiere parar para comer o algo, finge estar enferma. Dile que necesitas venir a casa. Ahora. Llama pronto. TQ.

Oh, Dios. ¿Qué iba mal? ¿Le había pasado algo a Dylan? ¿Qué iba mal? Parpadeé para contener las lágrimas, intentando eliminarlas antes de que las viera mi madre.

—Tu teléfono parece una alarma de coche, querida, ¿qué pasa?

—Oh, nada —contesté, intentando evitar que me temblara la voz—. Es Kelly, le voy a hacer una llamada muy rápida, ¿vale?

—Alexandra...—mi madre empezó a interrumpirme, pero yo ya estaba marcando.

Jessica me miró de forma extraña, con los ojos fijos en mis manos, que estaban temblando, pero lo disimulé.

Carrie respondió al segundo timbre.

—¿Alex?

—Hola, Kelly —dije con una falsa voz alegre—. Recibí tus mensajes. ¿Qué es eso sobre un trabajo para clase?

Carrie entendió inmediatamente lo que pretendía.

—¿Estás en el coche con mamá? —preguntó.

—¡Sí! Ahora mismo voy camino de casa, estaré ahí pronto.

Mamá me miró por encima del hombro cuando dije eso y dijo:

—Pensaba que pararíamos para comer.

Fruncí el ceño.

—Espera un momento, Kelly. —Le dije a mi madre—. ¿Mamá, te importa si no comemos? No me siento muy bien; con el vuelo y todo.

Sarah sacudió la cabeza y murmuró algo, entonces cruzó los brazos sobre su pecho.

—¡Oh, cariño, tus hermanas lo esperaban con tantas ganas!

¡Oh, Dios, por qué no se *callaban y se largaban!*

—¿Por favor, mamá? Creo que necesito tumbarme un rato.

—Por supuesto, querida.

—Gracias —dije, entonces volví a ponerme el teléfono en la oreja. —Perdona. ¿Qué estabas diciendo?

La voz de Carrie sonó alta y clara.

—Alex, no te asustes. ¿De acuerdo? Hagas lo que hagas, quiero que mantengas la calma.

—Por supuesto —dije, con la sonrisa falsa todavía cubriéndome la cara. Mis mejillas empezaban a doler.

—Vale. Escucha…Esta mañana arrestaron a Randy Brewer.

Cerré los ojos y sentí que mis rodillas se juntaban involuntariamente. No quería escucharlo. No quería escuchar lo que iba a decir a continuación.

—Anoche siguió a una chica desde el bar y la violó.

Jadeé y mi mano voló hacia mi boca.

—Alexandra, ¿estás bien?

—Creo que me estoy poniendo enferma —susurré.

Tenía calambres en el estómago, fuertes, y no podía detener las lágrimas que empezaron a correr por mi cara.

—Alexandra, deja el teléfono. ¿Qué has comido en el avión, te has intoxicado con la comida?

—Kelly —susurré a mi hermana—. Te enviaré un correo. Lo siento mucho, tengo que colgar, no me siento bien.

Ella contestó enseguida:

—Te espero aquí, Alex. Lo siento mucho.

Colgué el teléfono y lo dejé en el asiento, a mi lado. Me incliné hacia delante en mi asiento, con los brazos cruzados sobre mi pecho, intentando contener las emociones que amenazaban con abrumarme.

—Alexandra, ¿necesitas ir al médico? Creo que tenemos que llevarte al médico.

—¡No! —grité.

El silencio que siguió a mi grito fue ensordecedor.

Mi madre frenó en seco un segundo después, tras casi saltarse un semáforo en rojo. Me miró, con la boca y los ojos bien abiertos. Nunca antes le había gritado.

—Lo siento —susurré—. Sólo…Necesito tumbarme un ratito, ¿vale? ¿Por favor?

Subí las piernas al asiento y apoyé mi cara entre ellas, rodeándolas con mis brazos e intentando aislarme de todo.

Todo en lo que podía pensar era en aquellos minutos de la pasada primavera, cuando fui incapaz de levantarme, incapaz de defenderme yo misma, mientras me arrancaba la camisa, antes de que sus compañeros de piso intervinieran. Y entonces sucedió otra vez, sólo que esta vez fue Dylan quien me había protegido.

No había sido capaz de protegerme yo misma. Lo que Randy había hecho me hizo sentir inútil. Menos que inútil. Como un pedazo de carne, para que me tocaran y me hincaran el dedo y me pincharan, me pusieran en posición. Cuanto más pensaba en ello, más ganas tenía de vomitar.

Porque si le hubiera denunciado la pasada primavera, habría estado en la cárcel desde hace tiempo. No habría violado a esa chica. No habrían arrestado a Dylan.

Era culpa mía.

Tras un par de minutos de silencio en el coche, sentí que me hincaban un dedo en el costado izquierdo. Miré y era Jessica, con una ceja alzada y con cara de desconfianza.

Tenía mi iPhone en las manos, mostrando el registro de llamadas. La última llamada, por supuesto, fue al teléfono móvil de Carrie. En la que fingí estar hablando con Kelly. Un par de llamadas a Kelly debajo de esa, y la cuarta de la lista de mi registro de llamadas: Dylan. La foto de contacto junto a su nombre era una foto tomada dos semanas antes, de nosotros dos.

CAPÍTULO CATORCE

Todos cometemos errores (Dylan)

Estaba sentado en mi habitación, escribiendo, cuando llamaron a la puerta. Yo estaba en el limbo: iba a ir a juicio por asalto con agravantes en unas pocas semanas, inseguro de adónde iría mi futuro, rechazado por Alex. Había estado sentado aquí durante horas, escuchando música tranquila, escribiendo de vez en cuando mis pensamientos en un diario nuevo.

Intentaba darle sentido a mi vida. Intentaba darle sentido a lo que había sucedido con Alex. Intentaba darle sentido a *nosotros*.

La única conclusión que pude sacar era esta: Alex tenía toda la razón. Me había pasado tres años evitando contarle cómo me sentía realmente. Me había pasado tres años sin abrirme, sin decirle que la amaba, sin decirle que quería pasar mi vida con ella.

No me extraña que no quisiera volver a aceptarme.

Estaba tan sumido en mis pensamientos que al principio no escuché los golpes en la puerta. Tenía un bolígrafo en un extremo de mi boca, masticándolo, un hábito que había intentado romper durante años, pero volvía a hacerlo cuando estaba tenso.

Volvieron a llamar y miré, prestando atención a mi alrededor por primera vez en horas.

—¡Ya voy! —grité, poniéndome en pie y caminé por la alfombra con los pies descalzos.

Cuando abrí la puerta, suspiré de frustración.

Eran dos agentes de policía, los mismos dos agentes que me habían arrestado.

—¿Podemos entrar? —dijo Álvarez.

Qué divertido...Mirándola ahora, me di cuenta de que era bastante guapa, incluso con ese uniforme serio.

—Por supuesto —dije.

Como si pudiera detenerles. Les llevé al salón y dije:
—¿Qué puedo hacer por ustedes? ¿Me van a arrestar otra vez? ¿Necesito llamar a mi abogado?

Ambos sacudieron la cabeza, y Álvarez parecía un poco avergonzada. Enseguida fue directa al grano.

—Anoche, Randy Brewer siguió a una chica a casa desde el 1020. Una chica del vecindario, no era estudiante. Irrumpió en su apartamento y la violó. Su compañera de piso, una policía, se encontró la escena.

Cerré los ojos y murmuré:
—Dios Santo. ¿Ella está bien?

—Nadie está bien después de un abuso sexual —contestó Álvarez—. ¿Cómo está tu novia?

—Rompimos. Pero le estoy dando lecciones de combate cuerpo a cuerpo.

Álvarez sonrió.

—Siento oír que rompisteis, pero me alegro por ella.

Asentí.

—Mira —dijo Álvarez—, si sirve de algo, queríamos decir... Que lo sentimos. El fiscal del distrito va a retirar todos los cargos contra ti, a la luz de lo sucedido. Imagino que tu abogado se pondrá en contacto. Tendrán que celebrar una audiencia y tú seguramente quedes limpio.

Asentí.

—Gracias —dije.

—Sólo hacemos nuestro trabajo —dijo el otro policía. El que me había arengado sobre los niños ricos la noche de mi arresto.

—Lo entiendo. Fui soldado. Todos cometemos errores.

Se pusieron en pie y les estreché la mano, entonces salieron de mi vida, con suerte para siempre. ¡Vaya! Por primera vez en años, me entraron ganas de beber, mucho.

A la mierda. En su lugar, me puse un suéter y salí a primera hora de la tarde para ir a correr.

Hice la misma ruta que Alex y yo hacíamos siempre. Pero tenía que admitirlo, sin ella perdía el encanto.

Antes de llegar al extremo de Central Park, atajé al oeste cruzando la calle 72 Oeste hacia Riverside Drive, entonces subí por Hudson River Greenway. Había algo en los poblados árboles de hoja perenne, incluso en la noche de frío gélido, que era tranquilizador.

«Fui soldado. Todos cometemos errores».

Era interesante ver lo fácil que era perdonar a los policías por arrestarme a mí en lugar de a Randy, pero no podía perdonarme a mí mismo. ¿Cuántas veces me había culpado a mí mismo por la muerte de Roberts? ¿Cuántas veces me había culpado a mí mismo por toda la sangre y dolor y mierda que cayeron en mi vida tras el día en que perdí la paciencia y disparé sobre mi portátil?

Dios, ¿era tan jodidamente neurótico? No era sólo eso: me había culpado a mí mismo por muchas cosas más. Después de todo, yo era el chico que se culpaba a sí mismo por tirar la mezcla de brownie que provocó que apalearan a mi madre.

Pero veréis, no fue culpa mía. Era *suya*. Yo no la golpeé. El hijo de puta de mi padre lo hizo, una y otra vez, y al final realmente no importa qué hacía yo y qué no. Todo lo que hice fue lo que pude para protegerme a mí mismo. Para protegerme del dolor. Para protegerme de unos padres en los que en el mejor de los casos no se podía confiar. Y aceptémoslo...¿El hecho de que mi madre finalmente le echara, se uniera a Alcohólicos Anónimos y arreglara su vida durante mi primer año de instituto? Significó mucho. Pero no cambió lo que me había pasado a mí. No cambió las defensas que había preparado para mí mismo.

Al final, Alex sufrió por culpa de eso.

Nuestra última noche en Israel, ella me presionó para que le contara qué quería yo. ¿Nos íbamos a comprometer? ¿Íbamos a permanecer juntos, a pesar de la distancia, a pesar del dolor de la separación? ¿O iríamos a casa, volveríamos a salir con otras personas, olvidándonos lentamente el uno del otro, olvidando lentamente nuestros primeros amores, y eso sería el final? ¿Quizá pensaríamos en el otro cada pocos años, o nos encontraríamos en algún lugar diez años después y rememoraríamos lo que tuvimos durante unos minutos?

Lo que ella necesitaba de mí tres años atrás era una declaración clara de lo que yo sentía. Y yo sabía exactamente lo que quería. La quería a *ella*. Nada más. Pero decirlo me haría vulnerable, de una forma que había aprendido tiempo atrás que no era seguro. La única cosa que no pretendía hacer era arriesgarme a perderme en otra persona.

Y esa es la razón por la que la perdí. Tan sencillo como eso. Dejamos que se hiciera eterno, ni una cosa ni otra.

—¿*Por qué no puedes decirme cómo te sientes?* —gritó ella.

Porque podrías hacerme daño, era la única respuesta.

Era hora de deshacerme de ese miedo. Quizá yo no fuera el tipo perfecto para ella. Estaba un poco loco; era un veterano discapacitado con algunos problemas mentales graves, algo de lesiones cerebrales y muchos otros problemas. Pero también la amaba. E incluso aunque me matara, incluso aunque ella me rechazara tanto que yo nunca me volvería a acercar a otro ser humano en mi vida, iba a hacer lo que hiciera falta para hacerle saber cómo me sentía.

Una siempre puede esperar (Alex)

De algún modo llegamos a casa sin que yo me desmoronara completamente. Jessica me pasó el teléfono, en silencio, y yo borré mi registro de llamadas al momento. Pero sabía que no tardaría mucho en empezar a hacerme preguntas.

Preguntas para las que en realidad yo no tenía respuesta. Mis padres ya iban a ser lo bastante insoportables en este viaje. Siempre lo eran. Querían controlar cada aspecto de mi vida, desde las clases que elegía hasta los chicos con los que salía, y a ellos nunca les había gustado Dylan. Peor, durante casi todo el instituto, me habían empujado poco sutilmente hacia chicos esnob de familias que conocían: chicos ricos, chicos con futuros. Randy Brewer era uno de esos chicos, y cuando resultó que ambos íbamos a Columbia juntos, dieron a entender más de una vez que Randy sería una buena elección para mi futuro.

Si ellos supieran. Estaba convencida de que los padres de Randy, dos de las personas más arrogantes y creídas que he conocido en mi vida, harían lo que pudieran para ocultar los cargos, para evitar la publicidad, para limpiar la vida de su hijo. *Oh, Dios.* Tenía calambres en el estómago otra vez.

Dylan era fuerte. Era valiente. ¿Pero sería esto demasiado para él? ¿Sería la última cosa que hacía falta para empujarle al precipicio?

¡Y yo acababa de rechazarle el día anterior!

No pensaba que fuera posible odiarme a mí misma más de lo que lo hacía en aquel momento.

Por supuesto, sólo entrar en casa fue un show. Jessica y Sarah por fin se hablaron entre ellas cuando salimos del coche. Empezaron a discutir por algún disparate, y mi madre se aturulló intentando detenerlas.

Nuestra casa era una casa adosada de cuatro plantas, a dos manzanas del Parque Golden Gate, con vistas a San Francisco. Nuestro garaje estaba en la planta baja; el salón, la cocina y el comedor justo encima. Mi habitación estaba en el cuarto piso. Subir allí implicaba pasar primero por la biblioteca para saludar a mi padre, que estaba sentado enfrente de su ordenador cuando entré. Era un hombre alto, con su delgada cara acentuada por una barba recortada con esmero. Incluso aquí, en casa, vestía formalmente con corbata y suéter.

Se puso en pie, tendió las manos y me abrazó.

Jessica se había detenido en la puerta cuando entré y dijo:

—Alex no se encuentra bien hoy.

—Oh, no —dijo—. ¿Necesitas ir al médico?

—Es sólo algo que comí —sacudí la cabeza—. Voy a tumbarme un rato en mi habitación; estaré bien.

—Bien, entonces. Ve a descansar un poco y te veremos en la cena.

—Gracias, papá.

Me escapé sin más preguntas, entonces subí arrastrando mis bolsas hasta el cuarto piso.

Treinta segundos después de entrar en mi habitación, Carrie su unió a mí, cerrando la puerta tras ella.

—Cuéntame qué sucedió —dije.

Se sentó en la cama, mirándome.

—Kelly me llamó. Vio un reportaje sobre Randy...Al parecer, anoche conoció a una chica en el 1020 y la siguió a casa. Y la violó.

—Oh, Dios —susurré—. Es culpa mía. Si le hubiera denunciado la primavera pasada...

—Alex, deja de decir eso. El culpable es Randy Brewer. No tú.

Crucé los brazos y me incliné hacia delante, respirando lenta y cuidadosamente, intentando mantener la compostura.

Entonces espeté:

—Dylan habló conmigo ayer. Me dijo que lo había estado reconsiderando y me pidió que le volviera a aceptar. Ayer mismo.

Me rodeó con los brazos por los hombros y susurró:

—Le dije que no, Carrie. Le dije que tendría que...Demostrarlo de alguna forma. Demostrar que va en serio y que no se volverá a ir.

Comencé a temblar con grandes espasmos musculares, jadeando y lloré sobre su hombro.

—Oh Dios, la fastidié, Carrie. Le dije que no, justo cuando más me necesitaba.

—No podías saber de ninguna forma que iba a pasar esto, Alex —susurró.

—No importa lo que yo supiera o lo que no. ¡Lo que importa es que él está completamente solo y yo estoy *atrapada!* Debería estar allí con él, en lugar de estar atrapada aquí en San Francisco durante diez días.

—Tienes amigos que se preocupan por ti —susurró—. Podemos enviarle un mensaje a través de Kelly o Joel, ¿vale? Pero no te alteres. Ya vas a pasarlo suficientemente mal con todo esto sin que mamá y papá se enteren.

—Que les den —dije.

Justo entonces la puerta de mi habitación se abrió. Sin llamar. Nada.

Era Jessica.

—Podéis dejar de susurrar —dijo—. Lo he oído todo.

Carrie se puso rígida, con cara asombrada.

—¿Cómo te atreves? —exigió, sonando exactamente como mi madre en ese momento.

—Sabía que nos estaba mintiendo en el coche. Y entonces vi su registro de llamadas. Te llamaba a ti en lugar de a Kelly.

—¿Así que por eso vienes a escuchar a escondidas? ¿Es por eso que tú y Sarah os llevabais como el perro y el gato? ¿Porque has perdido todo sentido de la decencia?

—Jessica —jadeé—. *No puedes* decirles nada de esto a mamá y a papá.

Cerró la puerta, apartó la silla de mi escritorio y se sentó.

—Por supuesto que no lo haré. No puedo hablar por Sarah, por supuesto. Pero quiero saber qué sucedió. ¿Tú y Dylan habéis vuelto juntos? ¿Y Randy Brewer violó a alguien? ¿Qué has estado *haciendo* en la universidad, Alex?

Comencé a reír y llorar al mismo tiempo, incontroladamente, y entonces, antes de que me diera cuenta, solté toda la historia.

Las tres escuchamos el crujido de las escaleras al mismo tiempo. Me limpié la cara rápidamente, entonces me sumergí bajo las sábanas. Carrie y Jessica aún se estaban arreglando cuando llamaron a la puerta, y entonces se abrió.

Era mamá.

—Alex, te he traído un poco de sopa...¡*Oh!* —dijo, sorprendida de encontrar a mis hermanas conmigo. Se recuperó rápidamente y dejó la sopa en mi escritorio—. Puede que esto te ayude a sentirte un poco mejor. ¿Veo que tus hermanas están cuidando de ti?

Lo formuló como una pregunta, pero lo que quería decir era: «¿Veo que tú y tus hermanas estáis cotilleando?» o algo parecido.

Carrie se puso en pie, se estiró la blusa y dijo:

—Hemos cuidado bien de ella, madre. No tienes que preocuparte por nada.

—Bien, entonces —dijo mi madre, un poco desconcertada—. Me alegro mucho de ver que al menos algunas de vosotras os lleváis bien. ¿Crees que estarás bien para cenar esta noche, Alexandra? Tu hermana Julia y su repelente novio no llegarán a la ciudad hasta mañana por la noche, así que seremos sólo nosotros seis. No puedo imaginar por qué no se quedan aquí, tenemos mucho espacio.

Carrie miró a nuestra madre fijamente.

—Es su *marido,* madre.

Mamá le mostró una sonrisa rápida y falsa, como si hiciera caso omiso de Carrie y dijo:

—Una siempre puede esperar.

Carrie respondió con un soplido y dijo:

—Tienes razón, madre. No puedo ni siquiera imaginar por qué no querrían quedarse aquí con nosotros.

Mi madre puso rígida la espalda y miró a Carrie imperiosamente.

—Eres impertinente. Si vas tomar ese tono conmigo, me iré abajo. Quizá a Sarah le gustaría tener un poco de compañía.

Jessica puso los ojos en blanco y dijo:

—Como si *eso* fuera a pasar. Buena suerte con ella, mamá.

Mi madre se fue resoplando.

Carrie respiró hondo, como si se estuviera sacudiendo algo, después de que mi madre se fuera. Entonces se volvió hacia Jessica y dijo:

—De acuerdo, escúpelo. ¿Qué pasa entre tú y Sarah? Vosotras dos normalmente sois inseparables.

Jessica frunció el ceño.

—Se ha vuelto bipolar, creo. O esquizofrénica. Siempre viste de negro, como si fuera una gótica. Y...¡Dios, la odio! Besó a Mark Wilson, cuando *sabía* que yo quería salir con él. Escuché que dejó que la tocara. ¡En el *colegio!* Podría matarla.

Carrie se quedó boquiabierta.

—¿Cuándo pasó todo esto?

—Lleva así desde que comenzó el colegio.

—Vaya. Apuesto a que las cosas han estado bastante tensas por aquí, con vosotras dos como el perro y el gato.

—No es culpa *mía*.

—Bueno, sea lo que sea que pasa entre Sarah y tú, no puedes decir nada sobre Alex y Dylan a nadie. ¿Lo entiendes? Es serio.

Jessica se volvió hacia mí.

—¿Le quieres? ¿A Dylan?

—Por supuesto —asentí—. Yo...Siempre le he querido.

Tenía aspecto serio.

—Entonces haré lo que pueda para ayudar. Puede que no sea mucho, pero lo prometo.

Le sonreí y dije:

—Gracias.

¿Qué pasará ahora? (Dylan)

—¿Entonces qué pasará ahora? —pregunté.

Ben Cross, mi abogado, dijo:

—Bueno, entramos ahí. El fiscal del distrito le dirá al juez que retiran los cargos y el por qué. Entonces el juez desestimará el caso.

—¿Y ahí se acabará? ¿Recupero el dinero de mi fianza y habremos terminado?

—Probablemente lleve un par de días recuperar el dinero.

—¿Y ya no tendré prohibido viajar?

—Ya no habrá nada, Dylan. Mira…Para ellos era una cosa procesarte cuando no había más testigos del abuso sexual que Alex. ¿Pero después de esto? El fiscal sabe exactamente lo que le sucederá si intenta seguir adelante y juzgar a un veterano de combate herido que detuvo una violación, cuando la policía suelte al violador. Lo digo en serio. Creo que este era el peor caso de negligencia que he visto nunca. Te miraron…Tu constitución, tu cara enfadada, tus cicatrices, y miraron a Randy Brewer, un niño rico mimado, y sacaron la conclusión más equivocada posible.

Sacudí la cabeza.

—De acuerdo. Realmente no me importa nada de eso. Sólo quiero asegurarme de que puedo viajar y de que Alex esté a salvo. Nada más importa.

Ben asintió.

—Si sirve de algo, Dylan…Incluso aunque las circunstancias son horribles, me alegro de que atraparan al tipo.

La audiencia fue anticlimática, duró en total quince minutos. Desgraciadamente, parecía que tardaría un par de días en recuperar el dinero de mi fianza. Da igual. Tenía lugares a los que ir, personas a las que ver, y todavía tenía unos pocos miles de dólares en el banco. Hora de gastar un poco.

CAPÍTULO QUINCE

Es por mí (Alex)

Cuando la alarma de mi reloj sonó a las 5:45 de la mañana, me giré rápidamente en la cama y la silencié. No quería molestar al resto de mi familia. Con un poco de suerte podría salir y volver antes de que alguien más se despertara.

Me vestí con el chándal y, perversamente, me puse la camiseta gris del ejército de Dylan, que me quedaba como una tienda de campaña. Se la había expropiado un par de semanas antes. Había algo reconfortante en el hecho de tenerla aquí.

Entonces me até las zapatillas de correr, me recogí el cabello en una coleta rápida y desarreglada, y lentamente bajé los cinco tramos de escaleras hasta la puerta de la calle, intentando desesperadamente despertar a nadie.

Fuera estaba oscuro y silencioso, pero no hacía el frío intenso en el que me había acostumbrado a correr. Durante un segundo, miré fijamente la calle a oscuras, y sentí un poco de miedo. Estaba acostumbrada a correr en la oscuridad con Dylan. No me había dado cuenta hasta ahora de cuánta seguridad me ofrecía eso. La seguridad de correr a través de un parque de la ciudad antes del amanecer. La seguridad de sentirme libre, sin miedo de ningún atracador o violador u otros peligros fortuitos en la oscuridad.

Mientras hacía estiramientos en la acera de enfrente de casa, reflexioné sobre el hecho de que nunca antes había sentido esa clase de miedo. Y lo irónico era que no era un desconocido al azar quien me atacó. Era alguien que había conocido desde secundaria. Por supuesto, eso es lo que dicen las estadísticas. Lo más probable es que la persona que viole a una mujer sea alguien que ella conoce.

Pero la realidad era muy diferente de las estadísticas. La realidad era confusa, aterradora. Era estar borracha, sintiéndote casi enferma y que alguien te tuviera a su merced mientras te metía la mano por la camisa. Era sentir un aliento caliente y molesto contra el cuello. Era la peste a alcohol en su aliento mientras decía:

—Sabes que lo deseas, ¿por qué forcejeas?

Yo no lo quería. No de él. Ni entonces ni nunca.

Salí, corrí primero por la Avenida 23 hasta la calle Fulton, después seguí el límite del Parque Golden Gate. Había poco tráfico a estas horas de la mañana, especialmente al ser una semana de vacaciones.

Iba a un buen ritmo, controlando las esquinas oscuras, lugares donde alguien podría esconderse. Porque, me gustara o no, Randy Brewer había cambiado el modo en que veía las cosas. Estaba progresando mucho, aprendiendo autodefensa de Dylan, pero todavía tenía mucho camino por recorrer. Pero llegaría ahí. Con él o sin él.

Sabía una cosa segura. Ya no iba a ser una víctima. Nunca más nadie me sometería contra mi voluntad, no si yo podía hacer algo respecto a eso.

Cuando llegué al final de la calle Fulton, corrí hacia la playa, entonces por la arena hasta el agua. Las olas se acercaban, estrepitosas, y yo giré y corrí por la arena. Nunca antes había corrido en casa.

Había algo liberador en ello, algo que me hacía sentir más grande de lo que me había sentido antes.

Ahora estaba en manos de Dylan. Le amaba. Yo sabía lo que quería: pasar mi vida con él. Quería que avanzáramos, juntos, a una vida que pudiéramos tener juntos. Pero necesitaba saber que él estaba preparado para hacerlo. Había algo en él que siempre le retenía. Y todo lo que yo podía esperar y rogar era que lo superase.

Pero si no lo hacía, yo estaba dispuesta a aceptarlo. Siempre le amaría. Siempre me preocuparía por él. Pero si tenía que decir adiós, era lo bastante fuerte para hacerlo ahora.

Aquella mañana corrí durante una hora y media, solo disminuí la velocidad a doce manzanas de la casa de mis padres, empezando a caminar a dos manzanas de distancia. Estaba empapada de sudor, mi cabello caía húmedo por mi espalda y me sentía totalmente fantástica.

Abrí la puerta y subí las escaleras silenciosamente.

En cuanto mi pie tocó el rellano, escuché la voz de mi madre. Menuda entrada discreta.

Suspiré, entonces entré en la cocina y dije:

—Buenos días.

Me acerqué y la besé en la mejilla.

Carrie estaba sentada en la mesa de la cocina, con una taza de café delante de ella. Era tan raro encontrarla despeinada que verla ahora, en albornoz y con el cabello hecho un desastre, me hizo sonreír. Me acerqué y también la besé a ella en la mejilla, entonces me serví un vaso gigante de agua y empecé a beber.

—Dios bendito, ¿no habrás estado fuera corriendo, verdad? —preguntó Carrie.

Mi madre parecía sorprendida.

—Alexandra Charlotte Thompson, ¿apenas ha salido el Sol y tú has estado corriendo en la oscuridad? ¿Qué mosca te ha picado? ¿No sabes que es peligroso correr sola por la ciudad de noche? Ahí fuera hay hombres extraños y violadores y sólo Dios sabe qué.

Me acabé el vaso de agua, entonces contesté con calma:

—No debes preocuparte de los extraños, mamá, si no de las personas que conoces.

Carrie jadeó un poco, entonces dio un sorbo de café para disimular.

Mi madre, con su cara retorcida de preocupación, cambió de tema.

—¿De dónde has sacado esa camiseta? Es…Realmente fea.

Yo sonreí.

—Me encuentro mucho mejor esta mañana. Gracias por preguntar, madre. He salido a hacer un poco de ejercicio y creo que será un día fantástico, ¿no crees?

—Ay, Dios —dijo ella—. De todas las niñas que he criado, nunca esperé encontrarme que una de ellas se convertiría en una atleta, y además matutina.

Carrie se carcajeó.

—No puedes controlarlo todo, mamá. Y personalmente, creo que es agradable ver a Alex feliz.

Me estaba sirviendo mi café cuando mi madre lo admitió.

—Supongo que es cierto. *Era* bastante deprimente estar contigo el pasado verano. Supongo que por fin te has olvidado de ese tal Dylan.

Miré a mi madre y dije:

—En realidad no es por él, mamá. Es por mí.

—Bueno, bébete tu café, entonces —dijo, desconcertada—. Y… Es agradable verte sonreír.

Me senté y tomé un sorbo de mi café y mi madre se marchó.

Carrie me miró de reojo y dijo:

—Bonita camiseta. ¿Sabes dónde puedo conseguir una?

Le palmeé en el hombro y dije:

—Consíguete la tuya propia. Estoy segura de que puedes encontrar a un soldado que la deje tirada por algún lado.

Sonrió y entonces dijo:

—Ray viene a Houston la próxima semana.

—Lo sé —sonreí.

Me devolvió la sonrisa.

—No sé si vamos en serio. Pero…Bueno, es un cambio agradable respecto a los chicos a los que siempre me empujan mamá y papá. ¿Y los chicos de mi programa de doctorado? —Imitó un temblor—. Imposible.

—¿Te puedes imaginar la reacción de mamá y papá si fuéramos en serio con ex-soldados? —susurré—. Papá por fin caería con un ataque al corazón.

—Quizá le sentaría bien. Sabes, se está encariñando de Crack.

Sacudí la cabeza.

—Imposible.

—Todo es posible, Alex.

Me encogí de hombros.

—Esperemos que así sea. Yo…Ojalá supiera lo que piensa Dylan.

—Tendrá que descubrirlo por sí mismo, creo —dijo.

—Lo sé. Sólo tengo miedo…Tengo miedo de que se contenga. De que realmente sea el final.

Me puso una mano encima de la mía y apretó suavemente.

—¿Qué harás si lo es?

Me barrió una ola de tristeza.

—Lloraré —dije—. Y entonces seguiré con mi vida. No voy a dejar que me destroce así otra vez. Si me quiere…Tendrá que llegar hasta el final esta vez.

Ve a por ella (Dylan)

—Vamos, Sherman, contesta al maldito teléfono —refunfuñé. Al quinto timbre, respondió.

—¿Qué coño? —dijo como saludo, con su voz torpe por el sueño—. Ni siquiera es mediodía aún. Mejor que sea bueno, Paris.

—Sherman, necesito tu ayuda.

Suspiró. Podía escucharlo al otro lado de la línea. *Paris necesita ayuda* otra vez.

—¿Qué pasa, tío?

—¿Está Carrie en San Francisco? ¿Sabes cómo contactar con ella?

—Sí, está allí, pasando un tiempo con la familia. ¿Por qué?

—Vale —soltando un suspiro de alivio—. Necesito que me hagas un favor. Habla con ella. Pídele que se asegure de que Alex no vaya a ningún sitio esta noche.

Hubo silencio al otro lado del teléfono durante un momento mientras él procesaba esa información, entonces dijo:

—Tío, ¿dónde estás?

—Estoy en el aeropuerto JFK.

—Entiendo. ¿Vas a ir a por todas?

—Sí.

—Buena suerte.

—La necesitaré.

—Sí, no exageras. Ve a por ella. Llamaré a Carrie y nos aseguraremos de que Alex esté en casa. ¿A qué hora llega tu vuelo?

—A las 7 de la tarde. Y después tengo que tomar un taxi para cruzar la ciudad...Probablemente serán las 8 o las 9 para cuando llegue a su casa.

—¿Sabes dónde tienes que ir? —preguntó.

—Sí, he estado allí.

—Dylan. Aquello fue hace dos años.

Me encogí de hombros, a pesar de que él no podía verlo.

—Algunas cosas no se olvidan nunca, Sherman.

—Dios, menuda nenaza estás hecho, Paris. Calzonazos.

—Lo soy —dije.

—En serio, tío. Buena suerte. Quizá Carrie pueda ayudar haciendo un poco de trabajo preparatorio. Sé que ella también te desea lo mejor.

—Gracias, tío.

—¿Para qué están los amigos? Ve a tomar tu vuelo.

Colgamos y miré impacientemente al tablero de información. Faltaban veinte minutos para que empezara el embarque de mi vuelo.

Por supuesto que había estado en la casa de sus padres antes. El verano después de mi último año de instituto. Aquella vez, fui en un Greyhound, un viaje de autobús de tres días y medio a través del continente. Fue un viaje raro, raro. Siete días en un autobús para pasar cuatro días con ella.

La cuestión era, ¿incluso después de hacer aquel viaje cruzando el país para verla? Incluso entonces, no había dado el paso final. No le había dicho lo que realmente quería decir, que era: «¿Por qué no vamos juntos a la misma universidad? ¿Por qué no pensamos en, quizá, casarnos algún día?».

Por supuesto, éramos demasiado jóvenes. Y yo estaba demasiado asustado. Y nunca imaginé los giros y vueltas que daría mi vida.

Cuando comenzó el embarque del vuelo, estaba casi el primero de la fila.

Un joven agradable (Alex)

«Esta será la cena del infierno», pensé.

Estaba sentada en el sofá, leyendo el New York Times en mi teléfono. Tendría que habérmelo imaginado. El titular de la sección de sociedad lo decía todo: «Estudiante de la Universidad de Columbia arrestado por violación». La imagen bajo el titular mostraba a Randy Brewer en una foto policial. En ella tenía los ojos bien abiertos, casi parecía sorprendido. De alguna forma, la combinación de las circunstancias de la foto, su cara sin afeitar y el pelo descuidado, y los ojos abiertos hacían que pareciera que estaba loco.

Julia y su marido Crank (sí, es su nombre de verdad) llegaban tarde, provocando un aluvión de comentarios críticos de mis padres mientras esperábamos.

Carrie y yo estábamos sentadas juntas en el salón mientras ella estaba ocupada enviando mensajes a Ray Sherman. Carrie vestía un par de pantalones negros sobrios y atractivos y una blusa rosa rojiza con volantes. Yo llevaba un vestido blanco sin mangas y un suéter claro con rosas bordadas. Jessica, que se sentó entre nosotras, también leyendo mensajes en su teléfono, vestía un bonito vestido estampado. Nos hicimos la gran foto de una familia feliz, todos absortos en nuestros dispositivos electrónicos personales.

Sarah, por otra parte, llevaba tejanos negros y una camiseta rasgada luciendo la portada del álbum *Beyond Redemption* de lo que creo que era una banda de Death Metal, The Forsaken. ¿O quizá era al revés? No es mi elección musical habitual, así que no estaba segura. Era seguro que la imagen de la camiseta provocaría una reacción en mis padres: algo que parecía ser una calavera ensangrentada y gritando. Fulminaba con la mirada a quien se le acercara.

Mi padre aún no había salido de su despacho, pero mi madre había pasado una y otra vez de la cocina al despacho varias veces, cada vez deteniéndose para decirle a Sarah que se cambiara de ropa antes de cenar. La respuesta fue un silencio hosco, y ninguna acción.

Yo hubiera ido feliz a la cocina para ayudar: mi madre parecía estresada y sabía que estaba ocupada como una loca preparando una cena para ocho. Pero si alguna de nosotras entrara en su reserva privada, se cabrearía muchísimo. Así es mamá: una mártir total, enfadada por la falta de ayuda, pero rechazándola cuando se le ofrece.

El timbre sonó y la tensión se rompió. Guardé mi teléfono, sintiéndome aliviada.

—¡Ya voy yo! —gritaron Jessica y Sarah.

Se miraron con furia la una a la otra durante un segundo, entonces Jessica se sentó de nuevo, cruzándose de brazos reflejando el aspecto que había lucido Sarah sólo unos momentos antes. Sarah bajó a trompadas las escaleras con sus botas militares.

Dos minutos después, subió de nuevo las escaleras siguiendo el rastro de mi hermana Julia y su marido Crank.

Antes de que penséis que Julia era adoptada, o que la había secuestrado los alienígenas siendo niña, debería contaros que se graduó con las mejores notas de su clase en Harvard. Hasta los veintidós años siguió el mismo guión que el resto de nosotras: el guión escrito por mi padre y dirigido por mi madre, el guión del que pocas veces nos desviábamos. Carrie lo estaba siguiendo al ir a por su doctorado. Yo lo estaba siguiendo al licenciarme en Derecho en Columbia. Las gemelas indudablemente lo seguirían, aunque el tiempo diría si la súbita rebelión de Sarah sería un elemento habitual. Si lo era, la casa de los Thompson no sería un lugar feliz durante los próximos años.

El día después de que Julia se graduara en Harvard, anunció que no iría a la escuela de postgrado y que había decidido empezar a trabajar como manager de la banda de su novio, Morbid Obesity. Como siempre, había tenido mucho éxito en la carrera que eligió.

Entre los punteos cortos de guitarra de Crank, las letras exageradas y su perspicacia para los negocios, la banda se había convertido en un fenómeno de la escena del rock alternativo. No hacían ningún daño económico, pero sé con certeza que mis padres odiaban totalmente la dirección que Julia había tomado con su vida. Y yo la admiraba, mucho, por su espíritu independiente.

Julia vino vistiendo lo que era, para ella, un vestido formal: un par de tejanos negros ajustados, tacones y un suéter. Crank era... Bueno, Crank. Sus tejanos estaban desgastados y rasgados, su camiseta parecía que ya era vieja antes de que yo naciera, y llevaba el pelo de punta y teñido de muchos colores. Crank era el ejemplo perfecto de por qué la admiración y el deseo son dos emociones muy diferentes. Cómo mi hermana se las arreglaba para tener sexo con su marido sin herirse ella misma era un completo misterio.

Dicho eso, los quería a los dos y estaba encantada de verlos.

Cuando subieron las escaleras, mis hermanas y yo nos arremolinamos a su alrededor, dándonos abrazos.

Julia, que es diez años mayor que yo, sonrió cuando me vio, entonces me envolvió en un abrazo prolongado.

—Oh, Alex, me alegro mucho de verte.

—Yo también, Julia. ¡Te he echado tanto de menos!

Crank se acercó y me dio un abrazo, y yo tuve cuidado para evitar pincharme. Se volvió hacia Sarah y dijo:

—¿The Forsaken? Genial. ¿Cómo te va, gamberra?

Me alucinó ver a Sarah sonrojarse intensamente.

—Oh, me va genial, Crank, ¿y a ti?

Se encogió de hombros.

—Bueno, ya sabes, sólo toco mi guitarra y voy tirando. Tu hermana mayor me mantiene a raya.

Sarah se trabó la lengua al responder mientras Julia observaba, entretenida. Tenía catorce años cuando nacieron las gemelas, así que se perdió buena parte de su crecimiento. Era dolorosamente obvio que Sarah estaba muy enamorada de su marido.

En ese momento, mi padre salió del despacho.

—Julia, estoy encantado de verte —dijo y la abrazó.

Entonces se volvió, como siempre un poco desconcertado, y tendió la mano.

—Crank —dijo, con un tono contenido.

—Hola, papá —dijo Crank sonriendo, y envolvió a mi padre en un gran abrazo de oso.

Carrie y yo intercambiamos miradas con los ojos abiertos mientras Julia reía disimuladamente.

Cuando se apartaron, mi padre posó la mirada en Sarah. Esperé la explosión.

—Sarah —dijo—, por favor, sube y cámbiate antes de cenar.

Sus ojos inmediatamente se encendieron con desafío.

—¡Pero Crank no lleva nada formal! No quiero llevar un vestido —dijo.

—Si Crank llevara un vestido, quizá le pediría que se cambiara. Pero lo que haga Crank es irrelevante, jovencita: Crank es un profesional, que se financia a sí mismo y puede elegir vestir de forma inadecuada si lo desea. Tú, por otra parte, aún eres estudiante de instituto. Y yo pagaré tu comida y alojamiento al menos durante los próximos años. Por lo tanto, si te digo que vayas a cambiarte, irás a cambiarte. No diré nada más sobre este tema.

Ella lanzó una mirada de furia a mi padre y murmuró:

—*¡Dios!*

Subió las escaleras zapateando y sus botas militares hicieron temblar toda la casa.

—Bien, entonces —dijo mi padre, en el mismo tono y lenguaje extrañamente formales que siempre usaba—. Vayamos al comedor, quizá Sarah se una a nosotros más tarde.

Nos guió al comedor, con Julia y Crank detrás y yo y Jessica siguiéndoles. El comedor estaba preparado con la mejor porcelana de mi madre, que mi padre le compró durante los dos años que vivimos en Pekín, justo antes de que yo empezara el instituto.

Mi madre entró por la otra puerta. Había preparado la mesa, traído la comida, entonces salió para «refrescarse», como le gustaba decir. Ahora estaba encima de nosotros, proporcionando indicaciones escénicas desafortunadas.

Normalmente, mi padre estaría a la cabeza de la mesa y mi madre al pie. Crank y Julia estarían a cada lado de papá, enfrente el uno del otro. Carrie y yo nos sentaríamos en los dos asientos centrales y las gemelas quedarían relegadas al pie de la mesa, con nuestra madre.

Desgraciadamente, parece que la intensa guerra entre las gemelas daba un giro de tuerca a las cosas. Para minimizar el conflicto, Sarah se sentó a mi izquierda, al lado de papá, y Carrie a mi derecha. Delante de nosotras, Jessica se sentó al lado de mamá, en el extremo más alejado de la mesa respecto a su hermana, y Crank y Julia estaban sentados juntos.

Julia me miró a los ojos cuando nos sentamos y me mostró una cálida sonrisa. Crank, sentado enfrente del asiento vacío donde estaría Sarah, sonrió e inició una conversación con mi padre sobre *política de exteriores*, sorprendentemente. Si hubiera empezado una conversación con un neurocirujano sobre la compleja anatomía del cerebro no me habría sorprendido más.

Lo que pasó después me sorprendió más. Mi padre respondió, no sólo en un tono calmado y razonable, si no que en realidad pareció entusiasmarse con el gesto. En unos minutos, los dos estaban enfrascados en una discusión sobre la política económica china, que era la especialidad de mi padre.

—Bueno —le dijo mi madre a Carrie—. ¿No es agradable? Le daremos algún minuto más a Sarah, después empezaremos a servir.

En lugar de añadir una tercera conversación a la mesa, Julia y yo permanecimos relativamente calladas.

Entonces Sarah entró.

Se había cambiado con un vestido, como había pedido mi padre. Pero no creo que fuera lo que él tenía pensado. Para empezar, también se había maquillado. Delineador negro grueso, sombra de ojos negra y pintalabios negro. Llevaba un vestido de encaje negro que había usado para el funeral del tío Rafael dos años antes y que sin duda ya no le iba bien. Sus pechos prácticamente se desparramaban fuera del vestido y era bastante obvio que debajo llevaba un sujetador de encaje negro. Todavía llevaba sus botas militares arañadas.

Contuve la respiración, esperando la inevitable explosión. Mi padre le lanzó una mirada cortante, pero no dijo nada y en su lugar eligió volver a su conversación con Crank, que sacó el tema de los problemas que tenía la banda: cantidades a gran escala de mercancía falsificada fabricada en China y vendida en todo el mundo. El problema apareció realmente después de que la banda consiguiera un disco de oro por su segundo álbum.

—Entiendo que haya un poco de piratería, ¿sabe? —dijo Crank—. Yo fui pobre de solemnidad. Pero no estamos hablando de un par de álbumes ilegales; son fábricas enteras produciendo cosas que parecen nuestras. Y ésa es una parte considerable de cómo nos ganamos la vida.

Mi padre asintió.

—En realidad éste era uno de los mayores problemas en los que trabajé durante mis últimos años con el Servicio de Exteriores. Es una de las razones por las que me eligieron para el puesto de embajador. Pero tengo que decirte que el gobierno chino no está realmente interesado en cooperar.

Sarah estaba destrozada. Era bastante claro que esperaba, incluso quería, la explosión. En su lugar, tanto mi padre como mi madre la ignoraron. Mientras entraba en la sala y se dirigía a su asiento, Jessica se burló de ella.

Sarah disparó una mirada de odio a Jessica y ocupó el asiento a mi izquierda. Pero Crank lo arregló con un movimiento sencillo y fácil. Le mostró un guiño grande y obvio y una sonrisa. Ella enseguida se animó, para el disgusto de mis padres.

—Bien, entonces —dijo mi padre—. Comamos. Adelina, ¿harás los honores?

Nos agarramos de las manos mutuamente y mi madre entonó una corta oración. Todos dijimos o articulamos «Amén» al final.

Mi padre comenzó a servir la comida. Me incliné hacia Carrie y susurré:

—Papá y Crank parecen estar casi…¿Amistosos?

—Creo que Julia dejó que papá echara un vistazo a la cuenta bancaria de Crank después de estrenar el último álbum —me susurró.

Reí disimuladamente y mi madre dijo:

—Chicas, entiendo que habéis estado fuera de casa para ir a la universidad, pero debéis recordar los modales.

Asentí para disculparme. Carrie tenía 26 años, era estudiante de doctorado en una importante universidad y ya había publicado con su nombre una cantidad de trabajos de investigación significativa. Estaba convencida de que nunca se dirigían a ella como una «chica» excepto en esta mesa.

Por algún motivo no me molestó demasiado que me incluyera en el mismo saco que a Carrie.

—Adelina, he escuchado unas noticias muy inquietantes esta mañana. Han arrestado al hijo de los Brewer, Randall.

Me quedé helada y Carrie me agarró el muslo por debajo de la mesa. Delante de Carrie, Jessica abrió los ojos.

—¡Buen Dios! —dijo mi madre—. ¿Qué sucedió?

—Parece que lo han acusado de violación. Estoy seguro de que no es cierto...Probablemente sea una de esas situaciones en las que habían bebido demasiado y ella se arrepintió después.

Me congelé, incapaz de pensar, incapaz de respirar.

—Es terrible —dijo mi padre—. Después de cenar, creo que sería apropiado que fuéramos todos a visitar a los Brewer. Hace mucho tiempo que no los vemos, y sería bueno que les presentáramos nuestros respetos y les ofreciéramos toda la ayuda que podamos.

—No. —La palabra escapó de mi boca.

Carrie me apretó más fuerte el muslo y Jessica se quedó boquiabierta. Julia y Crank me miraron fijamente, y mi padre me miró de nuevo. Fue mi madre, sin embargo, quien respondió.

—Alexandra, entiendo que pese a nuestros esfuerzos Randy nunca te gustó. Pero te comportarás educadamente en esta mesa. E irás con nosotros, como ha sugerido tu padre. Es un buen chico. Estoy segura de que esta acusación es injuriosa.

Me incliné hacia delante en mi asiento, con calambres en el estómago, y me sorprendí apretando los dientes, intentando contener una rabia que nunca antes había experimentado. Podía sentirla recorriéndome el cuerpo y por un segundo quise destrozar algo, lo que fuera.

—Tu madre tiene razón —dijo papá—. Si por mí fuera, habrías abandonado tu amor adolescente por ese soldado hace años y te habrías casado con Randy.

Estaba paralizada. No podía decir nada, porque si empezaba, sería incapaz de detenerme. Alargué el brazo, intenté agarrar mi copa de vino y en su lugar acabé derramándola. Ahora toda mi familia me miraba fijamente, impactados por mi extraño comportamiento o, en caso el caso de Jessica y Carrie, por puro terror.

Mi madre se puso en pie de un salto, corrió a buscar varias servilletas que usamos para limpiar el vino derramado. Cuando acabamos, mi padre dijo:

—Espero que esta conversación se haya terminado.

Sacudí la cabeza.

—¿Disculpa? —Le miré, incapaz ya de contenerlo todo. Una lágrima fluyó por mi cara—. No me voy a acercar a sus padres. O su casa. Ni siquiera me digas su nombre. ¿Me entiendes?

La amargura y la rabia de mi tono me sorprendió incluso a mí.

—No lo entiendo —interrumpió mi madre—. ¿Qué mosca te ha picado, Alexandra? Randy Brewer es un joven perfectamente agradable...

—¡Oh, por amor de Dios! —gritó Carrie—. ¿No veis lo que le estáis haciendo? ¿Cuándo os volvisteis tan ignorantes vosotros dos?

—Bueno, yo no...—empezó a decir mi madre, entonces calló.

El tono de mi padre era como el hielo.

—¿Cómo te atreves a hablarnos de esa manera, jovencita?

Carrie se volvió hacia él, con rabia en los ojos.

—¿Cómo te atreves tú a seguir hiriendo a tu hija así? —gritó—. ¿No lo ves? Incluso aunque no sepas los detalles, ¿no puedes ver el dolor que le estás causando? ¡Por amor de Dios, ese «pobre joven agradable» del que hablas abusó sexualmente de tu hija dos veces!

Oh, Dios. Carrie, ¿por qué has soltado eso mientras cenábamos? Miré fijamente aterrorizada, primero cruzando la mirada con Julia, después, sólo un segundo, con mi padre. Entonces enterré la cara en mis manos.

—Lo siento, Alex, sé que te dije que no les contaría nada. Pero si tú no lo haces, yo sí. No permitiré que te torturen así.

Mi madre, atónita, dijo:

—Carrie, nosotros nunca le haríamos daño...

—¡No sabes de qué estás hablando, madre! ¡Hasta que lo sepas, sé tan amable de *callarte!*

Un silencio absoluto cayó sobre la mesa.

Carrie se volvió hacia mí y con una voz amable y débil dijo:

—Alex, sé que tienes miedo. Pero somos tu familia. Déjame que se lo cuente.

Hundí la cara en mis manos y empecé a llorar. Sarah se acercó y me rodeó con sus brazos, enterrando su cara y cabello en mi hombro, y Carrie puso su mano sobre mi otro hombro y dijo, en voz muy baja:

—Randy intentó violarla en su habitación la primavera pasada. Pero sus compañeros de piso intervinieron. Ella no lo denunció ni se lo dijo a nadie. Pero hace un par de semanas, volvió a suceder. La acosó en una fiesta. Dylan Paris apartó a Randy de ella, pelearon y...Dylan apaleó a Randy. Acabaron acusándole de agresión. Pero tienes que escucharme, padre. Sé que no te gusta Dylan. Sé que nunca te ha gustado. Pero salvó a tu hija. Así que mejor que te tragues tu aversión. Guárdatela para ti solo. Porque cuando la policía acusó a Dylan de la agresión, simplemente soltaron a Randy Brewer. Y entonces él siguió a una chica a su casa y *la* violó.

Empecé a llorar aún más.

—No lo sabía —dijo mi padre.

Apreté los puños y le miré, con la rabia recorriéndome.

—«¿No lo sabías?». ¡Sabías que Dylan resultó herido la primavera pasada! ¡Sabías que el motivo por el que no me escribía era porque no podía, porque le habían herido gravemente! ¡Lo sabías! ¡Y no me lo dijiste!

Mi madre jadeó.

—Alexandra, eso no lo sabes.

—¡Sí, lo sé! Papá le escribió. Le dijo a Dylan que se alejara de mí, que no era lo bastante bueno para mí. —Me volví hacia mi padre—. ¡Cuando el hombre que amaba estaba moribundo en el hospital, a punto de perder la pierna, tú le machacaste! ¡Y me mentiste acerca de eso! No me hables de lo que sabías o no sabías, papá. *Nunca* me hables de lo que sabías.

La cara de papá se había vuelto completamente pálida. Julia le miró, disgustada, y dijo:

—¿Es eso verdad?

Papá cerró los ojos y asintió una vez. Después de un largo rato, murmuró:

—Quizá me equivoqué.

Carrie me agarró la mano y dijo:

—Puedes sentirlo todo lo que quieras, papá. Pero ahora mismo, esta familia tiene un problema. Porque Dylan y Alex se quieren. Y tú tienes una elección, papá. Puedes seguir con tus pretensiones, intentar escribir un guión para todas nuestras vidas hasta quién amamos. O puedes respaldar a tu familia y apoyarla. Alex, vayamos arriba. Ahora mismo no necesitas esto.

Me levantó y la seguí, todavía conmocionada.

—Detente —dijo mi padre. La espalda de Carrie se puso rígida y yo me giré, encarándole.

Parecía diferente. Más pequeño, en cierto sentido. Menos seguro de sí mismo. Respiré hondo, preparada para gritarle una negación en la cara, cuando dijo:

—¿Es cierto? Dylan…Él…¿Intervino y evitó que Randy abusara de ti?

Asentí, lentamente.

Me devolvió el asentimiento, entonces dijo:

—Bueno. Parece que juzgué erróneamente a tu joven hombre. Y…Alexandra…Lo siento. No te voy a pedir que me perdones. Ahora no. Pero…Sí te pediré que me permitas una oportunidad. Para compensarte.

Mi labio inferior comenzó a temblar descontroladamente y veía borroso. Miré a mi padre y asentí. Eso era todo lo que él necesitaba oír. Rodeó la mesa y me abrazó. Entonces sentí que mis hermanas me rodeaban, incluso Jessica y Sarah, mientras me envolvían en un gran abrazo. Sentí que se me aflojaban los músculos del cuerpo mientras mi familia me sostenía, abrazándome, haciendo de algún modo que el dolor fuera menor, más llevadero.

Pasó lo que pareció un rato largo antes de separarnos, entonces retomamos nuestros lugares a la mesa. Mi madre tenía lágrimas en los ojos, igual que yo.

Crank me sonrió, entonces dijo alegremente:

—Eso es lo que adoro de las cenas familiares. Nunca hay momentos aburridos.

Fue entonces cuando sonó el timbre.

—Querido Dios, ¿quién puede ser? —murmuró mi madre—. La cena estará congelada antes de que nadie pueda darle un bocado.

—Yo iré —dijo Sarah, justo cuando Jessica se puso en pie. Se miraron la una a la otra, la primera mirada entre ellas que había visto en dos días que no fuera fulminante. Entonces, sin hablar, ambas salieron del comedor.

Dos minutos después, escuché a Sarah llamar desde la puerta de la calle.

—¡Alexandra! ¡Tienes que venir a la puerta!

CAPÍTULO DIECISEIS

¿En fichas? (Dylan)

Es aquí —le dije al taxista.

El taxímetro marcaba cuarenta y cinco dólares. *Hostia puta.* Le di el dinero al conductor, entonces abrí la puerta y salí. Sólo llevaba una pequeña mochila. Cuando salí de Nueva York, pensé que una o dos mudas de ropa serían más que suficiente. Podría ser un viaje muy corto, después de todo. E incluso si no lo era, siempre podría apañármelas con la ropa. ¿Esperar una hora para recoger el equipaje cuando en su lugar podría estar aquí? Era algo completamente distinto.

Miré fijamente la casa que había enfrente de mí. Dios, cómo me había intimidado cuando la visité dos años antes. El obrero en mí, que creció en apartamentos cutres con padres borrachos. ¿Cómo osaba andar detrás de la hija rica de un embajador con una casa de cinco pisos en el corazón de la ciudad más cara de Estados Unidos? Estaba chalado

No lo bastante chalado, entonces no. Había dejado que su vida, su padre, mi pasado, todo ello me intimidara.

Respiré hondo, entonces di un paso adelante y pulsé firmemente el timbre.

Dios, esperaba que Sherman hubiera conseguido mantener a Alex aquí. No me iría bien si contestaba su padre mientras ella estaba en el cine o algo así.

Escuché las fuertes pisadas y entonces la puerta se abrió súbitamente, y me encontré con dos dieciseisañeras boquiabiertas.

—Hola —dije incómodamente—. Vosotras debéis ser Sarah y Jessica…No sé si me recordaréis, soy Dylan.

La de pelo más oscuro, que llevaba un vestido negro ajustado que haría que una monja se sonrojara, se llevó las manos a la cara conmocionada. La otra, con un vestido blanco, dijo:

—Te recuerdo. Y sí, soy Jessica.

Su gemela, Sarah, se volvió y gritó hacia las escaleras.

—¡Alex! ¡Tienes que venir a la puerta!

Sonreí.

—Increíble. Esto…No sé si os volveré a ver, porque no sé si Alex me dirá que me vaya al infierno. Si lo hace…Bueno, ha sido genial veros.

Jessica se inclinó hacia delante y susurró:

—¿Has venido para intentar recuperarla?

Asentí y ella dijo, aún en voz baja:

—Todavía te quiere.

Cerré los ojos y dije:

—Gracias.

Entonces la vi, bajando las escaleras lentamente. Sentí que la tensión me agarraba por la garganta. Ella llevaba un vestido blanco sin mangas y con rosas estampadas. Alrededor del cuello llevaba un collar con un colgante en forma de corazón que yo le había dado dos años antes. Ésa era posiblemente una señal esperanzadora. Tenía la boca ligeramente abierta mientras se acercaba a la puerta.

Podía ver que era cautelosa. Tenía miedo de mí. Miedo de que la hiriera otra vez.

Respiré hondo, alimentándome con la visión de ella, entonces dije:

—Yo, esto…Esperaba que pudiéramos hablar, así que pensé en pasar por aquí.

Su boca se arqueó en media sonrisa por el lado derecho.

—¿Pensaste en parar por aquí? ¿Desde miles de kilómetros de distancia?

—La distancia en realidad no es un factor que considere.

Me miró y susurró:

—No puedo hacer esto si vas a volver a hacerme daño, Dylan.

Oh, Dios. Tragué saliva, entonces dije:

—¿Me escucharás al menos? ¿Por favor? Si me equivoco y me dices que me vaya, entonces me iré, y nunca volverás a saber de mí si no quieres. Pero te lo ruego, Alex. Dame una oportunidad. Sólo escúchame.

—Vale —dijo con una vocecita. Miró a las gemelas y dijo—. ¿Podéis decirles a mamá y papá que continúen cenando sin mí? ¿Y que no vengan aquí bajo ninguna circunstancia?

Las gemelas asintieron simultáneamente y Alex salió fuera, conmigo, y cerró la puerta detrás de ella. Se sentó en la escalera de entrada, barriendo cuidadosamente el vestido por debajo de ella.

—Siéntate —dijo, señalando el espacio que había a su lado en la escalera.

Asentí. Mi corazón estaba desbocado. No podía recordar la última vez que me había sentido así, a menos que fuera la noche que le pedí salir por primera vez hacía una eternidad. Dios, estaba aterrorizado. ¿Y si decía que no? ¿Y si me decía que me fuera al infierno, que saliera de su vida? O peor, ¿y si decía que sí y después acabábamos odiándonos el uno al otro más tarde?

Maldita sea, pensé. *Para de pensar eso. Simplemente hazlo. Lánzate. Por una vez en tu vida, sal de ti mismo y di lo que quieres decir.*

—Vale —dije—. Mira, he estado pensando mucho, escribiendo mucho. Sobre lo que dijiste. Sobre…Mí, y quién soy. Sobre ti. Sobre nosotros.

Asintió.

—Esto no se me da muy bien, Alex. Pero…Es algo que tengo que hacer, vale. Tengo algo que decir y te pido que me escuches, sin interrumpirme, hasta el final.

—¿Sin interrumpirte?

Asentí.

—No quiero perder el hilo, ¿de acuerdo? ¿Por favor? Cuando acabe, puedes preguntar, o decirme que me vaya a paseo, o lo que sea, ¿de acuerdo?

Me mostró una sonrisa sarcástica y dijo:

—Vale. Tú pones las reglas. Sin interrupciones.

—Gracias —dije.

Respiré hondo, entonces palpé mi bolsillo, lleno de fichas. Las saqué.

—Espera —dijo, sonriendo, con los ojos brillando—. ¿Has escrito esto? ¿En fichas?

—No quiero olvidar nada —dije—. Te lo he dicho, esto no se me da muy bien. Así que escribí algunas notas para centrarme, ¿vale?

—Vaya —dijo. Tenía media sonrisa en la cara.

—Estás interrumpiendo.

—Aún no has empezado.

Puse los ojos en blanco, encarando el cielo oscuro y murmuré:

—Oh, cielos. De acuerdo.

Miré la primera ficha. Decía: «Jaffa».

—¿Recuerdas la noche que estuvimos en Jaffa? ¿En la Ciudad Antigua?

Asintió.

—Vale —dije—. Aquella fue la noche en que me di cuenta de que realmente quería conocerte más. Te había visto antes, en el Hunter College antes de volar a Tel Aviv. Pero estabas tan fuera de mi alcance, que ni siquiera sabía por dónde comenzar. Y el vuelo de ida fue increíble y, bueno, es decir, flirteamos. Y aquello fue fantástico. Me sentía muy atraído por ti. Pero cuando volvimos caminando al albergue, vi aquella casa realmente vieja. Parecía que tuviera mil años de antigüedad.

—Abandonada —dijo—. Lo recuerdo.

—Sí. La cuestión es que quería explorarla. Y tú viniste conmigo. Los otros estaban preocupados. Quizá estábamos allanando o algo. No recuerdo por qué estaban preocupados, a decir verdad. Pero fue entonces cuando me di cuenta de lo valiente que eras. Y…Vaya, admiro el valor. Creo que aquella noche fue cuando empecé a enamorarme de ti.

Respiró hondo y yo sabía que estaba tan cautivada por ese recuerdo como yo. Ella me había agarrado de la mano mientras caminábamos por aquella vieja casa. Fue sólo por un momento, pero es un momento que aún está grabado en mi memoria.

—Verás, el valor puede aparecer en muchas formas. Puede ser en un campo de batalla, y yo he visto un poco de eso. Puede ser… Algo como levantarse cada día, incluso después de lo que Randy te hizo, y seguir yendo a clase, seguir con tu vida incluso aunque duela como el infierno. Alex, necesito que sepas que admiro eso de ti. La noche que nos fuimos de Israel, querías que te dijera cómo me sentía. Entonces no sabía cómo hacerlo. Entonces no tenía el valor para hacerlo. Pero te lo diré ahora. ¿Vale?

Cruzó los brazos sobre su pecho y me miró fijamente, con sus ojos enormes y embriagadores. Asintió y se mordió el labio inferior.

Dejé la ficha a mi lado. La siguiente decía: «En Gedi».

La miré a ella. ¿Me estaba escuchando? Eso pensaba, pero no significaba que me la hubiera ganado aún.

—Bueno, de todas formas. Sé que no debería decir esto ahora, porque va a ser completamente sexista y deshumanizante y todo eso. Pero voy a intentar contarte cómo me siento. Pues esta es la cuestión…Alex, eres tan bella que a veces sólo mirarte a los ojos hace que se me detenga el corazón. Incluso si no vuelvo a verte nunca después de hoy…Incluso si llego a los noventa años y mi vida sigue adelante sin ti…Nunca, jamás olvidaré nuestro primer beso.

Se sonrojó, tomando un color rojo oscuro, y susurré:

—Haces que me sienta vivo, Alex. Encajamos de formas que no creía posibles. Sé que no soy el tío más elocuente, así que es difícil para mí decir esto y hacer que tenga algún sentido. Pero durante los últimos años, he estado con algunas chicas. Y tú eres…Algo completamente diferente. Sostenerte en mis brazos…Tocarte…Es como conectarme a un enchufe eléctrico. Me resulta difícil estar cerca de ti y no tocarte, eres embriagadora…A veces estoy desesperado por estirar el brazo y tocar un cabello de tu cabeza. —Respiré hondo, mirándola a los ojos—. Si hoy me echas —susurré—, si me dices que salga de tu vida cagando leches y que nunca vuelva…Lo aceptaré. Pero será el único arrepentimiento permanente de mi vida: que nunca hicimos el amor. Que perdimos nuestro futuro juntos.

Ella comenzó a temblar y abrió la boca para hablar y yo coloqué suavemente un dedo sobre sus labios.

—Lo prometiste —dije en voz baja—. Sin interrupciones. Déjame sacar esto antes de que me eches. Te lo ruego.

Una lágrima cayó por su mejilla. No sé si estaba triste, o enfadada, o feliz, o qué. Así que rápidamente cambié a la siguiente ficha, esperando terriblemente que me permitiera continuar hasta que acabara. Cuando dejé la ficha con las palabras «En Gedi», ella recogió ambas y las sostuvo en las manos.

La siguiente ficha decía: «Las reglas». Cuando abrí la boca para hablar, ella me la arrebató de las manos.

Parpadeé, sorprendido, mientras ella leía la ficha y los ojos empezaban a llorarle inmediatamente. ¿En qué pensaba ella, cuando vio esa ficha? Sus reglas tontas, sus reglas perfectas, que nos habían permitido tolerarnos lo bastante para que volviéramos a enamorarnos?

—Alex, me encanta el hecho de que seas...Seas creativa como el diablo. Eres lista. Incluso después de que te rompiera el corazón, pensaste una forma para que estuviéramos cerca el uno del otro. Puede que tuviera fallos, puede que fuera una pequeña locura, pero funcionó. Me encantan los juegos que jugamos. Me encantó cuando nos hicimos preguntas y seguimos turnos, y espero que nunca dejemos de hacer eso. Cuando tenga noventa años, quiero que me digas que es mi turno para hacerte una pregunta y si ese milagro sucede, entonces mi pregunta será: «¿Todavía me quieres?», y espero que la respuesta siga siendo sí.

Ahora las lágrimas caían por su cara.

La siguiente ficha tenía una palabra: «Papá».

También me quitó esa, en cuanto la leí. Respiré hondo y cerré los ojos, y dije:

—Mi padre solía culparme por todo tipo de locuras. Como la primera vez que pegó a mi madre. Te lo conté. Y creo que yo también me culpaba. Pensé...Si pudiera ser mejor de lo que soy, quizá entonces ellos no beberían tanto. Si no la fastidiara tanto en la escuela, quizá ellos no estarían tan estresados y no beberían tanto y entonces quizá se darían cuenta de que se supone que los padres tienen que comprar comida. —Respiré hondo y dije—. Entonces...Cuando nos conocimos, supongo que parte de mí aún me culpaba por cosas que no eran culpa mía. Y eso hizo que fuera...Tan precavido. Tan asustado. Así que me reprimí. Nunca te dije cómo me sentía exactamente, porque es parte de cómo controlo las situaciones, es parte de cómo me mantengo a salvo.

Oh, Dios, pensé, respirando hondo. Esto era difícil. La miré a los ojos y yo también estaba llorando.

—Alex, no hace falta que me mantenga a salvo de ti. No quiero mantenerme a salvo de ti. Significas demasiado para mí. Preferiría pasar una vida de angustia porque me has roto el corazón que imaginar una vida sin ti. Porque una vida sin ti no sería una vida en ningún sentido.

Ella estaba acurrucada, con sus brazos enrollados alrededor de sus hombros, parecía que en cualquier momento fuera a romper a llorar. Miré la siguiente ficha y decía «Correr». Estiró el brazo y me la quitó.

—Alex —susurré—, haces que quiera esforzarme más. Tienes razón...La cuestión es que nunca creí que fuera lo bastante bueno para ti. Nunca creí que diera la talla. Pero lo importante es: tú creíste en mí. Nadie había hecho eso nunca antes. Y estar cerca de ti hace que quiera esforzarme por ser mejor. Me hace querer ser la mejor persona que pueda. Me hacer querer trabajar, merecer tenerte en mi vida. No sólo me completas. Me haces mejor persona. Cuando estoy contigo, cada instante, quiero trabajar para convertirme en alguien a quien respetes, alguien a quien admires, alguien que puedas amar. Y quiero hacer lo mismo por ti. Quiero protegerte, y hacer que te sientas segura. Quiero apoyarte, tanto si continúas estudiando Derecho como te han inculcado tus padres, o si decides hacer algo completamente diferente. Si dedicas tu vida a llevar un puesto de comida en un arcén, quiero estar ahí junto a ti, apoyándote, sin importar lo que elijas. Quiero protegerte, pero no *sólo* quiero protegerte...Quiero ayudarte a aprender a protegerte por ti misma. Vi el orgullo y la felicidad en tus ojos cuando me lanzaste al suelo durante nuestra práctica de autodefensa el otro día, y creo que puede que fuera uno de los momentos más felices de mi vida.

Respiró hondo, como si fuera a decir algo más y dije:

—Espera...Una más—. Mi voz cayó en un susurro—. Sólo una más, ¿vale? Tengo que sacar esto, porque me asusta muchísimo.

Asintió y saqué la última ficha. Decía: «El anillo».

Tragué saliva, mi garganta estaba de repente seca como el infierno. Estiró el brazo y puso la mano sobre la ficha, dudó, entonces me la quitó. Cuando vio las palabras que había en ella, comenzó a temblar descontroladamente.

Yo no podía hablar más fuerte que en susurros.

—La noche que nos fuimos de Tel Aviv, hiciste bien en gritarme, porque no podía decirte qué sentía. Tenía demasiado miedo. Y entonces vine aquí, a San Francisco, y pensé que estaba preparado, pero no lo estaba. Pasamos unos días maravillosos, pero fue tenso, fue aterrador y al final, me fui y no lo dije. Y entonces estuve en el ejército y tú estabas en tu último año de instituto, después en Columbia, y nunca parecía el momento adecuado. Y entonces...Bueno...Ambos sabemos qué sucedió.

Respiré hondo y entonces dije:

—Bueno, te voy a contar lo que quería decir aquella noche en Tel Aviv, lo que quería decir aquí en San Francisco. Lo que quería decir cada día desde entonces, pero no pude.

Mi corazón estaba desbocado por el miedo. ¿De dónde sacaba ella el poder para hacerme esto, me pregunté, para hacer que me aterrorizara el hecho de que me rompiera el corazón, para hacer que tuviera tanto miedo de perderla, maldición?

Preferiría correr el riesgo de perderla para siempre que no decir nada.

—Alex, aquella noche en Tel Aviv, lo que quería decir es esto: escojamos la misma universidad. A pesar de los retos de nuestra vida y la distancia y todo lo demás, hagamos una elección. Una elección para estar juntos. Puedo imaginar una vida sin ti, pero parece imposiblemente deprimente, imperfecta e infeliz.

Respiré hondo y susurré:

—Alex, no quiero salir contigo. No quiero que seas mi novia. No quiero que estemos juntos sólo un tiempo. Te quiero para siempre. Quiero que nos miremos y digamos que nos amamos, y decidamos estar juntos para siempre. Alex...Quiero que pasemos nuestras vidas juntos. Si alguna vez decidimos tener hijos, quiero que seamos tú y yo.

Temblaba cuando metí la mano en el bolsillo. Esta vez no saqué una ficha. Saqué una diminuta caja de joyería. Jadeó y las lágrimas comenzaron a correr libremente por su cara. Sus manos volaron a su cara, cubriéndole la boca cuando yo volví a hablar.

—Alex...Tú haces que mi vida valga la pena. ¿Considerarás... Considerarás convertirte en mi esposa? ¿Me dejarás prometerme de por vida contigo? ¿Por favor?

Me miró fijamente con los ojos bien abiertos. Creo que estaba en shock y casi esperaba que saliera corriendo. Yo temblaba de la tensión y el miedo.

En su lugar, me quitó la caja y lentamente, muy lentamente, la abrió. Entonces me miró; me miró a los ojos y susurró:

—Estás loco, Dylan. Oh, Dios mío, ¿me has propuesto matrimonio con fichas? Nadie más en el mundo haría eso. Sí. ¡Sí, sí! Si me lo preguntas mil veces, cada vez diré sí.

Los dos nos movimos, rápidamente, y yo la sostuve en mis brazos mirándola a los ojos. Respiré hondo, entonces lenta y suavemente me incliné hacia delante y la besé. Sus labios sabían a sal, sal de sus lágrimas, y entonces nuestro beso se volvió apasionado, hambriento, y la acerqué a mí mientras sus brazos rodeaban mi cuello y, en ese momento, hubiera hecho cualquier cosa para quedarnos allí, tal como estábamos, para siempre.

Pedirles que no muerdan (Alex)

Cuando los labios de Dylan tocaron los míos, fue como si el Sol acabara de salir. Todo mi cuerpo respondió al suyo, fundiéndome en él. Si no hubiéramos estado sentados en las escaleras de entrada de la casa de mis padres, quizá le habría arrancado la camisa ahí mismo. Tal y como estábamos, nos besamos durante lo que parecieron mil años, sus labios presionaban con fuerza los míos, y mi boca se abrió, primero un poquito, después sorbí el aliento mientras su lengua tocaba la mía, suave, alegremente.

Entonces la puerta de la casa se abrió.

Dylan y yo separamos nuestros labios, pero yo no lo soltaba, sin importar quién fuera.

Jessica había abierto la puerta de par en par y se sonrojó hasta las raíces del cabello. La miré, con una enorme sonrisa estúpida en la cara, y ella me la devolvió.

—Esto, siento interrumpir, pero mamá y papá quieren saber si tienes pensado volver a subir.

—Ahora mismo vamos —dije—. Dadnos sólo un minuto.

—Vale —dijo—. Hasta luego.

Cerró la puerta.

—¿Qué es lo que sabe? —preguntó Dylan.

—Todo —dije—. Jessica y Carrie. Me temo que tu oportunismo...Bueno...Digamos que hemos tenido una gran discusión en la cena. Mis padres saben lo de Randy.

Asintió.

—Y...¿Su reacción?

—Lo hemos arreglado. De hecho...Mi padre se disculpó. Más o menos.

Su boca formó de golpe media sonrisa.

—Cuesta de imaginar. Tu padre es...Formidable.

—¿Estás preparado para esto?

—Sí —dijo. Respiró hondo, entonces dijo—. Alex, contigo a mi lado, estoy preparado para lo que sea.

—Entonces...Subamos.

Agarrados de la mano, entramos en la casa de mis padres y subimos las escaleras.

Mi familia aún estaba dispuesta alrededor de la mesa, casi habían acabado con toda la comida y estaban tomando el café.

La sala se quedó en silencio cuando entré con Dylan.

Respiré hondo y dije:

—Mamá, papá...¿Os acordáis de Dylan Paris?

Mi padre hizo algo en aquel momento que me dejó anonadada. Algo tan fuera de carácter que no lo habría creído si no lo hubiese visto.

Se puso en pie y rodeó la mesa, acercándose a Dylan y tendió su mano derecha para estrecharla.

—Dylan...Me alegro de verte. Y...Como mi hija me ha hecho saber de forma muy enérgica antes...Os debo una disculpa a ambos. Gracias por protegerla.

Podía ver que Dylan estaba igual de sorprendido que yo. Agarró la mano de mi padre y dijo en voz baja:

—Gracias.

—Tenemos algo que contaros —dije, muy calmada. Carrie tenía los ojos abiertos como platos, y podía ver que estaban centrados en mi mano izquierda. En la que llevaba el anillo que Dylan acababa de darme.

—Sr. Thompson...Sra. Thompson —dijo Dylan—, creo que saben que Alex y yo...Nos queremos mucho el uno al otro. He venido aquí hoy porque...Bueno...Le he pedido a Alex que se case conmigo. Y...Ha dicho que sí. Me gustaría pedirles su bendición.

Oh. Dios. Mío. ¿En qué estaba pensando él? Pedir a mis padres su bendición era una locura. Era como saltar a un pozo lleno de serpientes y pedirles que no te mordieran.

Pero de nuevo, me quedé sorprendida. Mi padre sonrió, pero fue la reacción de mi madre la que me impactó de verdad. Empezaron a caer lágrimas por su cara, se puso en pie y se acercó a Dylan.

Le puso las manos en los hombros y dijo:

—Por supuesto que tienes nuestra bendición. Y...Espero poder ser la primera en decir: bienvenido a nuestra familia.

Oh, Dios. Me iba a poner a llorar otra vez. Dios, que empiecen los lagrimones. Mis hermanas comenzaron a llorar, rodeándonos, abrazándonos a mí y a Dylan. Mis hermanas, por supuesto, tenían que ver el anillo y sentí que me tiraban la mano para verla y yo no podía parar de sonreír. Mis mejillas empezaron a doler, pero esta vez era una sonrisa auténtica y no me importó.

Entonces mi padre se vino abajo y también abrazó a Dylan.

Carrie me susurró al oído:

—Me has dado esperanza. Han aceptado a un roquero punk y a un ex-soldado. ¿Quién sabe quién será el siguiente?

Sonreí y entonces supe que todo iría bien.

CAPÍTULO DIECISIETE

Aún no has acabado (Alex)

Seis días después estábamos en casa.

Digo en casa porque, por mucho que adore San Francisco y la casa en la que crecí con mis padres, Nueva York es ahora mi casa. Con Dylan.

Durante esos seis días, mis padres acogieron a Dylan, dejando que se quedara en la habitación de invitados del cuarto piso. Los dos pasábamos las primeras horas de la mañana juntos, corriendo, o él me enseñaba técnicas de combate cuerpo a cuerpo. En realidad Sarah se unió a nosotros para eso, y se veía que lo disfrutaba completamente. Le comenté en voz baja a mi padre que quizá ella se apuntaría a clases de autodefensa. Las dos gemelas se beneficiarían de ello.

El día después de Acción de gracias, Crank y Julia se fueron a Nueva Zelanda para volver con la banda, que estaba de gira. Carrie voló a Houston dos horas después, donde Ray Sherman iba a reunirse con ella para una visita de una semana.

Las gemelas, por supuesto, tenían otro año de instituto, pero con suerte ese año sería tolerable para mis padres. Jessica y Sarah volvían a ser inseparables.

Yo conseguí sacar a Dylan a cenar con Kelly y Joel y les enseñé mi anillo. Habíamos fijado la fecha para julio y la boda tendría lugar aquí, en Nueva York. Nuestras familias tendrían que venir.

Aquella noche, volví con Dylan a su apartamento. Cuando llegamos, nos sentamos en la cama de su habitación y dije:

—Quiero jugar a un juego.

Me miró, con una sonrisa irónica en la cara, y dijo:

—¿Cuál?

—Vale. Puedes empezar tú. Haz cualquier pregunta, pero que no sea sobre el pasado. Haz preguntas sobre el futuro.

Dylan me miró, entonces dijo:

—Vale. El futuro. —Respiró hondo y dijo—. ¿Dónde te ves dentro de cinco años?

Pensé un momento, entonces dije:

—Aquí, en Nueva York. He terminado los estudios de Derecho y trabajo para una organización sin ánimo de lucro, creo. ¿Quizá trabajando con víctimas de violaciones? Y tú estás aquí. Tenemos un apartamento precioso, con techos altos y grandes ventanas, pero no mucho espacio porque al trabajar para una organización sin ánimo de lucro probablemente no ganaría mucho dinero.

Soltó una risita y dijo:

—Me gusta. Tu turno.

—La misma pregunta —dije.

—Bueno…Para ser sincero, he estado pensando en cambiar de carrera. Me encanta escribir, pero no estoy seguro de que tenga sentido estudiar literatura Tiene más sentido estudiar la vida. Me veo trabajando de consejero, para el VA. Trabajador social. Intentando ayudar a veteranos que acaban fastidiados de la cabeza, como yo.

—Tú no estás fastidiado.

Asintió.

—Oh, aún lo estoy, Alex. Estoy trabajando en ello, pero no va a desaparecer de la noche a la mañana. O incluso este año, o el siguiente. Todavía tengo pesadillas de cuando explotó la bomba. Aún...Lo veo, a veces. Simplemente no me gusta hablar de eso.

Estiré el brazo por debajo de mí, descansando mi cabeza encima, y dije:

—Mejor que te acostumbres a hablar, Dylan. No me vas a hacer pasar por eso otra vez. Espero que los dos estemos preparados para hablar de lo que nos pasa por dentro.

Cerró los ojos y susurró:

—Alex, lo siento. No sé en qué estaba pensando.

—Sí, lo sabes —contesté.

—Vale...Bueno, sí, supongo que lo sé. Pensaba que te estaba protegiendo.

—Hay una cosa llamada sobreprotección. Hay una cosa que es arruinar tu presente por las preocupaciones sobre el futuro. ¿Entiendes lo que digo?

Asintió.

—¿De qué tienes miedo en realidad?

—Convertirme en mi padre.

Suspiré.

—Cuéntame más sobre él. Casi nunca hablas de tu padre.

Gruñó.

—Como he dicho, hay cosas de las que no me gusta hablar.

—Oh, me di cuenta de eso hace mucho, Dylan. Bajé el brazo y reposé mi cabeza sobre su hombro. Estaba cálido.

—Dylan —dije, cargándome mi valor—. Escúchame. Y escucha atentamente. Te quiero. Con todo mi corazón. Deseo pasar mi vida contigo.

Podía sentir su corazón latiendo mientras mi mano descansaba sobre su pecho, justo al lado de su mano. Entonces dijo, con una voz que era un gruñido bajo:

—Preferiría morir que perderte otra vez.

Cerré los ojos e intenté centrarme.

—Entonces tienes que hablar conmigo. Tienes que contarme qué piensas y sientes. No puedes decidir por mí cuál es la mejor forma de protegerme, Dylan. No te atrevas. Pregúntame, no decidas por mí. ¿Queda claro?

Me miró y pude ver que estaba llegando a él. Sonrió, de verdad.

—Lo digo en serio, Dylan. Soy una chica grande. Puedo soportar lo que me lancen. Pero, maldita sea, más vale que esté bien informada.

—No tienes ni idea de cómo me estás poniendo ahora mismo.

Estallé en carcajadas y loe abofeteé suavemente en el hombro.

—¿Qué? ¡Te he dicho cómo me sentía!

—¿Me lo prometes?

Asintió.

—No es suficiente. Quiero oírlo.

Respiró hondo, entonces me miró a los ojos y dijo:

—Alex, lo prometo. Te diré qué pienso y siento, sin importar lo jodido que sea. No...No intentaré protegerte de mí. No sin hablar de ello.

Su voz quedó atrapada y nos miramos a los ojos. Aquellos bellos ojos azules que me habían cautivado desde el otro lado de la sala tres años atrás y nunca me soltaron.

—Por favor, perdóname —susurró.

—Te perdono —contesté.

Entonces me incliné hacia delante y lo besé, muy suavemente, en los labios.

Cerró los ojos y pude sentir su cuerpo tensarse, hambriento y yo me sorprendí mordiéndole el labio inferior. Gimió suavemente y eso me desbocó. Me acerqué más, presionando mi cuerpo contra el suyo, y bajé mis labios a su cuello. Estaba limpio y afeitado después de ducharse y podía notar el sabor fuerte de su loción para después del afeitado.

Yo respiraba pesadamente, de repente tan absorbida por el deseo que quería arrancarle la ropa al momento. Le miré, cruzamos la mirada, y susurré:

—Interrumpieron algo muy importante un sábado por la noche hace algunas semanas.

Sonrió y nos miramos a los ojos, el se sentó, entonces se inclinó acercándose a mí y muy lentamente me besó el cuello, el mentón, debajo de la oreja. Cada beso enviaba un pequeño temblor por mi cuerpo. Cuando su lengua y sus labios se abrieron paso hasta el primer botón de mi camisa, mis manos se movieron por voluntad propia por debajo de su camiseta, recorriendo los fuertes músculos de sus costillas y su espalda.

Comenzó a desabrochar mi camisa. A medida que se detenía en cada botón, besaba la piel que revelaba. Me recosté, arqueando la espalda mientras sus labios se abrían paso lentamente por mi pecho, después por mi estómago. Cada pausa era intensa y solté un sonoro gemido cuando él respiró suavemente debajo de mis costillas.

—No tienes ni idea de lo bella que eres —murmuró.

—Dímelo —susurré.

Deslizó sus manos hasta mis hombros y yo me levanté ligeramente del colchón mientras él me quitaba la camisa. Me besó el hombro y dijo:

—Eres como mirar la puesta de sol en la playa. Entonces comenzó a abrirse camino hasta mi otro hombro, deteniéndose en la base de mi cuello.

—Hmmm...—dije.

—A veces eres tan bella que tengo que ponerme gafas de sol sólo para mirarte —murmuró.

Con eso, deslizó su mano izquierda por detrás de mi espalda y torpemente desabrochó mi sujetador. Dejé caer el sujetador por mis brazos y el acercó su boca a mi pecho derecho, lo besó por debajo y lentamente subió hasta el pezón. Casi grité por la sensación, mientras él decía en voz baja:

—Eras tan bella cuando nos conocimos que me aterrorizaba hablarte.

Cerré los ojos y vibré mientras sus labios hacían su magia, ahora avanzando hacia el botón de mis tejanos. Se detuvo ahí y dije, súbita y sobriamente:

—Alex, para, tengo que decirte cómo me siento ahora mismo.

Mis ojos se abrieron de pronto.

—*¿Qué?* —dije.

—Bromeo.

Le rugí y desabrochó cuidadosamente la cremallera, me bajé los tejanos por las caderas y los tiré al suelo con los pies.

Le escuché jadear. Nos cruzamos los ojos y susurró:

—He estado esperando tres años para verte así. Sólo quiero mirarte, alimentarme con tu visión.

Me estiré, entonces dije:

—Aún no has acabado.

Rió en voz baja y dijo:

—No. Aún no.

Entonces acercó sus labios a mi ombligo y comenzó a besar otra vez, bajando. Me bajó las braguitas, besándome por todas partes, su mano acariciaba suavemente mis caderas, hasta las pantorrillas.

Me sentía totalmente viva con esa sensación, cada terminación nerviosa de mi cuerpo gritaba pidiendo alivio mientras él bajaba besando y lamiendo lentamente por una pierna hasta la pantorrilla y el pie, entonces comenzaba a subir para ir a la otra pierna.

Oh. Dios. Mío. Iba a gritar de placer o frustración o ambas cosas, y entonces de repente su boca me tocó *ahí*, y realmente creía que iba a gritar. Nunca había experimentado una sensación y un placer tan intensos, y sentí que mis manos agarraban fuerte la manta, haciéndola un manojo en mis puños mientras jadeaba.

—Oh, Dios —grité, inclinando hacia atrás mi cabeza, poniendo los ojos en blanco.

Casi comencé a llorar del intenso placer, y ni siquiera me di cuenta de que mientras él hacía esto, se iba quitando su propia ropa, hasta que de repente se detuvo. Quería gritar: «¡No pares!» hasta que me di cuenta de que estaba volviendo a subir, besándome el ombligo, debajo de los pechos, las costillas, el cuello, después mi boca.

—¿Estás segura de que estás preparada para esto? —susurró.

Yo no podía hablar más. Sólo asentí, frenética, y rodeé su cintura con mis manos y lo atraje hacia mí, y de repente él estaba dentro de mí. Solté un grito involuntario porque *dolía*, y él paró, mirándome, esperando.

Me mordí el labio y asentí, quería decir: «Sigue» pero no podía decir absolutamente nada. Entonces volvió a moverse y el dolor de nuestra separación, la angustia, las discusiones y las preguntas y las complicaciones…Todo desapareció en ese momento de intenso placer que era tan increíble que dolía.

Le envolví con las piernas, cruzando los pies detrás de su espalda y clavé mis uñas en su espalda, y al principio se movía tan lentamente que quería gritar de frustración. Cuando pensé que no podría aguantar más se detuvo y sonrió, mirándome. Lo estaba prolongando, deteniéndose para que no tuviéramos que parar.

No quería parar nunca, pero ya no quería ir lenta. Le empujé el pecho, le hice girar y me senté a horcajadas sobre él, con nuestros pechos juntos y acerqué mis labios a los suyos mientras le apretaba con las caderas. Entonces ambos gritamos, uno después del otro, y sentí que me temblaba y vibraba todo el cuerpo. Le agarré de los hombros y entonces me colapsé sobre su pecho, con mi pulso aporreando el mío.

Nos quedamos en silencio, sólo respirábamos lentamente. Enredamos nuestros dedos y yo me recosté sobre su pecho, escuchando sus latidos.

Lentamente me deslicé de encima de él y me acurruqué a su lado, entonces apoyé mi cabeza sobre su hombro. Volvió su cara hacia mí y pude ver que estaba llorando.

—¿Qué pasa, Dylan? —pregunté.

—Nada. Absolutamente nada. Es sólo que…Si me hubieras preguntado, hace tres años, cuál era mi único y gran sueño secreto… Bueno…Es este. Tú y yo, Alex. Has conseguido hacerlo realidad.

Le besé lentamente, entonces permanecimos ahí tumbados, hablando hasta bien entrada la noche, sobre nuestros sueños compartidos de futuro. Y yo caí dormida, sabiendo que después de todo este tiempo, todas las complicaciones y el dolor y la separación, que de algún modo habíamos conseguido superarlo todo y que juntos afrontaríamos nuestro futuro y nuestros sueños, con sonrisas en nuestras caras y valor en nuestros corazones.

GRACIAS.

Especialmente a Indie Books, el boca a oreja es fundamental para poder tener éxito como autor. Si habéis disfrutado de este libro, ¿podéis hacerme un favor? Cualquiera de los siguientes sería de una enorme ayuda:

*Publicar una reseña en tu librería favorita o en Goodreads

*Escribir sobre él en Facebook o Twitter o Google, ¡cual sea la red social que uséis!

¿Queréis saber cuándo se publicarán nuevos libros? ¡Por favor, visitad mi página web e inscribiros a la lista de correo! También me gustaría invitaros a que os unáis al grupo Remember to Breathe en Facebook.

http://www.sheehanmiles.com

https://www.facebook.com/groups/remembertobreathe/

www.ingramcontent.com/pod-product-compliance
Lightning Source LLC
Chambersburg PA
CBHW030651260626
47157CB00007B/2600